Jeaniene Frost vit en Floride. Elle n'est pas une vampire, même si elle admet qu'elle a la peau pâle, une prédilection pour les vêtements noirs et qu'elle aime faire la grasse matinée dès qu'elle en a l'occasion. Elle adore aussi visiter les vieux cimetières.

Du même auteur, chez Milady, en poche :

Chasseuse de la nuit :
1. *Au bord de la tombe*
2. *Un pied dans la tombe*
3. *Froid comme une tombe*
4. *Creuser sa tombe*
5. *Réunis dans la tombe*
6. *D'outre-tombe*

Le Monde de la chasseuse de la nuit :
(À lire entre les tomes 4 et 5 de *Chasseuse de la nuit*.)
1. *La Première Goutte de sang*
2. *L'Étreinte des ténèbres*

Cat & Bones

Aux éditions Bragelonne, en grand format :

Le Prince des ténèbres :
1. *La Mort dans l'âme*

www.milady.fr

Jeaniene Frost

Cat & Bones

Traduit de l'anglais (États-Unis) par Aldéric Gianoly

Milady

Milady est un label des éditions Bragelonne

ISBN : 978-2-8112-0900-1

Bragelonne – Milady
60-62, rue d'Hauteville – 75010 Paris

E-mail : info@milady.fr
Site Internet : www.milady.fr

Home Sweet Home

Chapitre premier

Je jetai un coup d'œil à ma montre. Minuit moins dix. Le vampire n'allait plus tarder et, malgré plusieurs heures de préparation minutieuse, je n'étais toujours pas prête.

La tête d'un fantôme, dont le corps restait dissimulé derrière le lambris, apparut à travers le mur. Il parcourut la pièce du regard et son visage éthéré se renfrogna.

— Tu n'y arriveras jamais.

Perchée sur une échelle, je tirai d'un coup sec sur le câble que j'avais passé dans une des poutres – percée par mes soins pour l'occasion –, tout en m'efforçant de ne pas perdre l'équilibre. Fabian avait raison, mais je refusai d'admettre ma défaite.

— Dès que tu aperçois sa voiture, essaie de le ralentir.

— Et comment suis-je censé procéder ?

Bonne question. À la différence des humains, les vampires voient les fantômes. Et, même si celui que j'attendais se montrait plus respectueux que ses congénères à l'égard des déficients corporels, il y avait peu de chances qu'il s'éternise sur le pas de la porte pour tailler le bout de gras avec l'un d'eux.

— Je ne sais pas, moi, improvise. Tu pourrais par exemple déclencher une série de détonations assourdissantes, ou faire saigner la façade.

Il me décocha un regard lourd de sens. Visiblement, il n'appréciait guère ma boutade.

— Tu regardes trop de films, Cat.

Je l'entendis grommeler à propos de la stupidité des stéréotypes avant de disparaître.

Je finis d'entrelacer les câbles qui couraient au plafond. Si tout se passait comme prévu, j'actionnerais ma télécommande dès que le vampire franchirait la porte afin que ma surprise lui tombe sur la tête. Bon, il fallait encore que je mette en place les derniers détails de mon stratagème…

Je sursautai et manquai de tomber de l'échelle en entendant le bruit caractéristique d'un véhicule en approche. Merde, il était déjà de retour ! Trop tard pour bidouiller quoi que ce soit, je craignais même de manquer de temps pour me cacher. Je bondis au pied de l'échelle que je replaçai aussi silencieusement que possible dans le placard. Je n'avais vraiment pas besoin qu'un fracas métallique révèle que quelque chose d'inhabituel se tramait. Je ramassai en vitesse les dagues en argent que j'avais laissées par terre. Tout tomberait à l'eau s'il les apercevait. Je m'étais à peine recroquevillée derrière un des fauteuils du salon que je perçus le claquement d'une portière suivi de la voix de Fabian.

— Tu ne croiras jamais ce que j'ai découvert à la lisière de ta propriété, annonça le fantôme. Une grotte couverte de peintures préhistoriques.

Je levai les yeux au ciel. C'était ça, sa botte secrète ? C'était un vampire qu'il devait retenir, pas un paléontologue.

— Tant mieux pour toi, lui répondit une voix totalement désintéressée aux accents britanniques.

Des bruits de pas approchèrent de la porte, puis se turent. Je pris une inspiration aussi longue qu'inutile. Aucune voiture n'était garée dans l'allée, mais peut-être le vampire avait-il détecté la présence de plusieurs personnes prêtes à lui sauter dessus à peine aurait-il franchi le seuil ?

— Fabian, reprit la voix. N'y a-t-il rien d'autre que tu veuilles me dire ?

Une pointe de menace perçait dans le ton du vampire. Je craignis un instant que mon ami flanche, mais sa réponse fut immédiate.

— Non. Rien.

— Très bien, acquiesça le vampire après quelques secondes. En cas de mensonge, tu seras exorcisé, conclut-il avant de tourner la poignée de la porte.

Je restai accroupie derrière le fauteuil, une dague en argent serrée dans une main et la télécommande dans l'autre. Lorsque le bruit des bottes sur le parquet de la maison retentit, je bondis hors de ma cachette et actionnai le mécanisme.

— Surprise !

Une pluie de confettis se déversa sur la tête du vampire. En un éclair, j'abattis ma dague et tranchai le ruban qui maintenait fermé un sac plein de ballons. Ceux-ci flottèrent lentement et, avant que le premier eût touché le sol, les vampires dissimulés dans les autres pièces nous avaient rejoints.

— Joyeux anniversaire ! lancèrent-ils tous à l'unisson.

— Ce n'est pas tous les jours que quelqu'un fête ses deux cent quarante-cinq ans, ajoutai-je en écartant du pied les ballons pour me frayer un passage jusqu'au vampire, immobile dans l'embrasure de la porte.

Un sourire se dessina sur ses traits dont la beauté, déjà rare en temps normal, était littéralement à couper le souffle, ce qui ne me posait aucun problème, puisque mon cœur avait cessé de battre plus d'un an auparavant.

— Voilà qui explique tes récentes cachotteries, murmura Bones en m'attirant dans ses bras.

Je repoussai une boucle brune derrière son oreille.

— Ils ne sont pas venus que pour ton anniversaire. Ils vont également passer les fêtes avec nous. Pour une fois, nous allons célébrer Noël, à l'ancienne. Oh, et n'exorcise pas Fabian : c'est moi qui lui ai demandé de te retenir. Dix minutes de plus et tu aurais aussi eu droit à de jolies guirlandes.

Il émit un petit rire avant de déposer un léger baiser sur ma joue. Le contact frais et délicat de ses lèvres réveilla en moi un besoin instinctif qui me poussa à me serrer davantage contre lui.

— Soit. Je suis sûr que je trouverai de quoi les occuper.

Connaissant mon mari, je devinai sans peine les tâches qu'il leur réservait. Je savais également que l'une d'entre elles, au moins, me ferait rougir.

Je m'écartai de Bones pour laisser nos invités le submerger de leurs meilleurs vœux. Outre Fabian et sa fiancée, tout aussi translucide que lui, qui flottaient dans la pièce, Spade, le meilleur ami de Bones ; Ian, le vampire qui l'avait transformé ; le juvénile Mencheres, l'équivalent d'un grand-père vampire pour Bones, accompagné de sa moitié, Kira ; et enfin Denise, ma meilleure amie, s'étaient joints à nous. Denise était la seule dont le cœur battait encore, ce qui pourrait la faire passer pour humaine aux yeux de beaucoup. J'avais volontairement réduit la liste de nos convives à quelques noms. En effet, pour réunir l'ensemble des connaissances de Bones à l'occasion d'une si longue fête, il m'aurait fallu louer tout un stade de foot. Aussi, seuls les plus proches compagnons de Bones étaient présents.

Enfin, tous sauf un.

— Quelqu'un a des nouvelles d'Annette ? glissai-je à Denise, une fois à l'écart de Bones.

Elle fit « non » de la tête.

— Spade a essayé de l'appeler il y a vingt minutes, en vain.

— Je me demande ce qui la retient.

Étant donné la relation d'« amitié intéressée » qu'elle avait entretenue avec Bones pendant plusieurs siècles, Annette était loin d'avoir mes faveurs, mais c'était également la dernière personne que je m'attendais à voir manquer l'anniversaire de Bones. Leurs liens remontaient à l'époque où tous deux étaient encore humains et, à sa décharge, Annette semblait désormais avoir accepté qu'elle ne représentait plus pour Bones qu'une « amitié désintéressée ».

— Elle a pris l'avion depuis Londres pour venir, souligna Denise. Ça me paraît bizarre que trente minutes de voiture aient suffi à la décourager.

— De quoi parlez-vous ? demanda Bones en s'approchant.

Ne souhaitant pas ternir l'ambiance festive, j'écartai sa question d'un geste de la main.

— Rien. Annette a juste un peu de retard.

— Un type lui a téléphoné juste avant que nous quittions l'hôtel. Elle a dit qu'elle nous rattraperait, intervint Spade en venant se placer derrière Denise.

Il était si grand qu'elle lui arrivait à peine à l'épaule, mais aucun d'eux ne semblait s'en soucier. Ses cheveux noirs lui tombèrent sur le visage tandis qu'il se penchait pour l'embrasser dans le cou.

— Pourquoi est-ce que je suis le seul à n'avoir personne à bécoter ? marmonna Ian en m'adressant un regard accusateur. Je savais bien que j'aurais dû venir accompagné.

— Simplement parce que le genre de filles avec lesquelles tu sors auraient sans doute voulu mettre un peu d'ambiance en proposant une orgie avant même que le gâteau soit coupé, lui indiquai-je.

— Et alors ? répliqua-t-il avec un sourire grivois.

Je levai les yeux au ciel.

— Supporte pour une fois de ne pas être l'objet de toutes les attentions. Ça te fera du bien.

— Je ne vois pas comment, dit-il, comme parcouru par un frisson d'horreur. Je crois que je vais plutôt aller à l'hôtel, voir ce que fait Annette.

— Ian ou l'art de faire avec ce qu'on a sous la main, railla Denise.

Je me retins de rire avec difficulté. L'opinion qu'avait Denise d'Ian et d'Annette avait beau être pire encore que la mienne, cela ne lui donnait pas tort pour autant. Mais, par respect pour l'amitié que leur vouait Bones, je contins mon ricanement.

Loin d'être blessé, Ian dressa un sourcil.

— Comme le dit l'adage, je fais contre mauvaise fortune bon cœur.

Mencheres, toujours aussi diplomatique, choisit cet instant pour se glisser dans la conversation.

— Peut-être pourrions-nous passer aux cadeaux ?

Bones tapa dans le dos d'Ian.

— Reviens-nous vite.

— Je vais essayer de me limiter à une heure, répondit Ian avec sérieux.

— Espèce de porc, ne pus-je m'empêcher de marmonner.

Oh, ça va, j'avais tout fait pour me retenir! Si les vampires avaient pu attraper des maladies, j'aurais souhaité à Ian une éruption d'herpès purulent, mais il valait sans doute mieux qu'il ne puisse plus transmettre aucune IST depuis qu'il n'était plus humain.

Il quitta la pièce sans cesser de glousser.

Bones glissa un bras sur mes épaules. Au passage, ses doigts caressèrent délicatement ma nuque. J'avais choisi de porter ce dos nu noir car je savais mon mari incapable de résister à tant de peau offerte, et je ne m'étais pas trompée. Une douce chaleur m'enveloppa lentement à mesure que Bones abaissait ses défenses pour me laisser accéder à ses émotions. La relation que nous entretenions, forgée dans l'amour, l'était également dans le sang et renforcée par ce lien éternel qui unit un vampire à son Maître. Depuis le jour où Bones m'avait changée en vampire – presque – à part entière, je pouvais accéder à ses émotions comme si elles étaient miennes. Ma transformation s'était certes accompagnée de sérieux inconvénients, mais le degré d'intimité que nous partagions justifiait pleinement que je m'y soumette de nouveau si c'était à refaire.

Bien sûr, ce n'était pas le seul avantage à être un mort-vivant. La capacité à guérir de façon instantanée, à voler, ou à hypnotiser les gens, avait, elle aussi, du bon.

— Sais-tu combien tu es ravissante? demanda-t-il d'une voix profonde.

Des éclats émeraude scintillèrent dans son regard brun sombre; signe qu'il appréciait la vue.

Je me penchai pour lui susurrer ma réponse à l'oreille.

— Attends que tout le monde soit parti pour me l'expliquer.

Il laissa échapper un rire grave, chargé de promesses.

— Tu peux compter sur moi, Chaton.

Nous entrâmes dans la salle voisine, où une pile de cadeaux attendait. On gratifiait les vampires de toute sorte de qualificatifs, mais « radin » ne faisait pas partie de la liste. Bones avait à peine entrepris de déballer ses présents que son portable sonna. Il gloussa en découvrant le numéro qui l'appelait.

— Ian, ne me dis pas qu'avec Annette vous êtes trop occupés pour revenir, opposa-t-il en guise d'allô.

Grâce à mon ouïe surnaturelle, j'entendis chaque mot de la réponse hachée d'Ian.

— Il faut que vous veniez. Tout de suite.

Chapitre 2

Seuls Bones et moi entrâmes dans l'hôtel. Le reste du groupe faisait le guet sur le parking pour éviter que les choses n'empirent en tombant dans une possible embuscade. À cette heure de la nuit, la plupart des résidents dormaient, ce dont je leur fus reconnaissante. En effet, malgré mon encombrante capacité à percevoir les pensées des humains, aucune discussion intempestive ne vint assaillir mon esprit. Seul le ronronnement léger de leurs rêves troublait le silence, mais j'en fis abstraction aussi facilement que de n'importe quel bruit de fond.

J'emboîtai le pas à Bones et pénétrai dans la suite d'Annette. La tranquillité de l'atmosphère vola aussitôt en éclats. Des traînées écarlates maculaient les murs et les lattes du parquet. Elles dégoulinaient du matelas. D'après l'odeur, il s'agissait du sang d'Annette. Je m'attendais à ce que la pièce porte les stigmates d'une lutte acharnée, mais aucun meuble ne semblait avoir bougé.

Ian, dans le coin opposé de la pièce, avait abandonné son attitude goguenarde au profit d'une colère non dissimulée.

— Par ici, annonça-t-il en indiquant la porte de la salle de bains d'un mouvement de la tête.

Bones s'en approcha en trois grandes enjambées, mais j'hésitai. Ian n'avait pas précisé si Annette vivait toujours, seulement qu'il nous fallait faire vite. Si le cadavre de la jeune femme gisait de l'autre côté de la porte, peut-être devais-je laisser Bones seul quelques instants. Elle était sa première transformation ; sa mort l'affecterait profondément. Mais, alors que je me préparais à le réconforter, une voix féminine s'éleva sur le ton de la réprimande.

— Franchement, Crispin, tu n'aurais pas dû venir. Tu manques ta fête d'anniversaire.

Je dressai aussitôt les sourcils. Outre le fait qu'elle appelle Bones par son nom humain, ce que seule une poignée de personnes s'autorisaient, son accent, typique de la haute aristocratie britannique, finit de trahir l'interlocutrice de mon mari. Il s'agissait d'Annette, en vie et absolument pas perturbée, semblait-il, par le fait que les murs étaient repeints de son sang au point de pouvoir faire passer la chambre pour un abattoir.

— Je manque ma fête d'anniversaire ? Mais tu as perdu la tête, ou quoi ? lui demanda Bones comme s'il se faisait le porte-parole de mes pensées.

La porte s'ouvrit et Annette apparut. Vêtue d'un simple peignoir, ses cheveux blond vénitien encore humides, elle semblait tout juste sortie de la douche. Je l'avais rarement vue sans un maquillage parfait et une coiffure impeccable. Cela lui donnait des airs vulnérables. Elle n'avait plus rien de la bombe sexuelle qui avait tenté de m'effrayer lors de notre première rencontre. Elle n'était plus qu'une femme sur le point d'éclater en sanglots malgré son indéfectible sourire.

— Regardez dans quel état est cette chambre, déplora-t-elle avec un petit rire embarrassé.

— Annette. (Bones lui empoigna les épaules et l'obligea à le regarder en face.) Qui t'a fait ça ?

Ses mains voletèrent au-dessus des bras de Bones, comme si elle souhaitait le repousser, mais n'osait pas.

— Je n'en sais rien. Je ne le connaissais pas.

Bones scruta la pièce avec attention. Il y percevait sans doute des détails qui avaient échappé à mon regard, pourtant aguerri. Chasseur de primes depuis deux cents ans, il n'avait pas son pareil pour déceler le moindre signe suspect. Annette gardait le silence. Sa moue faisait naître sur son visage de petites ridules.

— Tu mens, finit par déclarer Bones. L'absence de traces d'effraction, ou de crochetage, indique que tu l'as laissé entrer. Ensuite, tu ne t'es pas défendue lorsqu'il t'a charcutée, pas plus que tu n'as appelé à l'aide ou réveillé les autres résidents. Et pour finir, bien que ton portable soit couvert d'empreintes, ce n'est pas moi que tu as appelé. Ian, as-tu vu de qui il s'agissait ?

— Non, mais je crois que c'est moi qui l'ai fait fuir, répondit Ian. La fenêtre était ouverte, et j'ai entendu quelqu'un détaler par le balcon ; bien trop vite pour que ce soit un humain. Mais j'ai préféré rester auprès d'Annette plutôt que de me lancer à sa poursuite.

Voilà qui me surprit. Ian n'aimait rien tant qu'une bonne bagarre. Annette devait être l'une des rares personnes auxquelles il tenait. Assez en tout cas pour se montrer raisonnable en restant pour la protéger après avoir appelé du renfort plutôt que de succomber à l'appel d'une partie de cache-cache mortel.

Même si, grâce à sa capacité à guérir instantanément, Annette n'affichait plus la moindre égratignure, il était clair que, peu de temps après que les autres avaient quitté l'hôtel pour venir chez nous, un vampire, au moins, s'était présenté pour la torturer sauvagement. Si Bones avait raison et qu'elle connaissait effectivement son agresseur, il était insensé qu'elle ne nous révèle pas son identité. Outre l'arôme du sang qui régnait dans la pièce, une odeur à la fois forte et âcre de produits chimiques me brûla le nez lorsque j'inspirai. Inutile pour autant d'essayer d'identifier l'agresseur à ses simples effluves.

Annette restait plongée dans le silence. Le ton de Bones se durcit.

— Attaquer un membre de ma lignée revient à s'en prendre directement à moi. Aussi, ce n'est plus l'ami qui te pose la question, mais ton Maître qui t'ordonne d'y répondre. *Qui t'a fait ça ?*

Alors qu'il prononçait ces derniers mots, Bones libéra son aura. Son pouvoir envahit la pièce de toute son ampleur. La caresse de sensations que j'avais ressentie plus tôt céda la place à des vagues glaciales et des courants déchaînés de puissance contenue. J'avais l'impression d'évoluer au cœur d'une tempête de glace. Tout mort-vivant se trouvant à moins d'une centaine de mètres de Bones percevrait la force de son aura. Et plus encore ceux qui étaient liés à lui par le sang, comme Annette et moi. Elle recula comme s'il l'avait giflée. Son regard ambré oscillait sans cesse entre Bones et le plancher.

— Crispin, je… je ne peux pas, dit-elle enfin, la tête baissée. Je te l'ai dit, je n'en sais rien.

Des ondes de colère émanaient de Bones, signe qu'il ne la croyait pas. J'étais perdue. À l'exception du jour de notre première rencontre, Annette avait toujours fait preuve d'une loyauté indéfectible envers Bones. D'autant qu'elle l'aimait encore et ne cesserait sans doute jamais. Alors pourquoi lui tenir tête et couvrir l'homme qui l'avait torturée ? Cela dépassait mon entendement.

À moins qu'elle pense protéger Bones en agissant ainsi ? Je me serais moi-même jetée sous plus d'un train métaphorique pour cette raison. Si Bones avait vu juste et qu'Annette connaissait la personne qui l'avait charcutée et dépecée, peut-être la vampire la pensait-elle trop puissante pour laisser son Maître se charger de la venger.

— Retournons à la maison, proposai-je en posant une main sur le bras de Bones, afin d'apaiser quelque peu sa fureur. Nous pourrons y réfléchir à la marche à suivre.

Bones adressa à Annette un regard qui signifiait clairement que leur conversation n'était pas close, puis il fit un geste en direction de la porte.

— D'accord, Chaton. Après toi.

Chapitre 3

Souhaitant nous offrir un peu d'intimité, Spade, Denise, Mencheres et Kira avaient regagné le chalet des invités plutôt que de nous accompagner dans la maison. Inutile en effet de leur relater les événements dans les moindres détails. Leur ouïe surdéveloppée s'était chargée de leur fournir un tour d'horizon complet de la situation tandis qu'ils sécurisaient les environs de l'hôtel. L'humeur plus sombre, j'emboîtai le pas à Annette, Ian et Bones en direction du chalet principal où les ballons, confettis et banderoles nous semblèrent déplacés.

— Regardez tous ces merveilleux cadeaux, s'exclama Annette.

— Tout ce que j'attends de toi, c'est un nom, l'interrompit Bones. Cesse de faire comme si de rien n'était et parle.

Annette, d'ordinaire si gracieuse, s'affala sur le canapé.

Bones prit place face à elle. Il étendit les jambes comme s'il s'apprêtait à faire un somme prolongé.

— Si c'était vrai, tu te serais empressée de me le décrire plutôt que d'essayer de me convaincre que tu ne le connaissais pas.

— Sans compter que tu ne l'aurais jamais laissé entrer, et que tu te serais débattue au lieu de rester paisiblement allongée tandis qu'il te tailladait, ajouta Ian en dépit du regard assassin que lui lançait Annette.

Leurs remarques étaient on ne peut plus pertinentes.

— Tu perds ton temps si tu espères que Bones lâchera le morceau, intervins-je. Aucun Maître digne de ce nom ne permettrait que l'on torture impunément l'un des siens. C'est toi-même qui me l'as dit autrefois.

Ces coups de boutoir auraient dû faire céder Annette. Tout ce que nous disions était vrai, et elle le savait. Pourtant, lorsque je vis ses lèvres se réduire à deux lignes étroites, je compris qu'il n'en serait rien, aussi insensé cela fût-il.

Fabian apparut au centre de la pièce.

— Il y a un vampire dans le bois !

Je me levai aussitôt d'un bond pour me ruer vers notre cache d'armes la plus proche. Ian, qui semblait ne pas voir l'intérêt d'une telle démarche, s'élança vers la porte.

— Stop.

L'ordre émanait de Bones. Il n'avait pas quitté sa position. Son corps svelte recouvrait toujours le canapé, comme s'il était parfaitement détendu mais je savais les apparences trompeuses. La tension qui suintait de son aura épaississait l'air.

— J'espérais que l'on nous suive, expliqua-t-il d'une voix toujours aussi calme et ferme. À présent, nous n'avons plus besoin qu'Annette nous révèle qui l'a agressée. Nous allons le découvrir par nous-mêmes.

— Crispin, attends, s'écria Annette, les traits déformés par l'inquiétude.

— Tu as eu ta chance, l'interrompit-il sèchement.

Il lança ensuite un coup d'œil à Ian, puis désigna Annette d'un signe de tête. Les mots qu'elle s'apprêtait à prononcer furent bloqués par la main qu'Ian plaqua sur sa bouche. Seuls de faibles grognements assourdis lui échappèrent tandis qu'Ian s'asseyait sur le canapé derrière elle pour la maintenir serrée contre lui.

— Ne te bile pas. Elle va rester sage comme une image, hein, ma puce ? déclara Ian d'une voix traînante.

Annette semblait à présent furieuse, mais elle n'avait aucune chance de prendre le dessus sur Ian. Une raison de plus de ne pas m'inquiéter de la venue de notre mystérieux invité. Soit il était suicidaire, soit il n'avait pas conscience qu'il s'était introduit dans une propriété où se trouvaient plusieurs Maîtres vampires, dont l'un au moins pourrait le décapiter à la seule force de son esprit.

— Fabian, tu n'as vu qu'un seul intrus ?

Le fantôme hocha la tête.

— Oui, au pied de la colline.

Voilà pourquoi les autres n'avaient pas encore senti sa présence. Notre maison, ainsi que le chalet des invités, trônait au sommet de ladite colline, point le moins accessible à d'éventuels curieux.

— Chaton, viens avec moi, dit Bones en se levant. Fabian, demande aux autres de rester à l'intérieur et de continuer à discuter comme si de rien n'était.

Je finis de glisser quelques dagues supplémentaires dans les étuis qui me couraient le long des bras. Des pieux de bois auraient certes été meilleur marché, mais ils n'étaient efficaces que dans les films. J'enfilai ensuite un manteau, non pour lutter contre le froid de cette glaciale soirée de novembre, mais pour dissimuler mes armes.

— Prête, dis-je tandis que mes crocs s'allongeaient de leur propre chef.

— On dirait que tu vas pouvoir fêter Noël un peu en avance, Cat, railla Ian.

Je lui retournai un regard noir, mais l'excitation qui m'habitait devait transparaître dans mon aura. Je n'avais certes pas souhaité qu'un fou du scalpel vienne gâcher la fête d'anniversaire de Bones, mais cela faisait plusieurs semaines que je n'avais pas pris part à une bonne baston. Qui pourrait me reprocher de montrer à ce vampire ce qui arrivait lorsqu'on se pointait chez moi pour y chercher des noises ?

— N'oublie pas que nous le voulons vivant, mon amour, me rappela Bones, dont le regard, animé d'une patience prédatrice, scintillait de reflets émeraude. Du moins, pour le moment.

Les feuilles recouvertes de givre craquaient sous mes pas tandis que je progressais entre les arbres. Mes sandales à talons n'étaient certes pas le meilleur choix de chaussures pour arpenter ces collines mais, comme les vampires ne risquent pas de s'enrhumer et qu'ils jouissent d'excellents réflexes, je n'avais pas jugé utile d'en changer. Et puis, s'ils pouvaient me faire paraître vulnérable aux yeux de quiconque rôdait dans le coin, tant mieux.

Bones volait quelque part au-dessus de ma tête, mais je ne le voyais pas. Soit ses vêtements se fondaient dans le ciel nocturne, soit il naviguait trop haut pour être visible. Aucune trace non plus de Fabian, ni de sa fiancée spectrale, mais je les savais à l'affût, prêts à avertir les autres au cas où l'intrus serait venu accompagné. Seuls nos amis les plus proches et nos familles connaissaient l'emplacement de notre maison de Blue Ridge, mais si un de nos ennemis avait réussi à la localiser, alors pourquoi pas d'autres ?

Des brindilles craquèrent à une trentaine de mètres sur ma gauche. Je ne tournai pas la tête et poursuivis ma route, comme s'il s'agissait d'une banale promenade au clair de lune. Je doutais que l'intrus tombe dans le panneau, même s'il avait fait preuve d'une grande stupidité en attaquant Annette alors que Bones se trouvait à proximité. Aucun Maître vampire ne laisserait passer une chose pareille.

D'autres craquements résonnèrent, trop proches cette fois pour que je feigne de ne pas les avoir entendus. Je me retournai et écarquillai les yeux, faisant mine de ne pas avoir remarqué la silhouette sombre tapie derrière les arbres.

— Il y a quelqu'un ? lançai-je d'une voix délibérément inquiète.

Un éclat de rire se répercuta dans la nuit glaciale.

— Tu ferais une déplorable héroïne de film d'horreur. Tu as oublié de serrer ton manteau sur tes épaules tremblantes, tout en te mordant la lèvre.

Il s'exprimait avec un accent anglais et des inflexions plus proches de celles, aristocratiques, de Spade ou Annette, que du langage, moins guindé, de Bones ou Ian. Il s'avança entre les arbres, sa longue chevelure blonde éclatante dans le clair de lune.

Je ne pus m'empêcher de le dévisager longuement. Non pas à cause de ses pommettes ciselées, ni de ses traits dont la finesse m'évoqua la beauté parfaite de Bones. Pas non plus en raison de son imposante carrure – il devait frôler le mètre quatre-vingt-dix. Mais pour sa chemise. De la dentelle s'échappait des manches de son manteau pour lui recouvrir la quasi-totalité des mains. D'autres froufrous blancs du même type lui garnissaient le cou, puis descendaient le long de sa poitrine. Je fus si distraite par cette vision que j'en oubliai presque de vérifier s'il était armé.

— Sérieux ? ne pus-je m'empêcher d'éructer. Même une drag-queen hésiterait à porter ça en public.

Son sourire dévoila une dentition blanche aux crocs rétractés.

— Un clin d'œil à mon héritage. Tu remarqueras cependant que je m'arrête à la taille.

Un jean noir – en effet plus moderne – complétait sa tenue. Il y transparaissait les contours d'une dague en argent plaquée contre sa cuisse. À part une longue canne en bois, c'était la seule arme visible qu'il portait, mais cela n'impliquait pas pour autant qu'il n'en avait pas d'autres. Je gardais moi aussi mes meilleurs atouts dissimulés.

— Laisse-moi deviner. Tu es perdu ? ironisai-je en m'approchant de lui.

Même si aucune trace de sang ne le trahissait, il s'agissait vraisemblablement de l'agresseur d'Annette. D'après son aura, il était âgé de plus de deux cents ans, mais je ne le craignais pas. À moins qu'il ait masqué la réelle étendue de son pouvoir, il n'était pas Maître. Aussi, je n'aurais aucune difficulté à lui faire mordre la poussière.

Le vampire me renvoya mon regard scrutateur. Il me jaugeait avec minutie, mais sans la moindre crainte. Un petit sourire satisfait ne quittait pas ses lèvres.

— Plutôt jolie, même si les cheveux courts ne sont pas ma tasse de thé. Tu serais plus charmante encore avec de longues mèches rousses.

Malgré ma certitude de ne jamais l'avoir rencontré auparavant – impossible en effet d'oublier une telle impudence –, quelque chose en lui m'était familier.

— Les enfers se sont chargés de ma coupe de cheveux il y a tout juste trois semaines, répondis-je avec désinvolture. Mais ça repousse.

Si je n'avais pas été une vampire, je n'aurais plus eu un poil sur le caillou après avoir frôlé la mort de si près. Mais, grâce à mes capacités de régénération, pas besoin d'investir dans des perruques. Ni dans des greffes de peau, Dieu merci.

— Tu veux encore tailler le bout de gras ? repris-je. Ou je peux commencer à te botter le cul pour effraction et agression présumée.

J'étais à présent assez près pour distinguer la couleur myrtille de son regard. Aucune colère ne sembla le traverser. Seul son rictus s'élargit.

— Si nous n'avions pas été liés, j'aurais pu entrer dans ton petit jeu galant.

Cet abruti pensait que je le draguais ? Sa réaction m'agaça tant que je manquai d'abord la première partie de sa phrase qui, ensuite, me pétrifia.

— Comment ça, liés ?

Ma seule famille encore de ce monde consistait en un père vampire emprisonné, un oncle fantôme, et une mère transformée depuis peu. Et pourtant, la fermeté de son ton et l'aplomb avec lequel il soutenait mon regard me poussèrent à me demander s'il disait vrai. Était-il possible que mon père ne soit pas le seul vampire de mon ascendance ?

De la pointe de sa canne, il traça une ligne dans les feuilles mortes, et dressa un sourcil en signe de défi.

— Toujours rien ? lâcha-t-il avec un soupir exagéré. J'avais pensé que toi, plus que nul autre, serais sensible à la ressemblance, mais on dirait que non.

Les devinettes n'avaient jamais été mon fort. J'englobai ses longues mèches blondes et sa chemise démodée d'un regard plein de mépris.

— Si tu essaies de te faire passer pour Lestat, alors, oui, la ressemblance est frappante.

Il renifla.

— Tu ne serais pas un peu longue à la détente, Chaton ?

Une forme sombre tomba derrière lui et, avant même qu'il ait pu faire volte-face, il se retrouva prisonnier d'une étreinte vengeresse. La lame que Bones pointa vers sa poitrine accrocha le clair de lune.

— Personne à part moi n'appelle ma femme ainsi, dit-il d'une voix douce bien qu'assassine.

Le vampire se retourna pour tenter de se libérer, mais il lui aurait été plus simple de se défaire de barreaux métalliques. Ses efforts n'eurent d'autre effet que d'enfoncer la pointe de la dague dans sa poitrine, comme en témoignait la tache écarlate qui maculait le devant de sa chemise. En continuant à se débattre, il ne ferait qu'entraîner la lame plus profond et, si l'argent lui lacérait le cœur, alors il mourrait pour de bon. Il recouvra son calme et tourna la tête pour croiser le regard de l'homme qui l'immobilisait.

À cet instant, voyant leurs visages si proches l'un de l'autre, je fus frappée par une révélation. Cela semblait impossible, mais…

— Bones, ne lui fais pas mal ! lançai-je, ébranlée par la situation et ses implications. Je… je ne pense pas qu'il ait agressé Annette.

Le vampire me gratifia d'un regard approbateur.

— Pas si stupide, finalement, hein ?

Bones ne porta pas le coup fatal, mais sa main se crispa sur le manche de la dague.

— Ose encore l'insulter, et ce seront tes derniers mots.

Un rire douloureux s'éleva du vampire.

— Et moi qui croyais normal de taquiner un parent.

— Un parent ? répéta Bones avec dérision. Tu prétends appartenir à sa famille ?

— Non pas par les liens du sang, mais par ceux du mariage, expliqua le vampire, en insistant sur chaque mot. Je me présente. Je m'appelle Wraith, je suis ton frère.

Chapitre 4

Le visage de Bones se déforma sous l'effet du choc. Wraith semblait plus raffiné, même avec une dague plantée dans la poitrine.

— Tu mens, finit par déclarer Bones. Ma mère n'a pas eu d'autre enfant que moi.

— C'est exact, reconnut Wraith. Mais ton père, si.

Bones, bien que visiblement abasourdi, ne relâchait pas son étreinte.

— Ma mère était une prostituée. Elle n'a jamais su qui était mon père.

— Ta mère s'appelait Pénélope Ann Maynard, et elle est effectivement devenue prostituée, reprit Wraith. Mais pas avant d'avoir donné naissance au fils illégitime du duc de Rutland. Le garçon fut élevé dans un bordel de Londres avant d'être condamné à la déportation pour vol en 1789. Il mourut dans un bagne de Nouvelle-Galles du Sud à peine un an plus tard, mais ne resta pas mort bien longtemps. (Le regard de Wraith glissa jusqu'à l'homme qui se tenait dans son dos.) Ça te rappelle quelque chose ?

Les mots semblèrent percuter Bones comme autant de coups, ainsi qu'en témoignaient les émotions qui se faufilaient dans mon subconscient. J'avais déjà entendu l'histoire de Bones, mais peu connaissaient son passé.

Pourtant, Wraith avait eu tout juste, tant pour les dates que pour le reste. Sans parler de leur troublante ressemblance. Tous deux avaient de hautes pommettes ciselées, d'épais sourcils, une bouche ourlée mais déterminée, et une posture imposante, fière et arrogante. Bones était brun aux yeux noisette et Wraith blond aux yeux bleus, mais si l'un d'eux se teignait les cheveux et s'équipait de lentilles colorées alors, même un observateur extérieur les devinerait parents. Demi-frères, si l'on en croyait Wraith.

— Bien tenté, mais ma mère s'appelait Russell, pas Maynard, indiqua Bones. Et ni elle, ni aucune des femmes parmi lesquelles j'ai grandi n'a jamais laissé entendre qu'elles connaissaient mon père. Et voilà que, plus de deux siècles plus tard, tu débarques avec une histoire de duc pour essayer de me faire croire que tu serais mon frère ? (Il resserra son étreinte sur le cou de Wraith.) Désolé, mon pote, mais ça ne prend pas.

— J'ai… es… euves, parvint-il à articuler malgré la pression qui lui écrasait la gorge.

— Des preuves ? répéta Bones en le relâchant un peu.

Wraith acquiesça tant bien que mal.

— Si tu voulais bien cesser de m'étrangler, je pourrais te les montrer.

Fabian nous suivit à distance tandis que nous empruntions l'allée de gravier qui serpentait jusqu'au pied de la colline. Si Wraith avait remarqué la présence du fantôme qui voletait au-dessus des arbres, il ne fit pas le moindre commentaire. En fait, il semblait détendu. Joyeux, même. Mais je refusais de baisser ma garde. J'avais croisé plusieurs personnes qui, bien que s'efforçant de me tuer, ne s'étaient jamais départies de leur sourire. Une attitude joviale était peut-être bon signe chez le Père Noël, mais on ne pouvait pas en dire autant pour les vampires.

— Comment as-tu trouvé mon adresse ? demanda Bones, qui, lui non plus, n'avait pas renoncé à sa méfiance, comme l'indiquaient les courants tourbillonnants de son aura.

— Je vous ai suivis depuis l'hôtel, confessa Wraith.

Je m'immobilisai aussitôt.

— Tu admets être l'enfoiré qui a massacré Annette ?

Beau-frère ou pas, il le paierait cher, si tel était le cas.

Il soupira.

— Disons plutôt que j'ai sauvé Annette en pourchassant ce vampire. Même si je ne suis pas parvenu à le rattraper. Lorsque je suis revenu pour voir comment elle se portait, vous la faisiez monter en voiture, et vous sembliez être assez en colère pour tuer d'abord et poser les questions après.

Ian avait déclaré avoir entendu un vampire – sans doute l'agresseur d'Annette – qui fuyait la scène. Aurait-il pu en réalité s'agir de Wraith qui s'élançait à sa poursuite ?

— Si tel était le cas, pourquoi Annette ne nous a pas parlé de toi, à notre arrivée ? Et, surtout, où étais-tu pendant qu'un salopard repeignait les murs avec son sang ?

Le ton égal de Bones arracha un regard en coin à Wraith. Il n'avait visiblement pas besoin d'un accès aux émotions de Bones pour comprendre que celui-ci ne croyait pas un mot de sa version des faits.

— J'étais en route. Tu peux vérifier son téléphone, tu verras que je l'ai appelée juste avant son agression pour lui dire que je serais en retard. Une fois sur place, j'ai entendu des bruits étranges. Sa porte n'était pas fermée et je suis entré juste à temps pour apercevoir une silhouette qui s'enfuyait par la fenêtre. Après m'être assuré qu'Annette était toujours « en vie », je me suis lancé à la poursuite de son agresseur. Pour ce qui est de son silence lors de votre arrivée, je ne peux l'imputer qu'à une tentative maladroite de garder la surprise.

— Quelle surprise ? demandâmes-nous à l'unisson.

— Celle de l'existence de ton frère, répondit Wraith d'une voix calme. Elle voulait t'offrir la nouvelle en guise de cadeau d'anniversaire.

Malgré leur ressemblance physique, il m'était toujours impossible de les imaginer frères. Et, à en croire le scepticisme qui filtrait dans mon esprit, Bones partageait mon incrédulité.

— Ce vampire que tu as pris en chasse, tu l'as aperçu distinctement ? Tu as pu l'identifier ? demandai-je afin de changer de sujet.

— Désolé, mais je ne l'avais jamais vu auparavant. Tout ce que je sais, c'est qu'il avait des cheveux sombres et qu'il filait comme le vent.

Un vampire brun capable de voler. Voilà qui réduisait les possibilités à plus de dix mille suspects potentiels, un bien maigre progrès. Nous avions presque atteint le pied de la colline. Un peu plus loin, une Buick était garée sur le bas-côté, lumières éteintes.

— C'est ma voiture, indiqua Wraith d'un mouvement de tête. Les preuves que vous attendez sont dans le coffre, expliqua-t-il en offrant son trousseau de clés à Bones.

Ce dernier n'esquissa pas le moindre geste, seul un mince sourire lui étira les lèvres.

— N'y compte même pas. À toi l'honneur.

Wraith émit un petit grognement familier.

— Tu crois peut-être que je l'ai truffé d'explosifs ? Tu es encore plus paranoïaque qu'on le dit.

— Et bien plus impatient aussi, répliqua froidement Bones. Alors, active-toi.

Après avoir laissé échapper un soupir d'exaspération, Wraith posa sa canne et se dirigea vers l'arrière de sa voiture. Le coffre s'ouvrit sans la moindre étincelle. Wraith en extirpa un objet rectangulaire recouvert d'un drap.

— Tiens, dit-il en le tendant à Bones. J'ai également apporté quelques archives, mais si cela ne suffit pas à te convaincre, alors elles n'y changeront rien.

Bones prit l'objet qu'il débarrassa de son drap. C'était un tableau. Ancien, à en juger par l'état du cadre et de la toile. Mais un simple coup d'œil me coupa le souffle.

Bones, dont le regard restait rivé sur le portrait, ne dit pas un mot. Malgré la blondeur soyeuse du sujet et les rides, trop dures pour avoir été creusées à force de sourire, qui lui encadraient la bouche, la ressemblance faisait froid dans le dos. L'homme portait une chemise à jabot sous une veste brodée couverte de tant de glands, de boutons et de galons, qu'elle semblait pouvoir tenir toute seule. Une dague ancienne, dont le manche orné de pierres dépassait de la ceinture, ajoutait une touche d'extravagance. Comme si l'arrogance qui se dégageait de l'expression de son porteur ne suffisait pas à indiquer qu'il avait joui d'une vie d'opulence.

— Je vous présente le duc de Rutland, déclara Wraith, qui rompit le silence pesant. Au cas où ses traits ne vous parleraient pas assez, les registres indiquent qu'il se nommait Crispin Phillip Arthur Russell, deuxième du nom, et moi Crispin Phillip Arthur Russell, troisième du nom, tout comme toi.

Je fus transportée huit ans plus tôt, alors que j'apprenais à connaître Bones et qu'il m'avait expliqué la raison de son nom.

« Cette dernière partie sort tout droit de l'imagination de ma mère, car elle n'avait aucune idée de l'identité de mon père. Mais elle s'est dit que ce "troisième du nom" me donnerait un peu de dignité. La pauvre femme, elle n'a jamais voulu voir les choses en face. »

Si le vampire qui se tenait devant nous disait vrai, la mère de Bones ne l'avait pas appelé ainsi sur un coup de tête, mais plutôt en référence au père qu'il n'avait jamais connu.

Lorsque Bones prit la parole, il le fit d'une voix où les émotions qu'il s'efforçait de contenir – je percevais sa lutte – étaient palpables.

— Si tu es bien mon demi-frère, tu dois avoir maintenant plus de deux cents ans. Puisque tu connaissais nos liens depuis tout ce temps, pourquoi ne pas avoir essayé de me retrouver plus tôt ?

Wraith esquissa un sourire triste.

— Je ne l'ai appris que récemment, de la bouche de goules qui ne jurent que par la guerre. J'ai d'abord cru à une plaisanterie, jusqu'à ce que je trouve un portrait de toi. Notre ressemblance m'a poussé à creuser quelque peu dans l'histoire de ma famille. Dans de très anciennes archives, il est fait mention de réparations que mon père aurait versées au vicomte Maynard en lien avec la grossesse, hors mariage, de sa fille, Pénélope. Je suis ensuite tombé sur ton nom en parcourant des retranscriptions de procès de la Cour centrale, et ai vérifié que ton âge correspondait bien à celui qu'aurait eu l'enfant. Si, en dépit de nos noms identiques et de tous ces indices, j'avais encore nourri quelques doutes, le fait de te rencontrer finit de les dissiper. Tu ressembles tant à mon père que tu pourrais être son fantôme teint en brun.

La méfiance qui animait Bones se mêlait d'un sentiment si poignant que les larmes me montèrent aux yeux. *De l'espoir.* Était-il possible qu'après tout ce temps, il retrouve enfin un membre de sa famille encore en vie ? Le nom de Wraith, leur ressemblance et le portrait étaient des plus convaincants. Sans compter que l'authenticité des archives citées par Wraith pouvait être vérifiée sans difficulté. Et, pourquoi risquer d'inventer une telle histoire ? Bones n'était pas du genre à apprécier ce type de canular.

Je plaquai la main sur son bras, espérant calmer le flot d'émotions qui tourbillonnaient en lui.

— Tu as dit qu'Annette savait tout ça ?

Wraith acquiesça.

— Je me suis dit qu'il serait préférable que vous appreniez une telle information de vive voix, c'est pourquoi je me suis mis à la recherche d'un membre de votre lignée qui pourrait me conduire jusqu'à vous. Une fois Annette convaincue de ma bonne foi, nous avons décidé de nous retrouver à l'hôtel afin d'arriver ici ensemble.

— En guise de cadeau d'anniversaire, compléta Bones, qui scrutait à présent l'autre vampire avec plus de curiosité que de suspicion.

Un sourire excentrique apparut sur les lèvres de Wraith.

— Même si je ne suis pas allé jusqu'à m'entourer d'un ruban scintillant.

Le détective imaginaire Sherlock Holmes avait pour habitude de dire qu'une fois l'impossible écarté, et aussi improbable que ce qui reste puisse paraître, il ne pouvait s'agir que de la vérité. Bien qu'il fût invraisemblable que le vampire qui nous faisait face soit en effet le frère de Bones, tous les faits pointaient dans cette direction.

— Je sais que cela à de quoi être surprenant, poursuivit Wraith sans se départir de son étrange sourire. Ou peut-être que tu t'en fiches, après tout. Nous avons perdu notre humanité depuis si longtemps que je comprendrais que tu n'en aies cure. Si tu préfères que je parte, soit, mais je… j'avais espéré que, peut-être, on pourrait essayer d'apprendre à se connaître.

Si je n'avais pas eu la main sur le bras de Bones, je n'aurais sans doute pas remarqué l'infime frisson qui le parcourut lorsque Wraith buta sur ces derniers mots, dévoilant ainsi une part de vulnérabilité sous son apparente impudence. Il avait beau prétendre qu'une rebuffade ne l'affecterait pas, il était évident qu'un refus le blesserait. En ce qui concernait Bones, il mourait visiblement d'envie d'en apprendre plus sur ce vampire qui pouvait représenter son seul lien avec sa famille humaine depuis longtemps perdue de vue.

Une rafale glaciale balaya les cheveux de Wraith sur son visage et me rappela que nous pouvions tout aussi bien poursuivre cette conversation confortablement installés plutôt que de rester plantés sur le bord de la route.

— Pourquoi ne pas retourner à la maison ? proposai-je en souriant. Il y fait plus chaud, et ça me donnera l'occasion de féliciter Annette pour le choix de son cadeau. Il surpasse le mien haut la main.

Chapitre 5

Nous entrâmes dans le chalet. Wraith écarquilla les yeux en apercevant Annette, retenue par Ian, qui lui plaquait toujours une main sur la bouche.

— Oh, ne t'en fais pas pour ça. Nous avons eu un petit problème de communication, dis-je en guise d'explication.

Ian dressa un sourcil, mais ne relâcha pas sa prise.

— S'il s'agit là de notre intrus, je serais curieux de savoir pourquoi il est encore en un seul morceau.

— Ce n'est pas lui qui a charcuté Annette, déclara Bones en s'éclaircissant la voix. En réalité, il pourrait même être… mon frère.

Bones répéta les propos de Wraith en dévoilant le portrait pour les appuyer. Ian sembla abasourdi en apprenant que les parents de Bones étaient des nobles, mais ce dernier ne le remarqua pas. Toute son attention était dirigée vers le vampire blond qui se tenait à ses côtés.

— Hmph, laissa échapper Ian, une fois que Bones eut fini. Alors comme ça, ton père était le duc de Rutland, mais qui était ton Maître, Wraith ?

— Il s'appelait Sheol, mais il nous a quittés il y a plus d'un siècle, répondit l'intéressé.

Je marmonnais ma compassion mais, au fond, j'étais soulagée. Il aurait été bien malvenu que Wraith appartienne à une lignée adverse. En effet, parler de système féodal pour évoquer celui auquel obéissaient les vampires revenait à enjoliver la réalité. Leur organisation était plus comparable à celle d'une mafia. Sous stéroïdes.

— Comme c'est tragique, ironisa Ian qui, égal à lui-même, ne fit même pas semblant de compatir. Et depuis, tu es sous la protection de qui ?

— Je suis resté sans Maître, expliqua Wraith en redressant les épaules.

— Avec si peu de puissance ? demanda Ian avec un scepticisme manifeste.

J'en restai bouche bée. J'avais également déduit à son aura que Wraith n'était pas très puissant, mais Ian était allé trop loin en le soulignant si ouvertement.

Bones partageait mon sentiment.

— Ian, le mit-il en garde d'une voix lourde.

— Aucun problème, reprit Wraith, dont les lèvres s'étaient malgré tout réduites à deux lignes infimes. Je vis à l'écart, la plupart du temps. Je suis certes un peu seul, mais cela est plus sûr, étant donné les luttes d'influence auxquelles se livrent nos semblables.

Annette lança son coude dans les côtes d'Ian, qui finit par ôter sa main.

— Je suis tellement heureuse que tu sois parvenu à nous rejoindre, Wraith, s'enthousiasma-t-elle. Bien sûr, j'aurais préféré que vous vous rencontriez dans d'autres circonstances…, poursuivit-elle, tandis que son regard glissait vers Bones.

Wraith s'approcha d'elle pour déposer un baiser sur le dos de sa main.

— Tu n'aurais rien pu faire pour éviter cette terrible agression. Je suis soulagé d'être arrivé juste à temps. Je jure que je retrouverai le coupable et qu'il paiera pour ses actes, au centuple.

Annette, par son silence, indiquait que Wraith avait dit la vérité quant au rôle qu'il avait joué à l'hôtel. Cela nous laissait avec un autre problème, mais j'étais soulagée qu'il n'implique pas le vampire à la chevelure fauve dont la parenté avec Bones semblait de plus en plus irréfutable.

Annette se leva du canapé, et son regard d'ambre croisa celui, plus sombre, de Bones.

— Crispin, je te garantis avoir vérifié ce que Wraith a avancé la première fois qu'il m'a contactée. Je n'aurais jamais accédé à sa demande s'il avait menti. Mais, d'après ce que j'ai pu découvrir, il est bien celui qu'il prétend être : ton demi-frère.

— Je vous confierai les archives que j'ai évoquées plus tôt, ajouta Wraith. Elles sont dans ma voiture. Nous pourrions également faire appel à la technologie moderne, si tu souhaites que nous comparions notre ADN…

— Excellente idée, intervint Ian. Je connais justement un type qui réalise ce genre de test.

— Du calme, tempéra Bones.

Un sourire déforma ses lèvres avant qu'il reprenne :

— Il ne fait aucun doute que, dès demain, j'aurai très envie d'en savoir plus sur l'histoire de ta – ou plutôt de notre – famille, mais pour le moment j'aimerais juste… discuter. Apprendre à se connaître un peu.

Wraith regardait Bones droit dans les yeux. Son expression révélait le même optimisme prudent que celui que je percevais dans les émotions de Bones.

— Avec grand plaisir, accepta-t-il d'une voix éraillée.

Ian commença à ouvrir la bouche, mais je lui posai une main sur l'épaule.

— Allons annoncer aux autres que nous avons un nouvel invité, lui proposai-je, la main serrée en guise d'avertissement. Annette, pourquoi est-ce que tu ne viendrais pas avec nous ? On passera récupérer tes affaires afin que tu puisses enfiler autre chose.

Ian me retourna un regard assassin, mais je me contentai de garder le sourire tout en affermissant ma prise. Qu'il garde son impolitesse habituelle pour un autre moment. Annette ne se fit pas prier pour accorder à Bones un peu d'intimité. Elle saisit fermement la main d'Ian pour l'entraîner à l'écart.

— Viens. Plutôt me planter un pieu dans le cœur que de porter cette horrible robe une minute de plus.

Bones se glissa dans le lit peu avant l'aube. J'étais moi-même montée quelques heures plus tôt, non pas pour dormir, mais pour réfléchir aux événements de la soirée. D'un côté, j'étais ravie à l'idée que Bones retrouve un membre de la famille qu'il croyait éteinte. Mais d'un autre, plusieurs questions ne cessaient de m'obséder et tempéraient quelque peu mon enthousiasme initial. Peut-être était-ce juste la négativité d'Ian qui déteignait sur moi, mais j'avais du mal à comprendre pourquoi Annette n'avait dit à personne qu'elle viendrait à la soirée accompagnée de rien de moins que le frère de Bones, dont il ignorait jusqu'à l'existence. C'était une chose que de lui en réserver la surprise, mais pourquoi lâcher une telle bombe sur l'ensemble des convives ?

Et pourquoi ne pas nous avoir parlé de Wraith lorsque nous avions débarqué à l'hôtel ? Merde, on aurait pu le tuer en le prenant pour l'agresseur ! Et, autre détail étrange, quand Ian lui avait posé la question, elle était restée sans réponse, visiblement surprise elle-même par sa réaction. Je veux bien reconnaître avoir affublé Annette de noms peu charitables au fil des ans, mais je ne l'aurais jamais qualifiée d'écervelée.

Sans parler de la confidence croustillante que m'avait faite Fabian tandis que je montais après avoir pris congé. Dans sa hâte de nous informer qu'un vampire inconnu rôdait dans la propriété, il avait oublié de nous préciser ce qu'il l'avait vu faire. D'après Fabian, Wraith avait arpenté la base de la colline, s'entaillant la main à intervalles réguliers pour asperger la terre de son sang.

Une attitude des plus troublantes, même pour un vampire. Les liens de parenté qu'il partageait avec Bones semblaient solides, mais ils ne garantissaient en rien qu'il était fréquentable. J'étais bien placée pour le savoir. Pour autant, je refusai d'assaillir Bones avec mes doutes. Aussi, je roulai dans ses bras et ne dis que trois mots :

— Comment c'était ?

Wraith avait beau résider dans l'une de nos chambres d'amis en bas, je ne craignais pas qu'il nous entende. À la suite des événements récents, nous avions procédé à quelques aménagements dans notre chambre. Le mélange d'herbes et d'ail qui garnissait ses murs épais la rendait parfaitement insonorisée et inaccessible aux fantômes. Outre ces barrières, nous parlions à voix basse, ce qui rendait notre conversation inaudible, même pour un vampire qui prêterait l'oreille.

Bones fit courir ses mains le long de ma colonne, et je ne pus résister à l'envie de me blottir contre lui. Il dormait toujours nu. Le contact de son corps élancé, athlétique, suffit à me donner l'envie de me taire, mais la situation était sérieuse.

— Agréable dans l'ensemble. (Il s'arrêta alors, comme pour choisir ses mots.) Il n'était pas rare que les aristocrates enfantent des bâtards, quelle que soit la classe sociale de la mère. Aussi, je n'ai que peu de doutes quant à l'authenticité du lien qui m'unit à Wraith. En revanche, je me demande quel homme il est vraiment. Il était très enthousiaste à l'idée de parler de notre parenté, mais beaucoup moins de lui.

Ses propos faisaient écho à mes propres réserves, mais j'attendrais qu'il exprime les siennes en premier.

— C'est-à-dire ?

— Son Maître a été tué. Jusque-là, rien d'étonnant. (Bones marqua une nouvelle pause. Je sentais en lui la lutte qui opposait son scepticisme à son envie de croire Wraith.) Mais il continue à réfuter tout lien avec les vampires depuis lors. Même s'il a pu rester à l'écart de toute alliance politique pour des raisons de sécurité, nos semblables ne sont pas réputés pour leur amour de la solitude.

— Peut-être ne veut-il pas admettre qu'il copine avec certains de tes ennemis, histoire de ne pas assombrir la vision que tu as de lui ?

Je nourrissais moi aussi de sérieux doutes quant à la prétendue solitude de Wraith mais, par égard pour Bones, j'avais préféré avancer une explication optimiste.

— Peut-être, concéda-t-il d'une voix songeuse. Que penses-tu de lui ?

— En me basant sur votre ressemblance, son nom, les documents qu'il a produits et le portrait, dont il serait très facile de vérifier l'authenticité, je suis prête à croire qu'il est bien ton frère, mais ça ne veut pas dire que je lui fais confiance pour autant, répondis-je avec honnêteté avant d'exposer les raisons de mon inquiétude.

Tandis qu'il m'écoutait, les traits de son visage semblèrent se tirer. Lorsque j'eus fini, il laissa échapper un soupir.

— Dans ce cas, il va falloir lui poser certaines questions auxquelles il devra répondre s'il veut qu'une relation puisse naître entre nous. Hors de question que je me laisse duper par une simple recherche qu'il aurait menée sur moi avant de venir me trouver. Je ne vais pas jeter deux cents ans de prudence par la fenêtre, même pour un membre de ma famille.

— Deux cent quarante-cinq, lui rappelai-je, histoire de changer de sujet.

Nous étions d'accord sur la nécessité de disséquer l'histoire de Wraith, ainsi que sur celle de retrouver l'agresseur d'Annette, mais cela pouvait attendre. Pour le moment, je voulais que seules des choses agréables accaparent l'attention de Bones. C'était son anniversaire, après tout.

Je glissai ma cuisse entre les siennes, un sourcil dressé en guise de défi.

— Tu es prêt pour ton autre cadeau ? Ou peut-être que, maintenant que tu approches le quart de millénaire, tu préfères faire une sieste ?

Il partit d'un rire que la promesse du péché rendit irrésistible.

— Je vais te faire payer tes propos, mon amour, jusqu'à ce que tu me supplies.

Il roula sur le dos et m'entraîna brusquement sur lui. Il saisit mes poignets d'une main tandis que, de l'autre, il relevait ma chemise de nuit en soie. À la différence de Bones, je ne me couchais jamais nue. Il était bien trop excitant de le laisser me débarrasser de mes vêtements.

— Lâche mes mains, lui ordonnai-je, poussée par l'irrépressible envie de les faire courir sur son corps et de sentir la myriade de muscles qui saillaient sous sa peau lisse et pâle.

Sa puissance m'enveloppait déjà. Je la sentais vibrer le long de chacune de mes terminaisons nerveuses comme s'il s'agissait de doigts à la fois experts et invisibles.

Il ricana tandis que, de sa main libre, il me forçait à écarter les jambes.

— Tu as oublié le mot magique.

Il relâcha sa prise et glissa vers le pied du lit. J'essayai de bouger, mais mes poignets étaient toujours prisonniers d'une entrave de fer. Une force invisible avait pris le relais de sa main.

— Je vois que tu as travaillé ta télékinésie, fis-je remarquer, haletante. C'est de la triche.

Il rit de nouveau, fier du lien invisible qui me maintenait en place. Il m'attira à lui, pétrissant le bas de mon dos de ses doigts puissants, pour m'approcher de sa bouche. Je retins mon souffle au contact de ses lèvres sur mon ventre. Sa langue joua avec mon nombril puis de plus en plus bas. De ses crocs, il entraîna le haut de ma culotte en descendant avec une lenteur insupportable. Le fait que je le chevauche de la sorte ne facilitait pas l'opération. Aussi, je commençai à me décaler, mais il m'interrompit.

— Besoin de quelque chose ? me demanda-t-il dans un murmure.

Sa bouche était si proche que je sentis ses lèvres frotter contre la dentelle de la culotte que je me maudissais d'avoir enfilée.

— Je voudrais l'enlever, répondis-je en me cambrant vers lui.

Pendant une fraction de seconde, sa bouche toucha ma chair et une vague de plaisir brûlant me transperça tandis qu'il faisait danser sa langue experte. Puis, l'instant d'après, il recula, me laissant en proie à un désir insoutenable.

— Bones, s'il te plaît, le priai-je dans un gémissement.

Un rire grave retentit et son souffle embrasa tout ce qu'il toucha.

— C'est ça que tu appelles supplier ? Allons, Chaton, je suis sûr que tu peux faire beaucoup mieux que ça…

Chapitre 6

À mon réveil, je découvris un vampire penché sur moi. Rien d'étonnant à cela puisque je m'étais endormie dans les bras de l'un d'eux. En revanche, ce qui rendait la situation inhabituelle, c'était que le vampire en question n'était pas Bones.

Ian plaqua précipitamment une main sur ma bouche, avant même que je puisse lui ordonner de sortir. Je lui saisis le bras, bien déterminée à le lui briser en plusieurs endroits, quand ma vision, encore embrumée par le sommeil, s'éclaircit assez pour que je perçoive la gravité de son expression.

— Chut, souffla-t-il.

Je hochai la tête, partagée entre l'envie qu'il ait une excellente raison d'avoir agi comme il l'avait fait et la peur que ce soit le cas. Ian ôta sa main. Je me redressai dans le lit et balayai la pièce d'un regard inquiet. Nous étions seuls dans la chambre, dont il avait refermé la porte.

— Qu'est-ce qui se passe ? lui demandai-je aussitôt.

— Je trouve que Crispin se comporte bizarrement, m'expliqua-t-il à voix basse.

— Quel Crispin, Bones ou Wraith ?

Nous en connaissions en effet deux à présent. Et Bones ne m'avait pas paru le moins du monde étrange la dernière fois que je l'avais vu.

— Le seul Crispin dont j'ai quelque chose à foutre, bien sûr, rétorqua Ian. Franchement, je n'ai pas le temps pour ces petits jeux.

J'étais on ne peut plus d'accord avec lui. À tel point d'ailleurs que je n'appréciais guère qu'il débarque dans ma chambre et me bâillonne simplement parce qu'il trouvait bizarre le comportement de Bones. Merde, son frère, jusque-là inconnu, était en ville, et il devait s'assurer qu'il ne nourrissait aucune intention malfaisante. Pas étonnant que cela l'affecte.

— Bizarre comment ? demandai-je malgré tout, au cas où Ian aurait eu raison…

— Je le trouve anormalement enjoué, et c'est comme si plus personne n'avait d'importance à part Wraith. Et les autres sont pareils. Crois-moi, il y a un truc qui ne tourne pas rond.

Si je n'avais pas été nue, j'aurais foutu Ian à la porte sur-le-champ.

— Je te savais superficiel, mais à ce point-là ? Bones vient juste d'apprendre qu'il a un frère, et il ne sait pas s'il peut lui faire confiance. Nous non plus, d'ailleurs. Alors oui, il est possible que, pendant quelque temps, Wraith soit plus au centre des attentions que toi. Grandis un peu et arrête de réagir comme un sale gosse qui déteste son petit frère parce que papa et maman ne jouent plus autant avec lui !

— Ça n'a rien à voir avec moi, répliqua-t-il sèchement avant de gagner la porte d'un pas vif. Lorsque tu t'en rendras compte, retrouve-moi au Hampton Inn d'Asheville, à moins que, toi aussi, tu sois affectée.

— C'est là-bas que tu résides ?

J'étais en partie soulagée. Au moins, je n'aurais pas à le supporter pendant toutes les vacances.

— Oui. Il faut bien que quelqu'un trouve d'où sort ce diable de Wraith.

Il quitta alors la pièce et referma la porte derrière lui. Je soupirai et sortis du lit. *Il manque autant de profondeur qu'une pataugeoire*, pensai-je, mais les doutes tenaces qui m'assaillaient me poussèrent malgré tout à me doucher puis à m'habiller en vitesse. Ian était certes un pervers égoïste dépourvu de toute moralité, mais il n'était pas du genre à dramatiser, à part en ce qui concernait l'abstinence involontaire. Le comportement de Bones était-il vraiment bizarre ?

Mais bien sûr, se montrer jovial tout en essayant de soutirer des informations à son frère ne peut en aucun cas faire partie de sa stratégie, c'est forcément synonyme de mauvais présage, ironisa une petite voix moqueuse dans ma tête.

C'était en effet l'explication la plus logique. Pour autant, je ne parvenais pas à me débarrasser d'un sentiment de malaise tandis que j'empruntais l'escalier. Une fois que vous avez vu des cadavres revenir d'outre-tombe en une armée de zombies, plus rien ne vous semble impossible. Le rire chaleureux et sonore de Bones retentit et, alors qu'en temps normal ce son m'aurait réjouie, à cause de Ian, il ne fit qu'alimenter mes sombres pressentiments.

Tout va bien, tout va bien, me répétai-je en m'approchant de la cuisine. Ian avait visiblement quitté la maison. Les autres étaient assis à la table, Wraith à son extrémité. Il portait une queue-de-cheval, étrangement virile, et une chemise qui n'aurait rien eu à envier aux tenues de soirée de la Renaissance.

— Cat, lança-t-il dans un sourire. Prends donc place.

M'inviter à m'asseoir à ma propre table. Trop aimable. Je gardai mes sarcasmes pour moi et pris un siège dans la salle voisine, notre table n'offrant que six places. Ce ne fut qu'après m'être installée que je me rendis compte que Bones ne m'avait pas offert de s'occuper du siège.

Je n'étais certes pas le genre de fille à attendre qu'on m'ouvre la porte ou qu'on me tire ma chaise, mais Bones prenait généralement plaisir à me gratifier de ces petites attentions. En outre, malgré leur galanterie presque maladive, ni Spade ni Mencheres ne m'avaient adressé le moindre mot. *Ce n'est rien*, me dis-je en arborant un sourire de façade.

— J'ai raté quelque chose ?

Wraith se cala confortablement dans son siège.

— Je leur relatais l'épisode où, palefrenier, je me suis enfui avec le précieux étalon du duc de Rutland.

Cinq heures passèrent sans que Wraith daigne la fermer et, à part Denise et moi, personne ne semblait vouloir qu'il se taise. Je trouvais soudain passionnant de mettre le lave-vaisselle en marche, de lancer une lessive, ou tout ce qui pouvait me soustraire au babillage incessant de Wraith. Mais, outre ces activités alibis et les quelques visites de Denise aux toilettes, personne ne quitta son siège, sauf pour passer de la cuisine à la salle principale. À plusieurs reprises, je croisai le regard de Denise qui dressait les sourcils comme pour me demander ce qui se tramait.

J'aurais donné cher pour le savoir. C'était une chose que de vouloir endormir Wraith pour le pousser à dévoiler des informations sur son passé. La technique habituelle de Bones impliquait certes des lames et beaucoup de hurlements mais, étant donné leur probable lien de parenté, je comprenais qu'il ait pour une fois recours à une approche plus en douceur. J'étais même prête à croire que les autres l'épaulaient dans sa stratégie en feignant d'être captivés par les histoires de Wraith. Mais tous semblaient plus envoûtés que faussement passionnés. Même Spade et Annette paraissaient trouver intéressantes les péripéties d'un aristocrate du XVIIIe siècle, eux qui avaient pourtant grandi au cœur de la noblesse britannique. Rien de ce que racontait Wraith ne leur était nouveau.

Peu après le crépuscule, Denise s'approcha de moi, un sourire trop rigide pour être vrai plaqué sur les lèvres.

— Que penserais-tu d'une petite balade, Cat ?

— Avec plaisir. On part faire un tour dehors, on ramassera du bois pour le feu, tant qu'on y est, lançai-je en haussant la voix plus que nécessaire.

Personne ne nous adressa le moindre regard. Bon, d'accord pour ne pas m'attarder sur le coup du siège, mais que trois hommes réputés pour leur galanterie ne réagissent pas à la proposition de deux femmes d'aller chercher du bois à la nuit tombée ? C'était parfaitement inhabituel, même si l'obscurité ne m'empêchait pas de voir.

Fabian, qui décrivait des cercles nerveux au plafond, me regarda d'un œil impuissant. Il n'attendit qu'un infime mouvement de ma tête en direction de la porte pour sortir en un éclair. Une fois encore, personne ne nous prêta attention. Tous avaient les yeux rivés sur Wraith, comme s'il tenait la lune entre ses mains, alors qu'il ne faisait qu'évoquer le bal le plus ennuyeux jamais donné.

— On dirait bien que la lune de miel est finie, marmonna Denise, une fois dehors. Je suppose que maintenant, c'est moi qui vais dormir du mauvais côté du lit.

Je dépassai le tas de bois entreposé contre la maison et poursuivis ma route. Fabian voletait derrière nous sans même prendre la peine d'éviter les arbres. Même si personne ne semblait s'intéresser à nous, je préférai m'éloigner assez pour m'assurer qu'on ne nous entendrait pas.

— Bien entendu, je comprends que la découverte d'un frère inconnu représente beaucoup pour Bones, poursuivit Denise. Je suis très heureuse pour lui, et loin de moi l'envie de lui gâcher la fête. Mais Spade pourrait au moins m'adresser un petit regard de temps en temps, non ?

Je m'enfonçai dans le bois d'un pas vif. Denise, avec son endurance démoniaque, suivait le rythme sans difficulté. J'attendis d'apercevoir le pied de la colline pour prendre la parole.

— J'ai du mal à croire que je puisse dire une chose pareille, mais… Ian avait raison. Il se passe effectivement quelque chose de bizarre.

Denise s'immobilisa, ses yeux noisette écarquillés.

— Ian a dit ça ? Nom de Dieu, et moi qui croyais être la seule à le penser !

— Ne parle pas trop fort, lui rappelai-je. Ça vient forcément de Wraith. Tous se comportent comme s'il les avait hypnotisés. Sauf que l'hypnose ne fonctionne pas entre vampires.

— C'est vrai. D'autant que nous ne sommes pas affectées, souligna Denise.

— Ian non plus.

Pas plus que Fabian ou sa fiancée, Elisabeth, mais les fantômes étaient généralement insensibles à tout ce qui affectait humains et morts-vivants. Si je pouvais supposer que mon immunité venait de ma récente absorption des pouvoirs d'une reine vaudou – mon statut particulier de vampire se nourrissant du sang de morts-vivants ayant déjà plus d'une fois troublé la donne –, je ne m'expliquais pas pourquoi Ian et Denise ne s'étaient pas joints aux autres victimes du don hypnotique de Wraith pour lui vouer une attention aveugle. Au lieu de cela, tous deux cherchaient à comprendre, comme moi, ce qui ne tournait pas rond.

Je fis signe au fantôme d'approcher.

— Fabian, que penses-tu de tout ça ?

— J'ai bien peur que nous ayons affaire à de la magie, répondit-il. En inspectant la chambre de Wraith, j'ai découvert un symbole tracé avec du sang sous son tapis. Pourquoi faire une chose pareille avant de la dissimuler, à moins d'être animé d'intentions inavouables ?

Nous étions d'accord sur ce point, mais je voulais à tout prix éviter de dramatiser la situation avant de me mettre à conspirer avec Ian. Peut-être Wraith était-il tout simplement superstitieux ?

— Je vais de ce pas retourner à la maison et attirer Bones à l'écart. Je veux savoir s'il s'agit d'une comédie ou pas.

Denise posa une main sur mon bras.

— Sois prudente, Cat. Si Wraith a… s'il a ensorcelé tout le monde, il comprendra que tu le suspectes.

Je soupirai.

— Oui, j'essaierai d'être subtile. Dès que j'aurai parlé à Bones, si je dis que je n'arrive plus à mettre la main sur mes bottes, c'est qu'il ne s'agit pas d'une comédie. Il faudra alors que tu joues la groupie comme les autres.

— Et toi, que feras-tu ? s'enquit Fabian.

Un sourire triste s'étira sur mes lèvres.

— J'irai rejoindre Ian à Asheville, et nous trouverons un moyen d'arrêter Wraith.

Chapitre 7

Lorsque nous regagnâmes la maison, aucun des six n'avait bougé de sa place. Denise se dirigea directement vers l'escalier. Quant à moi, armée de mon plus charmant sourire d'hôtesse modèle, je m'approchai de Bones et posai une main sur son épaule.

— Veuillez m'excuser, mais j'aurais besoin de vous emprunter mon mari quelques minutes.

Je dus le pincer à deux reprises avant qu'il daigne lever un œil.

— Pour quoi faire ?

Je gardai mon sourire malgré le ton sec de sa question.

— Parce que, très cher, j'aurais besoin de ton aide.

— Je suis sûr que tu peux te débrouiller toute seule.

Un frisson me parcourut l'échine. Son attitude était glaciale, et le regard qu'il m'avait lancé était généralement réservé aux ennemis auxquels il s'apprêtait à flanquer une saignante correction. Je n'aurais jamais cru me retrouver un jour de ce côté de la barrière. Et, le fait qu'il ait suffi d'un détail insignifiant décupla mon appréhension.

Il n'était plus question d'un comportement simplement bizarre, c'était comme si Bones était devenu un étranger.

Je croisai le regard de Wraith, et je vis qu'une pointe de surprise déformait ses traits avant qu'il y plaque un sourire de façade.

— J'ai bien peur d'avoir monopolisé votre attention trop longtemps. Je vais aller me reposer dans ma chambre quelque temps.

Plusieurs protestations spontanées s'élevèrent à ces mots, mais Wraith les fit taire en brandissant une main.

— Je vous en prie, mes amis. Consacrez-vous à vos charmantes compagnes. Je vous retrouverai plus tard.

Aussi brusquement que si on avait actionné un interrupteur, Bones tourna vers moi un sourire chaleureux.

— En quoi puis-je t'aider ?

Je ne retins ma mâchoire, qui menaçait de béer, qu'avec la plus grande difficulté.

— C'est dans notre chambre, parvins-je malgré tout à dire. Viens avec moi.

Les craintes qui m'habitaient transformèrent l'escalier en une montée interminable. Lorsque nous franchîmes enfin le seuil, je tremblais presque d'agitation.

— Mais qu'est-ce qui se passe, bordel ? demandai-je à peine la porte fermée.

Tant pis pour la subtilité.

Bones se rembrunit.

— Mince, mais quelle mouche t'a piquée pour que tu sois dans cet état ?

— Quelle mouche m'a piquée ? Moi ? répétai-je en luttant pour ne pas m'emporter davantage.

Je savais qu'un cri aurait raison de l'isolation phonique de notre chambre et je m'efforçai de recouvrer mon calme en prenant deux longues inspirations.

— Tu veux bien me dire à quoi vous jouez, toi et les autres, avec Wraith ? m'enquis-je d'une voix presque normale.

Un froncement de sourcils, où se lisait l'incompréhension, déforma ses traits.

— Qu'est-ce que tu veux dire ?

Je pris de nouveau le temps de respirer. Je n'avais pas autant fait usage de mes poumons depuis des mois.

— Vous sembliez tous... étonnamment attentifs. À tel point que rien d'autre ne semblait avoir d'importance.

Pas beaucoup plus subtil, mais c'était le mieux que je pouvais faire, tant je bouillais d'envie de secouer Bones pour le sortir de sa transe.

Son visage se détendit.

— Tu ne serais pas jalouse de lui, des fois ? se moqua-t-il avec tendresse.

Waouh, mon karma n'avait pas traîné pour me faire payer la dette que j'avais contractée ce matin même, en éludant un peu vite les inquiétudes d'Ian !

— Je ne suis pas jalouse, répliquai-je les dents serrées. Mais je croyais que nous étions d'accord sur la nécessité de fouiller un peu le passé de Wraith avant de lui faire plus confiance, repris-je en changeant de tactique.

— Oh, ça, répondit Bones avec un geste de la main. Ce ne sera pas utile. Il est clair que c'est un type bien, et je suis fier qu'il soit mon frère.

J'eus l'impression que mon cœur tombait dans ma poitrine. Les émotions de Bones appuyaient ses mots, il était sincère. Alors que l'homme que j'aimais n'aurait jamais accordé sa confiance aussi aveuglément ; Bones pensait chacun des mots qu'il avait prononcés. D'une façon ou d'une autre, Wraith avait accompli l'impossible, il avait lavé le cerveau d'un vampire. Et son exploit ne se limitait pas à un seul individu, si on en jugeait par le comportement tout aussi étrange de Spade, d'Annette, de Mencheres et de Kira. Si je n'avais pas été contrainte de découvrir comment il avait procédé, afin d'inverser le processus, je serais descendue sur-le-champ, et je l'aurais tué pour avoir manipulé le cerveau de mes amis.

D'un autre côté, si Wraith était assez puissant pour hypnotiser d'autres vampires, qui sait quels tours il avait encore dans son sac ? Je risquais de finir comme une vulgaire tache sur le plancher si je m'attaquais à lui sans en savoir plus sur la source de son pouvoir.

Je regardai Bones droit dans les yeux, et lui adressai une promesse silencieuse. *Je vais tout arranger et te ramener à la raison. Je ne sais pas encore comment, mais j'y arriverai.*

Ensuite, je tuerais Wraith, beau-frère ou pas. Bien entendu, pour quelqu'un capable de laver le cerveau d'autres vampires, fabriquer de toutes pièces un lien de parenté serait un jeu d'enfant. Peut-être Wraith l'avait-il fait dans le simple but de se rapprocher des autres. Pour quelle raison, je n'en savais rien. Mais, quelles que fussent ses motivations, je ne pouvais le laisser continuer.

Avant tout, il me fallait une couverture.

— Tu as raison, j'étais un peu jalouse de toute cette attention rivée sur lui, dis-je en espérant que l'âpreté de ma voix ne trahirait pas la colère qui bouillonnait en moi. J'ai une idée pour me faire pardonner. Je te propose de changer nos plans pour Noël. Plutôt que de rester tous les huit, nous allons faire une grande fête pour célébrer l'entrée officielle de Wraith dans la famille.

Il sourit avec un plaisir si franc que j'en eus le cœur serré. Le ravissant vampire qui se tenait devant moi ressemblait en tout point à celui que j'aimais mais, sans que je sache comment, Wraith avait enfoui le vrai Bones sous plusieurs strates impénétrables.

— C'est une idée géniale. Il mérite un accueil en grande pompe.

Oh, ça, j'avais bien l'intention d'offrir à Wraith un accueil inoubliable. À grand renfort de dynamite, si mon vœu de Noël était exaucé. Je rendis tant bien que mal son sourire à Bones, ravie que le lien qui nous unissait ne véhicule les émotions que dans un sens.

— Ne t'inquiète pas, je vais m'occuper de tout.

Je tambourinai sur la porte de la chambre 116. Une brève conversation avec le concierge de l'hôtel, aidé par quelques coups d'œil persuasifs, m'avait permis d'obtenir le numéro de la chambre d'Ian. Même si j'ignorais sous quel pseudonyme il s'était présenté, ma description d'un « grand roux séduisant avec un accent anglais » avait suffi à l'identifier.

— Ian, ouvre-moi ! lançai-je après une seconde série de coups infructueux.

La porte de la chambre 116 resta close mais une autre, au fond du couloir, s'ouvrit. Un visage familier en sortit.

— Du calme, la Faucheuse. Tu as déjà réveillé un mort, inutile d'ameuter tout le quartier.

Il faut croire que le numéro de chambre qu'on m'avait indiqué n'était pas le bon après tout. Je commençai à remonter le couloir, mais Ian me fit signe de rester où j'étais.

— Laisse-moi le temps de récupérer mon pantalon, et je suis à toi.

Il disparut quelques instants, avant de ressortir de la chambre, torse nu, mais vêtu du pantalon en question. À ma grande surprise, il en tira une clé qu'il glissa dans la serrure de la porte que j'avais martyrisée.

— Entre.

Je compris rapidement la situation et secouai la tête avec dégoût.

— Incroyable. Il se trame quelque chose d'effroyable impliquant Bones et les autres, mais toi tu trouves malgré tout le temps de t'envoyer en l'air.

— Est-ce que je dégage une odeur de baise ? répliqua-t-il d'un ton acerbe. Je dors dans un autre lit par souci de sécurité. Je t'ai dit où j'étais descendu sans savoir si toi aussi tu avais l'esprit ravagé. Et si tu avais débarqué en compagnie de Crispin pour défoncer ma porte, j'y aurais vu un avertissement et j'aurais pris mes jambes à mon cou. Mais comme tu es seule et que tu sembles aussi désagréable qu'à l'habitude, j'en déduis que tu n'es pas sous l'influence de Wraith.

Je fus tellement soulagée de pouvoir cesser de faire comme si tout allait bien, rôle que j'endossais depuis la veille au soir, que je ne relevai même pas la pique.

— Non, en effet. Mais, nous sommes les seuls, avec Denise et Fabian, à être dans ce cas-là. On dirait une espèce d'envoûtement, mais je ne comprends pas comment Wraith peut le diriger contre tous sauf nous quatre.

Ian soupira.

— Depuis que nous nous sommes vus hier, je n'ai pas arrêté de me poser cette question. Si nous avons bien affaire à ce que je crois, je ne dois ma protection qu'à ça.

Sur ces mots, il ouvrit sa fermeture Éclair et baissa son pantalon. Je me retournai juste à temps et aboyai :

— Je me fous de ce que tu penses, ton machin n'a pas de pouvoirs spéciaux. Et je sais déjà que tu as un piercing.

— Ce n'est pas ce que je veux te montrer, répliqua-t-il sèchement. Maintenant, arrête de faire l'idiote et regarde.

— Il vaudrait mieux pour toi que ce ne soit pas encore une de tes sales blagues, marmonnai-je en obéissant malgré tout.

À mon grand soulagement, ce ne fut pas le frétillant M. Borgne d'Ian que j'aperçus en premier. Le fait que sa main ne dissimule que partiellement son intimité ne semblait pas le préoccuper. De sa main libre, il m'indiqua un tatouage tracé tout près de ses parties. *Alors, toi aussi, tu es un vrai roux*, ne pus-je m'empêcher de penser.

— En dehors du fait que tu sembles aimer faire décorer tes bijoux, je ne vois pas...

— Ce n'est pas un tatouage ordinaire, m'interrompit-il. C'est un symbole de protection. Tu ne trouves pas qu'il ressemble aux marques que porte Denise ?

Je plissai les yeux et fis quelque chose que j'aurais juré impossible à peine cinq minutes plus tôt : je m'approchai et m'agenouillai pour avoir une meilleure vue sur l'aine d'Ian. En effet, je reconnus les symboles. Ils étaient certes plus petits et ne contenaient qu'un cercle là où de multiples tracés recouvraient les avant-bras de Denise, mais la ressemblance était frappante.

— Waouh, chuchotai-je.

Il grogna.

— Si seulement j'avais gagné une livre chaque fois qu'une fille dans ta position a dit ça...

Je me relevai et lui posai les deux questions qui m'étaient aussitôt venues à l'esprit.

— Pourquoi as-tu un symbole destiné à repousser toute influence démoniaque tatoué à l'entrejambe, Ian ? Et qu'est-ce que ça a à voir avec Bones et les autres ?

Il posa sur moi un regard imperturbable.

— Il y a quelques dizaines d'années, je me suis joué d'un démon, et je n'ai pas très envie qu'il me retrouve. Comme je ne voulais pas que ça se sache, j'ai dissimulé le symbole à un endroit où la plupart de ceux qui le verraient ne connaîtraient pas sa signification.

Mes yeux ne quittaient pas les siens.

— Comment t'es-tu joué d'un démon ? Tu as passé un pacte avant de te rétracter ?

— Non.

Sans que je sache pourquoi, je le crus et fus soulagée par sa réponse. Il était quasiment impossible de rompre un tel marché. D'autant qu'en général les démons n'acceptaient qu'une seule monnaie : votre âme. Ian avait beau me taper sur les nerfs, je ne souhaitais pas qu'une telle menace plane au-dessus de sa tête.

— Alors quoi ?

— C'est sans importance, répondit-il d'un ton ferme. Tout ce qui compte, c'est que j'ai découvert que certains démons maîtrisent eux aussi une forme de magie noire et que, en comparaison, toutes les autres ne valent pas mieux que de vulgaires tours de passe-passe.

Ma gorge se serra. Fabian avait surpris Wraith en train d'asperger de sang la terre de la propriété, et découvert un étrange symbole dans sa chambre. D'après les comportements étranges du lendemain, j'avais déduit que Wraith recourait à la magie. Il semblerait que j'avais vu juste, même si en réalité, Wraith était bien plus obscur et dangereux que ça.

— Wraith est un vampire, pas un démon. Comment pourrait-il utiliser ce type de sort ? Je n'ai jamais entendu ça nulle part. D'autant que, à en juger par l'aura qu'il dégage, maîtriser un enchantement démoniaque capable de subjuguer d'autres vampires me semble largement au-dessus de ses forces.

Un mince sourire sans joie étira les lèvres d'Ian.

— Denise a tout l'air d'être un humain normal, et pourtant n'est-elle pas bien plus que ça ?

Je compris où Ian voulait en venir. Il pensait que Wraith tirait son pouvoir du même procédé que celui qui avait fait de Denise ce qu'elle était. S'il avait raison, cela expliquerait pourquoi Wraith, malgré ses apparences de vampire lambda, pouvait maîtriser un enchantement que même Mencheres n'aurait pas tenté. Je ne comprenais toujours pas pourquoi je n'étais pas affectée, même s'il semblait logique qu'Ian, Denise et Fabian ne ressentent pas les effets de cette magie démoniaque. Cela impliquait aussi que Wraith était quasiment inarrêtable.

— On est vraiment dans la merde, soufflai-je.

Ian laissa échapper un éclat de rire.

— C'est la première chose sensée que tu aies dite de toute la matinée.

Chapitre 8

Je perçus la voix de Wraith avant même d'être descendue de voiture. Sa cadence mélodieuse, combinée à mon accent préféré, aurait dû m'apaiser, au lieu de quoi elle me fit l'effet d'ongles crissant sur un tableau. *Tu n'en as jamais marre de t'écouter parler ?* me demandai-je, irritée, malgré le radieux sourire de façade que je plaquai sur mes lèvres avant de franchir la porte.

J'eus le plus grand mal à ne pas m'en départir en apercevant Wraith assis sur une ottomane comme s'il s'agissait d'un trône. Il l'avait déplacée devant la grande cheminée. La lueur des flammes dansait sur ses traits et renforçait son aspect éthéré. Il portait une nouvelle chemise fleurie sous une veste, aux poignets de laquelle jaillissaient un tas de froufrous en dentelle qui lui enveloppaient les mains. Au début, j'avais pensé que son choix de tenues était guidé par sa prétention mais, à présent, j'avais une tout autre hypothèse qui n'avait plus rien à voir avec un goût vestimentaire démodé.

Wraith me sourit.

— Cat, j'espère que ton expédition a été fructueuse ?

Je tirai un siège à côté de Bones qui, en compagnie des autres, formait un demi-cercle face à leur interlocuteur, comme autant de courtisans enamourés venus présenter leurs hommages à leur roi. Je résistai tant bien que mal à l'envie de m'emparer du tisonnier pour fracasser le crâne de Wraith avant de faire rôtir ses marrons dans la cheminée, histoire de fêter dignement la saison.

— Oh, oui, j'ai trouvé plusieurs endroits qui pourraient convenir pour la soirée, rapportai-je en me tenant au prétexte que j'avais avancé au matin. En fait, j'aimerais que Denise m'accompagne pour me donner son opinion sur ceux que je préfère.

— Je suis sûr que tout sera parfait, dit-il en étirant les jambes. Bien. Nous étions en train d'évoquer…

— Je voulais dire maintenant, l'interrompis-je aussi poliment que possible.

Ses yeux bleu sombre s'étrécirent.

— Tu sembles plutôt pressée, on dirait ?

— Nous ne sommes plus très loin de Thanksgiving, et les gens réservent en masse pour les fêtes, improvisai-je, en tentant de paraître à la fois sincère et obséquieuse. Ça m'embêterait terriblement de devoir me rabattre sur un lieu de seconde zone pour ta soirée de présentation. Après tout, c'est bien plus qu'un simple réveillon de Noël.

Je ne manquai pas de remarquer le silence de Bones, qui laissait Wraith décider ce que je pouvais faire ou pas de mes journées. S'il avait subsisté le moindre doute quant au fait qu'il était ensorcelé, cela aurait fini de le dissiper. L'homme que j'avais épousé aurait vertement enjoint Wraith à se mêler de ses affaires si toutefois, frappée d'une crise subite de mutisme, je ne m'étais pas moi-même chargée de lui faire comprendre que mes allées et venues ne concernaient personne d'autre que moi. Il ne serait jamais resté tranquillement assis tandis qu'un inconnu se demandait s'il devait m'autoriser à sortir pour l'après-midi. Aucun des autres convives ne pipa mot. On les aurait crus remplacés par des mannequins au réalisme confondant.

— Revenez vite, consentit enfin Wraith avec un signe du doigt.

Avec ce faux sourire plaqué sur les lèvres, je sentais mon visage sur le point de se fendre en deux.

— Vous remarquerez à peine notre absence.

Denise se leva et me gratifia d'un regard reconnaissant, une fois dos à Wraith. Spade ne la suivit pas des yeux, pas plus qu'il ne prit la peine de dire au revoir. Bones non plus, ne me salua pas. Une preuve de plus : seul un enchantement surnaturel pouvait être à l'origine d'un tel comportement de la part d'un vampire pour sa femme. Je dévisageai Bones aussi longtemps que je l'osai, à la recherche d'une excuse qui me permettrait de l'entraîner avec nous, mais Wraith n'autoriserait jamais une chose pareille. Et, si je lui disais où il pouvait se mettre son opinion, il comprendrait que, malgré son petit sort, il n'avait aucune emprise sur moi. En outre, dans son état actuel, Bones aurait certainement refusé d'aller contre le souhait de Wraith en nous accompagnant.

Une vague de colère déferla en moi, mais je la contins en me concentrant sur la suite des opérations.

— À bientôt, lançai-je à la cantonade avant d'emboîter le pas de Denise qui franchissait la porte.

À mon grand soulagement, je vis que Fabian flottait déjà au-dessus de la voiture. Il serait du voyage tandis que sa fiancée spectrale, Elisabeth, resterait pour garder un œil sur les autres.

— Entre, lui chuchotai-je.

Il disparut avant de réapparaître sur la banquette arrière en un clin d'œil. J'empruntai l'allée au pas, afin de ne pas trahir l'impatience qui m'animait par des crissements de pneus intempestifs sur le gravier. Denise était si tendue qu'aucune de ses pensées ne filtrait de son esprit. Ce qui était plutôt une bonne chose car, si elles m'étaient inaccessibles, elles devaient également l'être pour Mencheres et Bones qui, de fait, ne pourraient pas les relayer à Wraith. Ce ne fut qu'après plusieurs kilomètres que mes mains, exsangues à force de serrer le volant, se décrispèrent quelque peu.

— Ian a une théorie pour expliquer ce qui se passe, dis-je enfin.

— Vraiment ? s'intéressa Denise.

Je m'engageai sur l'autoroute, en direction d'Asheville.

— Elle risque de ne pas trop te plaire car elle implique qu'aucun de nous ne retourne là-bas.

— Quoi ? Non ! s'écria-t-elle aussitôt. Il est hors de question que je laisse Spade aux mains d'un crétin qui le contrôle comme un foutu robot pour Dieu seul sait quelle raison…

— Tu crois peut-être que ça me plaît d'y laisser Bones ? l'interrompis-je. Je sais parfaitement combien c'est difficile, mais si nous voulons avoir une chance de revoir un jour nos époux autrement que transformés en jouets mécaniques de Wraith, nous devons collaborer.

— C'est quoi, la théorie d'Ian ? demanda-t-elle sans discuter, mais sans abandonner non plus sa moue bornée.

Je soupirai, puis tendis la main pour retrousser la manche du cardigan de Denise et exposer la marque sombre en forme d'étoile qui lui barrait l'avant-bras.

— L'enchantement de Wraith est empreint de magie démoniaque et, s'il peut le maîtriser, c'est parce que sous ses longues manches en dentelle, nous pensons qu'il dissimule des marques du même type.

Denise pâlit à tel point que nos peaux eurent presque la même teinte. Je reportai mon attention sur la route, ne souhaitant pas ajouter une collision à grande vitesse à la liste de mes problèmes.

Fabian fut le premier à se remettre du choc de mon explication.

— Si Wraith a lui aussi été marqué par un démon alors, comme Denise, il possède à présent tous les pouvoirs qu'avait ce démon. Ce qui le rend quasiment invulnérable !

— Tout juste, reconnus-je sèchement.

— Nous avons une lame sculptée dans un os de démon. Il suffit de la lui planter entre les deux yeux et il mourra, tout comme ce serait le cas pour moi, proposa Denise encore ébranlée par la nouvelle.

Je lui lançai un regard désabusé.

— Et elle est où cette lame, hein ?

— Spade l'a mise sous clé pour plus de sécurité, murmura-t-elle. Mais je ne sais pas où, et je ne peux pas le lui demander tant qu'il sera sous l'effet du sort. Merde !

— C'est bien ce que je disais, acquiesçai-je.

Fabian s'éclaircit la voix ce qui, étant donné son absence d'œsophage physique, était une façon polie d'attirer notre attention.

— Nous pourrions… euh, y remédier.

Je croisai son regard dans le rétroviseur.

— Je suis ravie que tu le penses, car notre plan implique que tu nous aides à fouiller les nombreuses résidences de Spade pour remettre la main dessus.

Il toussota délicatement.

— Ce n'est pas nécessaire. Nous disposons de ce… euh, matériau, ici même.

— Fabian, tu veux bien en venir aux faits, s'il te plaît ? Ça ne rime à rien de tourner autour du pot comme tu le fais, le pressai-je, exaspérée.

— Il a raison, intervint Denise en insistant sur chaque mot. Mon corps peut nous fournir tout l'os de démon dont nous avons besoin.

Chapitre 9

Ian haussa les sourcils. Je répétai plus lentement ce que je venais de lui annoncer. J'avais beau regretter la tournure que prenait notre plan, je ne pouvais que reconnaître sa nécessité.

— Nous devons couper un membre à Denise, et utiliser ses os pour confectionner une arme que nous retournerons contre Wraith.

— J'avais parfaitement entendu la première fois. (La bouche d'Ian se tordit tandis qu'il se tournait vers Denise.) J'essayais juste d'évaluer la violence de la réaction de ton mari lorsqu'il retrouvera ses esprits et qu'il apprendra ce que nous avons fait.

— Crois-moi, je ne lui dirai pas un mot de plus que toi, répliqua-t-elle avec un sourire grave. Mais nous n'avons pas le choix, ajouta-t-elle d'une voix plus dure. Nous allons sculpter deux lames. Une pour toi, l'autre pour moi, car il est hors de question que je ne retourne pas auprès de Spade.

— Impossible. Si Wraith découvre que tu es comme lui, il te tuera sur-le-champ ! statuai-je sèchement.

— Il vaudrait mieux trouver un moyen d'attirer les autres loin de lui avant de l'attaquer, me soutint Ian.

Denise émit un petit grognement.

— Vous semblez oublier ce qui s'est passé lorsque j'ai tué le démon qui m'avait marquée. Tout ce qu'il m'avait fait m'est resté de façon permanente. Cela implique que, si nous tuons Wraith avant d'avoir levé son enchantement, les autres risquent de rester dans cet état pour le restant de leurs jours.

Le poids de ses propos m'écrasa telle une avalanche. Je m'étais dit qu'il serait difficile de débarrasser Wraith de ses cinq gardes du corps vampires afin de lui transpercer le crâne, mais en comparaison de la tâche qui nous attendait en réalité, ce scénario était un jeu d'enfant.

Je ne pus m'empêcher de grogner.

— Nous allons devoir mettre la main sur le démon qui l'a marqué, et prier le Seigneur qu'il veuille récupérer son pouvoir.

Ian renifla.

— Un peu foireuse, ton image, la Faucheuse.

Qu'importe. J'aurais volontiers prié les enfers si cela avait pu augmenter nos chances de réussite, mais toujours était-il que seul un démon pourrait effacer les effets de ces marques. Sans elles, Wraith ne serait plus qu'un vampire ordinaire. Voire un vampire mort pour peu que ledit démon fût à sa recherche. Et, même s'il le laissait en vie, moi, je lui réglerais son compte.

— Je ne peux pas me lancer à la recherche du démon, vu que j'en ai tué un, reprit Denise. Quelque chose me dit qu'ils sont plutôt rancuniers. Mais vous deux, allez-y. Pendant ce temps, je garderai un œil sur Wraith. S'il commence à s'en prendre aux autres, et que je n'ai pas le choix, je me servirai de la lame.

Je détestais ce plan. Il laissait tous ceux que j'aimais aux mains d'un type – poussé par des motifs que j'ignorais et qui semblaient tout sauf altruistes – qui avait usé d'un enchantement démoniaque pour les priver de leur libre arbitre. Ce serait une course à qui atteindrait ses objectifs le premier : Wraith, son projet obscur ; ou Ian et moi, le démon qui l'avait marqué, lui conférant, entre autres, le pouvoir de maîtriser un tel enchantement. Je frémis en repensant aux propos de Denise, mais elle avait raison. Si Bones – le vrai Bones – avait été avec moi, il m'aurait dit qu'il préférait mourir plutôt que de rester dans cet état pour le restant de ses jours. Connaissant les autres, je savais qu'ils partageaient le même point de vue.

Le gagnant remporterait vraiment le gros lot.

— Très bien, on fait comme ça, conclut Ian. Passons à la prochaine étape.

Il lança à Denise un regard froid et calculateur. Elle resta droite comme un I, mais je ne pus m'empêcher de détourner les yeux. Je le savais en train d'estimer quel membre il devait trancher.

— La partie inférieure de ta jambe fera l'affaire, déclara-t-il comme s'il choisissait la pièce de viande qu'il voulait pour dîner. L'os sera assez long pour que nous y sculptions deux lames, et assez épais pour ne pas se fissurer. Le fémur aurait mieux convenu, mais tu te serais vidée de ton sang.

— Ravie de voir que tu t'inquiètes pour le tapis, marmonna Denise.

Il lui sourit aimablement.

— Je ne parlais pas du tapis. D'autant que nous allons faire ça dans la baignoire. Mais, plus tu perdras de sang, plus le membre mettra de temps à repousser.

Un point pour lui. On peut trancher n'importe quelle partie du corps d'un vampire, à l'exception de la tête, elle repoussera en moins de deux minutes chrono. Les capacités régénératrices de Denise, bien que moins rapides, étaient encore plus impressionnantes. Sous son apparence parfaitement humaine, elle était semblable en tout point au démon qui l'avait marquée et ce, jusqu'aux os. Denise pourrait survivre à une décapitation. De ce point de vue, elle n'avait rien à envier aux cafards.

Elle laissa échapper un profond soupir.

— Finissons-en.

Elle se dirigea vers la salle de bains, mais Ian la rappela.

— Je ne te découperai que lorsque tu seras sous mon influence, histoire que tu ne sentes rien. Tu m'as pris pour un sadique, ou quoi ?

— Euh, oui, répondit-elle spontanément.

Ian éclata de rire.

— Là, tu marques un point, ma puce. Mais j'ai certaines exigences dans ce domaine, je refuse de faire souffrir les femmes à moins qu'elles aiment ça et, crois-moi, ce qui va suivre risque de ne pas te plaire.

Denise croisa les bras.

— Écoute Ian, j'apprécie que tu fasses semblant de t'intéresser à moi mais, ne le prends pas mal, je ne pense pas que tu sois capable d'exercer sur moi ton…

Elle s'interrompit brusquement lorsque les yeux d'Ian virèrent du turquoise à un intense vert émeraude. Je sentis la vague de puissance me balayer, aussi rapide et violente qu'un coup de fouet. Je clignai des yeux. Soit Ian avait récemment fait des exercices, soit il s'était jusque-là retenu de me montrer la réelle étendue de ses pouvoirs surnaturels. Lorsqu'il s'approcha de Denise, elle avait les yeux grands ouverts et perdus dans le vague. Il n'avait même pas eu besoin de prononcer le moindre mot.

— On verra si tu doutes toujours de ma puissance quand tu te réveilleras avec une jambe toute neuve, murmura-t-il avant de soulever Denise pour la jeter sur son épaule. Viens avec nous. Je ne vais pas faire ça tout seul. D'autant que Denise n'est pas la seule à devoir subir un petit traitement. Toi aussi.

— Moi ? demandai-je en le suivant dans la salle de bains.

Il déposa Denise dans la baignoire, puis se retourna vers moi et m'adressa un sourire carnassier en dégainant une dague en argent.

— Ton état de semi-morte, de vampire qui se nourrit d'autres vampires t'a peut-être protégée du sort de Wraith jusqu'ici, mais autant ne courir aucun risque. Je vais tracer sur toi un symbole de protection avec ma lame, puis l'immortaliser avec de l'encre argentique, alors prépare-toi. Ça va faire mal.

Chapitre 10

Thanksgiving. J'aurais dû être chez moi, assise avec les miens autour d'une table chargée de victuailles que la plupart d'entre nous ne mangeraient que par souci de tradition. Au lieu de quoi, j'étais avec Ian dans un bar à striptease orné d'un néon branlant qui promettait du nu intégral. Il faut croire que, pour cet établissement, les strings ficelle étaient trop chastes. J'aurais juste souhaité que le directeur des lieux soit aussi strict en matière de propreté. Ce n'était pas la première fois que je mettais les pieds dans ce genre d'endroit sordide, mais j'étais ravie de ne pouvoir attraper aucun des germes qui grouillaient certainement par dizaines au centimètre carré. Je n'osai même pas boire mon gin tonic tant les traces de lèvres des précédents clients étaient visibles sur mon verre.

Les pensées de la danseuse m'apprirent qu'elle n'était pas plus heureuse que moi de se trouver là, mais elle exécuta consciencieusement son numéro. Elle tournoya, se pencha en avant et adopta toute une série de positions suggestives, confirmant que le néon extérieur n'avait rien de mensonger. J'attendis qu'elle ait terminé, puis lui fis signe d'approcher pour lui glisser quelques billets de vingt dollars dans la jarretière, seul vêtement qu'il lui restait. Pour me remercier, elle me gratifia d'un grand écart, mais je détournai le regard.

En effet, je n'avais pas agi ainsi pour pouvoir scruter son intimité, mais parce qu'elle se demandait comment faire pour payer le médecin de son fils dont l'état avait encore empiré.

— Pour ce prix-là, tu aurais pu t'offrir plusieurs danses privées, ricana Ian.

— La ferme, rétorquai-je avec lassitude.

Où a-t-on le plus de chance de rencontrer un démon ? Dans les lieux fréquentés par les humains les plus désespérés, d'après Ian. À cause des termes inacceptables des pactes démoniaques, seuls les gens persuadés de n'avoir aucun autre choix, ou certains de n'avoir rien à perdre, sont prêts à les accepter. Depuis une semaine, nous avions écumé tant d'hospices, de refuges de sans domicile, de prisons et d'hôpitaux psychiatriques que j'avais plus qu'assez de raisons de me sentir déprimée, et pas seulement parce que nous n'avions pas croisé le moindre effluve sulfureux. Si nous faisions encore chou blanc le lendemain, nous quitterions l'État pour rejoindre d'autres destinations fétiches des démons, que sont les casinos et la bourse.

En pleine période de Thanksgiving, les bars à striptease étaient l'image même de la tristesse, doublée d'une bonne dose de désespoir. Les clients dégageaient – sous les relents d'alcool mêlés aux autres parfums moins aromatiques du bar – une odeur caractéristique. Mais loin de moi l'idée de les accabler. Je savais d'expérience que la solitude pèse plus lourd les jours de fête.

Mon humeur du moment en était la parfaite illustration. Soit la déprime était contagieuse, soit la dernière conversation que j'avais eue avec Bones ne cessait de me miner. J'avais justifié mon absence en expliquant que mon ancien employeur avait refait appel à moi. Normalement, après une démission, une telle chose était impossible, mais comme ma tâche consistait à chasser les morts-vivants pour le compte d'une branche secrète de la Sécurité nationale, il était tout à fait envisageable qu'on m'ait rappelée pour une mission. De plus, étant donné mes antécédents, un départ brutal n'avait rien d'exceptionnel. Au pire, Wraith aurait des doutes, mais rien n'indiquait que je sois après lui au lieu de filer un coup de main à mes anciens collègues pour botter le train de vils morts-vivants.

Je n'arrivais pas à oublier la voix de Bones lorsque je l'avais appelé pour lui annoncer que j'allais être absente quelque temps. Je ne savais pas pourquoi il s'était montré aussi glacial. À cause de l'enchantement ou d'un réel sentiment de trahison ? Je lui avais juré de ne plus jamais m'éclipser de la sorte, mais comment aurais-je pu lui expliquer que je devais rompre ma promesse parce qu'il n'était pas le véritable Bones en ce moment ? C'était impossible et, démoralisée, j'avais raccroché au plus vite.

Lorsque la porte s'ouvrit et qu'un rayon de soleil pénétra dans le bar sombre, je faillis ne pas regarder de peur qu'un visage aussi déterminé et abattu que le mien ne fasse que souligner combien j'aurais souhaité que les circonstances soient différentes. Je levai malgré tout la tête et, même si l'apparence du jeune homme n'avait rien d'extraordinaire, une odeur âcre l'accompagnait.

L'air puait le soufre.

Mon moral remonta aussitôt. Qui aurait cru que rencontrer un démon puisse rendre quelqu'un heureux ? Et pourtant, j'étais à deux doigts d'applaudir de joie. Je n'attendis pas Ian et fonçai vers le nouveau venu, un sourire radieux sur les lèvres.

Peut-être mon visage enjoué l'empêcha-t-il de percevoir le danger. Peut-être n'avait-il pas remarqué que mon cœur ne battait plus, ou alors il se sentait en sécurité car, comparés aux démons, les vampires étaient faciles à tuer. Quoi qu'il en soit, il ne réagit pas lorsque je l'empoignai pour le traîner à l'extérieur.

— Il faut qu'on parle, lui annonçai-je.

Il éclata de rire en me scrutant de la tête aux pieds.

— En général, je n'aime pas trop la viande à température ambiante, mais pour toi, je vais faire…

Son compliment douteux fut interrompu par l'apparition d'Ian qui lui tordit le bras dans le dos.

— Comme la dame te l'a dit, expliqua-t-il aimablement, nous devons discuter.

Les yeux marron clair du démon commencèrent à s'emplir de rouge.

— Vous ne semblez pas savoir à qui vous avez affaire, vampires.

Je glissai la main dans mon manteau dont je retirai une longue lame effilée que je plaçai juste sous l'œil du démon.

— Au contraire, nous le savons parfaitement.

Chapitre 11

Nous l'emmenâmes par les airs jusqu'au toit d'un bâtiment élevé, pour plus d'intimité. Là, nous le forçâmes à s'asseoir avant de l'attacher à un conduit d'aération métallique. La lumière directe du soleil l'affaiblirait. De plus, nous avions utilisé une corde incrustée de cristaux de sel pour empêcher notre nouvel ami de se dématérialiser. Elle l'inciterait également à ne pas se débattre. Pour le moment, il était protégé par ses habits, mais s'il se tortillait pour se défaire de ses liens, ceux-ci entreraient en contact avec la peau de son cou, chose qu'il risquait de ne pas beaucoup apprécier.

— Nous avons des questions à te poser, déclara Ian, une fois nos préparatifs finis. Réponds sans mentir et tu repartiras sain et sauf.

Le démon posa les yeux sur le couteau et siffla.

— De l'os de l'un des nôtres. Vous devez former un bien vilain petit couple pour avoir ça en votre possession. Pour autant, une telle lame ne sert qu'à tuer, et je ne pourrai pas répondre à vos questions si je suis mort. Vous obtiendriez de meilleurs résultats avec de l'argent.

Il réclamait qu'on lui graisse la patte ?

— J'ai repéré une église à quelques rues d'ici. Qu'est-ce que tu dirais que j'aille chercher un peu d'eau bénite, histoire de te donner envie de parler ? proposai-je sèchement.

Il éclata de rire.

— Ce truc ne nous fait rien. Tu regardes trop de films.

Ce n'était pas la première fois qu'on me servait ce reproche, mais il aurait été vraiment bienvenu que, pour une fois, les films ne se trompent pas. Je n'étais pas à court d'idées pour autant.

Je sortis deux salières que j'avais glissées dans mon manteau, à l'emplacement habituel de mes dagues en argent. Après tout, à chaque créature son arme.

— Bon, et si nous passions aux choses sérieuses ? Un vampire du nom de Wraith a passé un pacte avec l'un des tiens. Je veux savoir qui.

Le démon gloussa.

— Comment le saurais-je ? Tout ce que je peux te dire, c'est que ce n'est pas moi.

Je lui lançai une poignée de sel au visage. Sa peau se mit à bouillonner comme sous l'effet d'un jet d'acide. Je m'agenouillai et plaquai ma main sur sa bouche pour étouffer ses hurlements.

— Ne joue pas au plus malin, je ne suis pas d'humeur, lui glissai-je à l'oreille.

Des grognements assourdis résonnèrent contre ma main. Lentement, je l'ôtai, mais le démon ne cria pas. Il recracha du sel avant de me fusiller du regard.

— Nous sommes des démons, par une multinationale. Ce n'est pas comme s'il me suffisait de passer un coup de fil pour savoir qui a conclu un pacte avec votre pote.

— Tu es censé avoir le pouvoir d'exaucer à peu près n'importe quel souhait, et tu veux me faire croire que tu n'es pas capable de dégotter un simple nom ? m'étonnai-je sans cesser de le menacer avec les salières.

Il soupira.

— Tu peux m'assaisonner tant que tu voudras, il m'est impossible de savoir avec qui ton pote est lié. Ce n'est pas comme si on tenait à jour un fichier mondial de toutes les âmes que nous avons sous contrat.

— Mais vous êtes des démons, bordel ! m'emportai-je. D'effrayantes et puissantes entités infernales ravisseuses d'âmes !

— Nous sommes des entrepreneurs indépendants, répliqua-t-il avec un haussement d'épaules. Ça ne te convient pas ? Plains-toi à la hiérarchie. Essaie d'appeler le 666, tu tomberas peut-être sur quelqu'un.

J'avais envie de lui balancer le reste du sel au visage dans un geste de frustration, mais ses paroles avaient des accents de vérité. Je suppose qu'il aurait été un peu trop optimiste d'espérer qu'un seul enlèvement de démon suffise à nous apprendre qui avait marqué Wraith. Plus d'une semaine s'était écoulée et nos efforts étaient restés vains. Le découragement me parcourut jusqu'à me serrer la gorge. Le démon rejeta lentement la tête en arrière et inspira à pleins poumons.

— Mmh, quelle odeur délicieuse. Si tu veux vraiment connaître le nom de ce démon, il existe un moyen qui t'éviterait toute cette traque laborieuse.

Je ravalai ma morosité, juste assez pour éclater d'un rire sonore.

— Laisse-moi deviner : ça n'impliquerait pas que je vende mon âme, des fois ?

— Désolé, mais ce n'est pas moi qui édicte les règles, je ne fais que m'y conformer. Et elles stipulent clairement que je ne peux exaucer aucune volonté sans un paiement approprié.

Certes, j'étais désespérée, abattue et terrifiée à l'idée de ce qui attendait Bones, mais ce ne serait pas une solution. Il fallait que je trouve un autre moyen.

— Hors de question, déclinai-je froidement. Et vu que tu ne peux rien nous apprendre d'utile…

J'échangeai les salières contre la lame en os, mais Ian secoua la tête.

— On avait convenu de le relâcher s'il nous disait la vérité, et je pense qu'il l'a fait.

— Si on le laisse repartir, il va continuer à damner des gens, lui rappelai-je au cas où il l'aurait oublié.

Il écarta ma remarque d'un geste de la main.

— Chacun obéit à sa nature. Je bois du sang. Il collecte des âmes. Ce n'est pas un petit différend de méthodologie qui va me faire renier mon engagement.

Seul Ian pouvait parler de méthodologie pour décrire les agissements d'un démon. Notre captif agita un doigt dans ma direction.

— Tu étais sur le point de me tuer en dépit de ta promesse. Tu n'es qu'une sale menteuse, j'en aurais mis ma main au feu. Tiens, ça me rappelle mon passage en enfer, où tout le monde était littéralement au feu.

Il rit de sa plaisanterie. De façon inexplicable, Ian se joignit à lui. Je les dévisageai d'un œil sombre, animée de la féroce envie d'en poignarder au moins un, mais sans vraiment savoir lequel.

— La discussion étant close, je préfère partir, conclus-je, le plus dignement possible.

Qu'ils continuent à glousser, si cela les amusait, mais moi, j'avais d'autres chats à fouetter. Je devais notamment trouver un moyen de mettre la main sur un démon parmi des milliers.

Ian trancha la corde. En se redressant, il fit craquer son dos, comme pour soulager une gêne. Puis, à mon grand étonnement, il exhiba une épaisse liasse de billets qu'il pela de plusieurs unités.

— Tiens, tu garderas pour toi notre petite conversation, dit-il en tendant l'argent au démon qui l'empocha aussitôt.

Non seulement on laissait un démon repartir libre, mais en plus, on le payait pour ne nous avoir rien révélé du tout. Dégoûtée, je secouai la tête une dernière fois avant de me retourner vers la sortie.

J'étais sur le point d'ouvrir la porte de secours donnant sur le toit, lorsque le démon déclara :

— Vous savez, il existe un autre moyen d'affiner votre recherche.

Je me figeai, puis fis lentement volte-face. Ian dressa un sourcil, mais le démon n'en dit pas plus. Au lieu de cela, il garda les yeux rivés sur la masse de billets qu'Ian s'apprêtait à remettre dans son manteau.

Ian grogna, mais pela de nouveau sa liasse.

— Je ne t'en donnerai pas un de plus sur le compte de ta bonne foi. Impressionne-moi, et tu en auras d'autres.

Le démon glissa l'argent dans sa poche, puis regarda tout autour de lui, comme s'il redoutait qu'un de ses semblables s'élève jusqu'au toit.

— Je ne suis pas censé m'acoquiner avec des vampires, expliqua-t-il à voix basse, mais j'aime ton style – et ton argent –, alors amène-moi l'un des vampires envoûtés et je te dirai de quelle puissance il faut disposer pour un tel enchantement. Ainsi, tu sauras si le démon qui a marqué ton pote est de niveau moyen, supérieur, ou si, carrément, il s'agit d'un Déchu.

Ian tira de sa liasse un joli petit tas de billets. L'œil du démon fut aussitôt attiré tel un aimant mais, avant qu'il ait pu s'en emparer, Ian le plaça hors de portée.

— Si tu es vraiment capable de déterminer le niveau de celui ou de celle qui a marqué Wraith, et que tu nous aides à lui mettre la main dessus, je t'en donnerai le triple. Tu as ma parole.

Le démon produisit un morceau de papier et un crayon, puis se mit à griffonner. Je m'approchai juste assez pour discerner une série de symboles suivie du mot « Balchezek ».

— C'est mon véritable nom, dit-il en tendant le papier à Ian. Trace ça avec du sang pur, énonce mon nom trois fois, et j'apparaîtrai.

— Tu n'aurais pas plutôt un numéro de portable ? demandai-je.

Ah, les démons et leur goût pour les rituels sanglants. Il tourna vers moi un regard désabusé.

— Je suppose que quand vous ferez appel à moi, le temps vous manquera. C'est pourquoi je vous indique la méthode sans attente. D'autant qu'avec elle, vous n'aurez pas à vous soucier de la qualité du réseau, ni à craindre que votre appel se perde.

Un point pour lui, mais j'avais encore une question.

— Par sang pur, tu veux dire fraîchement répandu et pas conservé dans une poche plastique, c'est ça ?

Balchezek lança un regard à Ian qui leva les yeux au ciel.

— C'est dans des moments comme ça que je me sens vieux, marmonna Ian, relayé par un grognement approbateur du démon. Il parle de sang de vierge.

Mes poils se hérissèrent sur ma peau.

— Tu essaies de me dire que si une fille perd sa virginité, elle est considérée comme impure ? Qu'est-ce que c'est que cette connerie sexiste…

— Ça peut tout aussi bien être du sang masculin, m'interrompit Balchezek avec un clin d'œil. Choisis selon tes goûts.

Chapitre 12

Nous venions tout juste de regagner notre chambre d'hôtel, lorsque Fabian apparut, trahi seulement par une infime baisse de la température de l'air.

— Où étiez-vous passés ? Je vous attends depuis des heures !

— Désolée, maman, j'ai un peu dépassé le couvre-feu, me moquai-je avant de découvrir son expression glaçante. Que s'est-il passé ?

Il semblait si affligé que j'eus peur que mes genoux m'abandonnent. S'agissait-il de Bones ? Oh, mon Dieu, s'il lui était arrivé quelque chose…

— Cat, tu as été répudiée, annonça-t-il.

J'attendis qu'il poursuive, mais il n'en fit rien. Malgré mon immense soulagement d'apprendre que personne n'était mort, j'étais quelque peu confuse. Et la réaction d'Ian, qui marmonna « mince ! » comme s'il avait dit « merde ! », ne fit rien pour me rassurer.

— Euh, je n'ai certes pas parlé à ma mère depuis deux semaines, mais nous étions alors en bons termes et, vu qu'avec mon oncle nous sommes un peu brouillés, je ne vois pas…

— Il veut dire que Crispin t'a exclue de sa lignée, intervint Ian en m'adressant un regard plein de tristesse et de pitié.

La mollesse qui avait menacé mes genoux revint prendre sa revanche. Je m'assis pour essayer d'assimiler la nouvelle en évitant toute réaction stupide, comme pleurer.

Ce n'était pas la peur qui ébranlait mes émotions, même si la décision de Bones de m'exclure de sa lignée était, dans le monde des morts-vivants, pire qu'une exécution pure et simple. Elle me projetait au plus bas niveau de la société vampire, et me transformait en proie facile pour quiconque souhaiterait laisser s'exprimer sa cruauté sans peur des représailles. Non, ce n'était pas cela qui me bouleversait le plus. C'était que le geste de Bones s'apparentait en tout point à un divorce. Selon la loi vampire, le mariage valait tant que l'un des deux individus n'était pas mort pour de bon. Mais une répudiation indiquait clairement à tous que je ne représentais plus rien pour lui. Merde, même Mencheres n'avait pas répudié son ex-femme, Patra, qui avait pourtant essayé de le tuer.

— Tu sais que ce n'est pas le vrai Crispin, dit Ian qui vint s'asseoir à côté de moi pour me réconforter en posant une main amicale sur ma jambe. Wraith devrait prier pour que nous mettions la main sur le démon qui l'a marqué. Sa mort serait moins douloureuse que celle que lui fera subir Crispin quand il reviendra à lui et qu'il apprendra cette histoire.

— Je sais, articulai-je avec difficulté.

Ian avait beau dire vrai, le fait que Wraith parvienne à forcer Bones à faire une telle chose signifiait qu'il le possédait tout entier. Que se passerait-il si nous ne parvenions pas à lever l'enchantement ? Cette question me terrifiait plus que tous les dangers potentiels qui découlaient de la décision de Bones.

Fabian voleta jusqu'à moi. Ses mains passèrent à travers mes épaules dans ce qui était sa façon de me témoigner sa compassion.

— Je crains qu'il y ait pire. Après t'avoir répudiée, Bones a désigné Wraith pour lui succéder à la tête de sa lignée s'il lui arrivait quoi que ce soit.

Je me levai si brusquement qu'une partie de mon corps traversa celui de Fabian.

— L'enfoiré ! On se demandait pourquoi Wraith s'était donné la peine d'envoûter tout le monde. Ce salopard ne l'a fait que pour prendre le pouvoir ! Si Bones meurt, il le remplacera non seulement à la tête de sa lignée, mais il codirigera également avec Mencheres l'une des lignées les plus puissantes de toute la nation vampire.

Oh, le vil petit salopard ! Il n'aurait jamais pu atteindre une telle position de puissance par sa simple force. Bones l'aurait sans aucun doute réduit en pièces et, quand bien même il s'en serait sorti, Mencheres aurait achevé le travail. Mais en assurant une emprise démoniaque sur l'esprit des deux hommes et des membres de leur cercle le plus intime, Wraith serait propulsé directement sur le trône au cas où un accident mortel frapperait Bones.

Ce qui, j'en étais persuadée, faisait partie des plans de Wraith.

— Cela implique que nous allons devoir changer notre fusil d'épaule, fis-je remarquer en faisant les cent pas. C'est Bones que nous allons devoir conduire jusqu'à Balchezek.

Nous avions initialement décidé de subtiliser Annette qui, moins puissante et sans conjoint, aurait été plus simple à secourir, ou à enlever, selon sa réaction. Bien que Bones soit plus fort que moi, ou Ian, je ne pouvais pas me permettre de rester plantée là à espérer que Wraith attendrait qu'on déjoue ses plans avant de mettre la dernière pièce de son puzzle en place en tuant Bones.

— J'aurais vraiment préféré qu'on s'occupe d'Annette, soupira Ian.

— Ce n'est pas le moment de flancher, l'avertis-je.

Il se leva et m'adressa un regard posé.

— Je te l'ai déjà dit : Crispin est l'une des rares personnes pour qui je suis prêt à me battre, même au péril de ma vie. Demain, je te le prouverai.

Je gardai les yeux rivés sur lui. Une détermination farouche lui crispait la mâchoire et faisait scintiller son regard turquoise.

— Si tu fais ça, je retire toutes les horreurs que j'ai pu dire sur toi.

En une fraction de seconde, un rictus malicieux effaça la gravité de son expression.

— Pour quoi faire ? Tout ce que tu as dit était vrai, et tu étais encore loin du compte.

Je secouai la tête. Ian était plus fier de sa dépravation que tous ceux que j'avais rencontrés jusqu'alors. Mais s'il m'aidait à subtiliser Bones sous le nez de quatre vampires envoûtés, plus un doté de pouvoirs démoniaques, j'étais prête à l'inonder de prostituées et de porno, tout en jurant de sa sainteté.

Cela dit, Mencheres pouvait nous décapiter par la seule force de son esprit et, même dans mes meilleurs jours, j'étais incapable de gagner un combat contre Bones. Il était donc vraisemblable qu'aucun de nous deux ne survive à la journée qui nous attendait. D'autant que nous allions nous attaquer à nos amis, à nos proches, et serions donc contraints de ne tuer personne. En revanche, pas besoin de disposer d'une boule de cristal pour deviner qu'avec Wraith en guise de marionnettiste en chef, les autres ne s'encombreraient pas de ce type de considérations.

Soit. Le moment était venu de faire monter la mise sur la partie « jusqu'à ce que la mort nous sépare » de mon serment. De toute façon, la vie éternelle me semblait ennuyeuse.

Je remontai à grandes enjambées l'allée de gravier qui menait chez moi. Les branches nues des arbres se balançaient dans une bise assez glaciale pour transformer mon souffle en volutes blanches, si toutefois j'avais respiré. Aujourd'hui, c'était le bien nommé Black Friday, jour où les supermarchés et les centres commerciaux se transforment en champ de bataille pour des clients en chasse de la meilleure offre. Ma zone de guerre personnelle consistait en une colline boisée aux flancs escarpés, surmontée de deux chalets pittoresques, et ma récompense, le vampire brun qui m'avait publiquement désavouée.

Je sus qu'ils avaient détecté ma présence car le volume de leur conversation baissa subitement. Tant mieux. La voix de Wraith commençait à me taper sur les nerfs, de toute façon.

— Chéri, je suis rentrée ! lançai-je en accélérant le pas.

Lorsque j'atteignis le sommet de la colline, la porte d'entrée était ouverte, et Wraith se tenait dans l'embrasure.

Je tentai d'afficher un sourire qui tourna au rictus. Inutile de continuer à faire comme s'il me tenait sous sa coupe démoniaque.

— Hé, salut frangin. Tu peux m'envoyer mon mari ?

— Tu n'es pas la bienvenue ici, Cat, déclara-t-il en maître des lieux.

— Bien au contraire, mon cher. Répudiée ou pas, je suis toujours légalement la femme de Bones, et la loi stipule que partout où se trouve l'un des époux, l'autre y bénéficie automatiquement d'une invitation. Donc, soit tu m'envoies Bones, soit c'est moi qui entre.

Le bas de mon manteau noir voleta dans le vent, mais pas le haut. Il était trop chargé d'armes en tout genre. Soit Wraith l'avait deviné à ma réputation, soit il avait lu dans mon expression que je n'étais pas disposée à me satisfaire d'un « non ». Il disparut dans la maison pour être remplacé, quelques secondes plus tard, par un autre vampire, mais pas celui que j'étais venue chercher.

Mencheres se posta dans l'embrasure de la porte. Une expression indéchiffrable lissait ses traits égyptiens. Un simple coup d'œil à son regard me suffit à comprendre que Wraith lui avait ordonné de me tuer.

Chapitre 13

Je sentis une incroyable pression m'enserrer le cou avant même que je tente de m'enfuir. De toute façon cela n'aurait été d'aucune utilité. Mencheres n'avait pas besoin que je reste immobile pour m'arracher la tête.

Mais, aussi brusquement qu'il s'était manifesté, l'étau se relâcha. Un point rouge ornait le front de Mencheres, et des éclaboussures plus sombres maculaient la porte derrière lui. Il tomba à genoux, le visage figé dans la plus étrange des moues, puis il s'effondra lentement.

— Joli tir, Ian, murmurai-je avant de m'élancer vers l'entrée.

Cette seule balle en argent ne le tuerait pas, mais la plaie serait plus longue à se résorber, ce qui nous offrait un précieux surplus de temps avant que sa cervelle se reforme et que Mencheres reprenne conscience.

Mais, si nous nous trouvions encore dans les parages à ce moment-là, nous serions foutus.

À peine avais-je franchi le seuil qu'une masse me percuta de plein fouet. C'était arrivé si vite que je ne reconnus pas mon attaquant mais, à en juger par l'amorti relatif du contact, il devait s'agir d'Annette ou de Kira. Son élan nous projeta contre le mur voisin, et j'encaissai la douleur sourde de coups que je ne tentai même pas de parer. Je remarquai des cheveux blonds tandis que le visage de mon agresseur, tous crocs dehors, plongeait à la rencontre de mon épaule, ne manquant mon cou que de quelques centimètres.

C'était donc Kira, mais elle ne semblait pas être armée. Son attaque aurait beau me faire mal, elle ne me tuerait pas. Je la laissai s'enfoncer dans ma chair tout en me martelant de coups, et tendis la main vers l'arrière de mon jean où était dissimulé mon Glock. En un éclair, je lui plaquai le pistolet contre la tempe et fis feu.

Son corps soudain flasque fut aussitôt alourdi par un autre, plus large, plus massif, qui déboula sur nous. Le visage sanguinolent de Kira se colla au mien, m'empêchant de distinguer mon nouvel assaillant. Je devinai son identité rien qu'à la violence de ses coups qui me brisèrent les côtes et se répercutèrent dans tout mon corps. Une seule personne frappait aussi fort.

Bones.

— Maintenant ! hurlai-je en écartant le corps inerte de Kira.

Les vitres se brisèrent en une succession rapide tandis qu'Ian lançait les grenades à percussion au travers. Les explosions qui suivirent me donnèrent l'impression de me faire bombarder le cerveau, mais je m'étais garni les oreilles d'une quantité de cire suffisante pour en amoindrir les effets. Les autres vampires, avec leur ouïe surdéveloppée, n'eurent pas cette chance. Bones cessa de réduire mes entrailles en bouillie pour se saisir le crâne à deux mains. Deux filets de sang coulaient le long de ses joues. Derrière sa forme courbée, j'aperçus Spade, Annette et Wraith qui l'imitaient. Denise n'était pas avec eux. Fabian s'était glissé dans sa chambre la veille pour lui dire de fuir le salon dès que les choses sérieuses commenceraient.

Je profitai de ces instants de diversion pour tirer une balle dans le front de Wraith, et me délectai de l'explosion écarlate qui macula ses longues mèches blondes. Je rêvais de pouvoir finir le boulot à l'aide de la lame en os de démon, mais nous devions d'abord lever l'enchantement ; Wraith devait vivre.

Bones releva la tête. Du sang s'écoulait toujours de ses oreilles, mais il semblait s'être remis de l'effet débilitant des grenades. Son regard émeraude étincela. La bouche tordue en un rictus hargneux, il s'élança vers moi. Derrière lui, je vis que Spade et Annette, qui avaient eux aussi recouvré leurs esprits, se dirigeaient à leur tour dans ma direction d'un pas menaçant.

Je brandis mon arme mais, avant même que j'aie pu presser la détente, le Glock me fut arraché de la main par une décharge de puissance qui me brisa le poignet. Merde, voilà qu'il utilisait sa télékinésie naissante contre moi ! Je fus réduite à espérer qu'il ne la maîtrise pas assez pour m'arracher la tête, ou tirer sur Mencheres n'aurait été qu'une perte de temps. Cette préoccupation m'abandonna à l'instant où je vis Bones se projeter dans les airs pour mieux s'abattre sur moi. Je m'attendais à ce que son imposante carrure toute en muscles m'écrase contre le mur, au lieu de quoi je reçus un coup de pied au visage qui me brisa la nuque et me couvrit la vue d'un voile écarlate.

La douleur insoutenable qui satura chacune de mes terminaisons nerveuses, combinée aux craquements sinistres de mon cou, me confirma que mes os avaient subi le même sort que les vitres. Je résistai à l'envie instinctive de me protéger car je savais que Bones profiterait de ces instants pour me tuer. Au lieu de cela, je me jetai en avant, et m'écrasai contre un torse dur comme de la roche. Le choc déclencha de nouvelles vagues de douleur qui me vrillèrent le crâne, mais j'avais évité le bras mortel destiné à mes cervicales.

J'avais certes la vision obscurcie par un voile rouge et le visage réduit en miettes, mais mes jambes fonctionnaient parfaitement. Et Bones avait fait l'erreur de se redresser pour tenter de m'arracher la tête. Je profitai de la situation et, usant de toute ma force surnaturelle, je lançai mon genou vers le haut, dans un mouvement impitoyable pour son entrejambe. Il s'effondra mais, avant que j'aie pu me saisir de mon autre pistolet, un coup brutal percuta mon visage encore endolori.

Assaillie par un nouveau déferlement de douleur mêlé à d'effroyables craquements que j'aurais souhaité ne plus jamais entendre, j'aperçus malgré tout Spade qui se préparait pour une deuxième charge. Je me baissai aussitôt et sa main pâle s'encastra dans le mur au-dessus de ma tête. La seconde suivante, deux marteaux-pilons me percutèrent les côtes. Bones, remis de mon coup de casse-noisettes, revenait à l'offensive.

Il m'était impossible de bloquer simultanément les deux attaques. Pas sans recourir à des méthodes radicales, que je m'interdisais. Pas possible non plus de leur fausser compagnie. Le mur empêchait toute retraite, et deux vampires en furie me bloquaient le passage. Je n'avais plus qu'à espérer qu'ils soient trop occupés à me régler mon compte pour penser à se saisir d'une lame en argent. Après plusieurs esquives, parades, frappes, contre-attaques, un détail étrange m'interpella : Bones et Spade n'étaient que l'ombre des combattants implacables qu'ils étaient habituellement. Leurs aptitudes semblaient avoir faibli pour n'être plus qu'égales à celles d'Annette. Sans ça, je n'aurais jamais pu leur faire face aussi longtemps.

Une détonation retentit et Spade vola à travers la pièce, un trou béant percé dans l'abdomen. Bones se retourna pour jauger la nouvelle menace, mais je le retins tandis qu'Ian plongeait à travers les restes de la baie vitrée. Pas trop tôt.

— Salut, les gars ! lança-t-il avec un rictus de forcené.

Il se débarrassa de son bazooka encore fumant et s'élança vers Annette.

Des renforts plus conséquents auraient signifié moins de risques mais, à l'exception d'un vampire de confiance qui n'avait pas daigné décrocher son téléphone, tous mes alliés les plus proches et les plus forts étaient précisément ceux contre qui je combattais. Denise, qui ne pouvait se permettre de perdre sa couverture en nous prêtant main-forte, nous aidait de la seule façon possible : en restant à l'écart.

Lorsque Ian atteignit Annette, il la projeta à travers la pièce avec assez de force pour qu'elle réduise mon vaisselier en miettes. Malgré le fracas de la porcelaine, j'entendis le vampire crier :

— Qu'est-ce que tu attends ? Embarque Crispin !

Que croyait-il, que je me faisais les ongles ? Je luttais pour repousser une nouvelle tentative de décapitation. J'évitai le large crochet de Bones et le saisis à la taille en grimaçant. À cette distance, les coups qu'il m'assenait étaient plus dévastateurs encore. Il se battait certes avec moins de technique, mais n'avait rien perdu de sa puissance. Je rassemblai toutes mes forces et, toujours accrochée à lui, m'élançai à travers une fenêtre brisée. L'ordre qu'Ian aboya à Spade m'assaillit les oreilles.

— N'y pense même pas ! Toi, tu restes ici !

Des bruits de bagarre me parvinrent mais furent vite assourdis par la vitesse de mon déplacement et le vent. Annette ne pouvait pas voler. Seul Spade aurait pu s'élancer à notre poursuite, mais c'était le rôle d'Ian de l'en empêcher. Annette et Spade auraient du mal à prendre le dessus sur lui, mais Mencheres pouvait se remettre d'une minute à l'autre et, si Ian ne parvenait pas à s'enfuir d'ici là, il n'aurait probablement même pas le temps de hurler avant de perdre la vie. Peu m'importait combien il se vantait de ses vices, son attitude valait bien que je retire tous mes commentaires désobligeants à son égard.

Bones luttait pour se soustraire à mon emprise mais, même si j'avais la sensation d'être passée tout entière sous un camion, je tins bon. Je ne pouvais pas éviter la pluie de ses coups et l'empêcher de retourner auprès de Wraith en même temps. Il était déjà assez difficile de se concentrer sur mon vol en dépit de la douleur. Plusieurs kilomètres nous séparaient du chalet, mais nous devions encore nous en éloigner. Assez pour que ni Mencheres, ni personne d'autre, ne puisse suivre nos traces.

Lorsque Bones cessa subitement de se débattre, j'éprouvai un instant de soulagement aussitôt remplacé par une vive inquiétude. Cela ne lui ressemblait pas de renoncer aussi facilement. Mes doutes se volatilisèrent en voyant ses mains – qui n'avaient plus rien de poings vengeurs – animées d'une volonté farouche de me parcourir à tâtons avec une efficacité redoutable.

Il s'empara de l'une des dagues en argent que j'avais glissées sous mon manteau.

Nous étions presque face à face. Je le regardai droit dans les yeux tandis que la lame progressait vers ma poitrine. Son regard émeraude scintillait, son aura crépitait d'une intensité mortelle, mais je ne pouvais me défendre sans lâcher ma prise. Le laisser repartir auprès de Wraith reviendrait à le condamner à mort aussi sûrement que si je lui avais lacéré le cœur avec la dague.

Si ces instants étaient les derniers que je passerais sur Terre, alors je les emploierais à tout faire pour le sauver. Je savais que, si nos rôles avaient été inversés, il aurait agi de même.

La lame me transperça la peau et progressa dans ma poitrine, tel un tison chauffé à blanc. Mon corps réagit aussitôt au contact de l'argent sur mon cœur. Toute ma puissance m'abandonna et notre vitesse chuta en flèche. Nous fondions vers le sol mais, plutôt que de le repousser pour essayer de me sauver, j'usai de mes dernières forces pour le serrer dans mes bras.

— Je t'aime, parvins-je à articuler malgré la douleur insoutenable.

Puisque nous en étions aux derniers mots, ceux-là étaient les seuls que je voulais lui dire.

La flamme qui animait son regard sembla vaciller. De petits points noisette tachetèrent l'émeraude de ses yeux, et son aura se fragmenta, comme si une puissance invisible l'avait percutée avec assez de force pour la faire voler en éclats. Au lieu de faire tourner la lame dans ma poitrine et mettre ainsi un terme à ma vie, il l'en extirpa pour mieux la plonger dans la sienne.

— Non ! hurlai-je en saisissant la dague d'une main tout en le retenant de l'autre.

Maintenant que l'argent avait quitté mon cœur, je recouvrai mes moyens et freinai notre chute. Lui, en revanche, sembla se faner, comme sous l'effet d'une kryptonite surnaturelle. Seule ma poigne désespérée sur le manche empêchait encore la lame en argent de lui lacérer le cœur et de le conduire vers une mort certaine.

— Chaton, murmura-t-il si bas que j'eus du mal à l'entendre dans le souffle du vent. Tu dois me laisser mourir. Pendant que je la tiens encore sous contrôle !

Je ne compris pas ce qu'il voulait dire et n'en tins pas compte. J'arrachai la dague et la jetai au loin d'un geste dégoûté. Bones émit un râle effroyable et grimaça de douleur comme si, pour une raison étrange, il souffrait plus à présent que l'argent ne lui transperçait plus le cœur.

— Tu ne vas pas mourir, lui promis-je avant de plaquer mes lèvres sur les siennes dans un baiser nourri par l'amour, la douleur, la peur, et la frustration de ces derniers jours.

Je l'embrassais encore lorsque je me saisis de mon second pistolet et que je lui tirai une balle en pleine tête.

Chapitre 14

La station-service devait avoir fermé depuis plusieurs mois, à en juger par la couche de poussière qui recouvrait tant le sol que les installations métalliques. Mais, après quelques aménagements, son atelier souterrain, avec ses murs renforcés et ses épaisses poutres, était l'endroit idéal pour retenir captif un vampire. J'avais dû lui tirer une seconde balle dans la tête après qu'il s'était remis de la première blessure et réveillé d'une humeur massacrante. Il était à présent attaché à un pont élévateur, avec assez de lourdes chaînes pour faire ployer un vampire moyen.

Mais Bones était bien au-dessus de la norme. Il se tenait droit comme un I et me fusillait d'un regard émeraude où se lisait son envie de vengeance. La pointe d'émotion qui l'avait forcé à arrêter son geste meurtrier l'avait quitté depuis longtemps. À mon grand regret. Mais dès qu'Ian, qui était ressorti du combat en un seul morceau – Dieu merci –, aurait tracé dans le sang les symboles démoniaques, nous saurions quel type de démon il nous faudrait retrouver pour lever l'envoûtement qui affectait Bones.

— Tu es parti moins d'une demi-heure. Où as-tu dégotté plusieurs litres de ce type de sang aussi vite ? lui demandai-je.

Puis, en plissant les yeux, j'ajoutai :

— Rassure-moi, tu n'as tué personne ?

Il s'assit sur ses talons et me retourna un regard sardonique.

— Je ne gâcherais jamais une vierge de la sorte. J'ai fait un crochet par un collège pour ponctionner quelques élèves. Ils n'en garderont aucun souvenir. Et leur professeure non plus, d'ailleurs.

L'idée de voler leur sang à des préadolescents me répugnait, mais le temps pressait.

— Et voilà, annonça Ian, en terminant le dernier symbole.

— À quoi est-ce que vous jouez ? intervint Bones.

C'étaient ses premiers mots depuis qu'il m'avait demandé de le laisser mourir.

Ian ne lui répondit pas. Il sortit du cercle et me lança un coup d'œil.

— Espérons qu'aucun des collégiens que j'ai choisis n'était du genre à aimer les expériences, fit-il remarquer avant de prononcer le nom du démon à trois reprises.

— Arrête ! éructa Bones en luttant contre ses chaînes.

Le métal gémit mais tint bon. Ian et moi avions eu raison de consacrer la nuit à la préparation de cet endroit.

Les cercles tracés dans le sang restèrent parfaitement inertes, mais un jeune homme brun apparut de derrière un pilier de soutènement aussi naturellement que s'il s'y était trouvé depuis le début.

— On m'appelle ? s'enquit Balchezek.

Je laissai échapper un soupir de soulagement. Une partie de moi s'était demandé si le démon n'avait pas tout simplement inventé ce rituel d'invocation, et si nous y soumettre n'allait pas être une perte de temps. Il était bon de savoir que la cupidité avait toujours cours pour les résidents des enfers.

Malgré tout, je gardai la lame démoniaque à portée de main, au cas où notre ami nous aurait joué un tour, en invitant par exemple des collègues à lui.

Ian, pour sa part, dégaina une arme d'un autre genre. Il feuilleta du pouce la tranche d'une épaisse liasse de billets de cent dollars comme s'il s'était agi d'un paquet de cartes.

— Salut, Balchezek. Si tu veux mettre la main sur ces bébés, penche-toi donc sur notre pote et dis-nous dans quelle division joue l'enfoiré que nous cherchons.

— Tu n'as rien à faire ici, aboya Bones à l'intention du démon.

— Je suppose qu'il s'agit là du vampire que vous voulez que j'ausculte ? demanda Balchezek en s'approchant de Bones. (Une fois à proximité, il siffla entre ses dents.) Autant vous le dire tout de suite : il n'est victime d'aucun envoûtement. Il est possédé.

— Ta gueule ! siffla Bones.

Je clignai des yeux à plusieurs reprises, incapable de croire tant au diagnostic du démon qu'à la voix de Bones. Celle-ci était plus aiguë et soudain dépourvue de toute trace d'accent anglais.

— Je croyais que les vampires ne pouvaient pas être possédés. Qu'ils étaient trop puissants pour qu'une entité désincarnée se glisse en eux pour y ouvrir boutique.

— Normalement, oui. (Balchezek agita un doigt en direction de Bones qui lui retourna un sourire féroce.) Mais comme toutes les règles, celle-ci a son exception. Elle est certes particulièrement chiante et explique que la plupart des démons évitent de s'en prendre à des vampires. Ça ne m'étonne pas du tout que tu aies jugé le phénomène impossible.

— Et pour quelles raisons les démons évitent-ils de posséder les vampires ? s'intéressa Ian.

Bones jura de sa voix étonnamment suraiguë, promettant le pire des châtiments à Balchezek s'il poursuivait. Le démon ne lui prêta aucune attention. Il regarda Ian d'un œil patient.

— Pour commencer, il est beaucoup plus difficile de s'introduire en vous. Seul un démon relativement puissant peut y parvenir, et uniquement dans des circonstances très particulières. Ensuite, nous tenons à préserver le statu quo. Si des démons se mettaient à posséder des vampires, il ne vous faudrait pas longtemps avant de vous réunir pour contre-attaquer. Et, avec des effectifs amaigris par cette lutte, nous aurions beaucoup plus de mal à combattre nos véritables ennemis.

J'inhalai à proximité de Bones pour m'assurer qu'aucun détail ne m'avait échappé.

— Il ne sent pas le soufre. Tu es sûr qu'il est possédé ?

Cela expliquerait pourquoi j'avais eu l'impression de côtoyer un inconnu depuis le matin qui avait suivi l'apparition de Wraith. Ainsi que ses piètres aptitudes au combat, et son brusque changement d'attitude après s'être poignardé. Une pointe de terreur me traversa alors tandis que me revenait en mémoire ce que m'avait dit Bones des années plus tôt, lors d'une rencontre avec un humain possédé : « *Le seul moyen de se débarrasser d'un démon, c'est de tuer son hôte.* »

— Les humains n'ont pas la force de dissimuler l'odeur de soufre d'un démon qui s'emparerait d'eux. Les vampires, si. Sans compter que, poursuivit Balchezek en englobant d'un geste le visage et le torse de Bones, je vois le démon qui le possède. Elle est juste là.

Elle ? Je scrutai avec intensité l'endroit qu'il avait indiqué, mais je n'y vis que la grimace hargneuse de mon mari et les chaînes épaisses qui s'entortillaient sous l'effort qu'il produisait pour s'en libérer.

— Bien entendu, vous ne pouvez pas la voir, reprit Balchezek. Ça fait partie de l'arsenal des démons. Mais, à l'instar de vos petits tours qui marchent sur les humains et pas sur vos semblables, l'illusion ne prend pas avec moi.

J'eus l'impression que le sol se dérobait sous mes pieds. Lever un enchantement démoniaque me paraissait déjà bien assez difficile, mais ce qui nous attendait s'annonçait pire encore. Quoi que nous fassions, la chance n'était décidément pas de notre côté.

— Alors, comme ça, une bande de démons a décidé d'établir un campement dans mon mari et ses meilleurs amis, ironisai-je en partant d'un rire sans joie. C'est bien ce que tu es en train de nous dire ?

— Non, répliqua Balchezek. Il n'y a qu'un démon.

Chapitre 15

— Un seul, répéta Ian, qui ne semblait pas, lui non plus, en croire ses oreilles.

— « Appelez-moi Multitude, car je ne suis pas seul », cita Balchezek avec un sourire malicieux. Dans ce cas-là, il s'agissait de plusieurs démons dans une seule personne, mais l'inverse peut également se produire. Un démon se divise en plusieurs parties et possède simultanément plusieurs personnes. Mais, le procédé est délicat, car…

— Ferme-la où je te tue ! rugit Bones d'une voix à présent totalement féminine et méconnaissable.

— … on ne peut se propager que chez les membres de la famille de l'ancre, poursuivit Balchezek en adressant un doigt d'honneur à Bones. En premier lieu, il faut habiter une personne complètement. C'est l'ancre. Ensuite, on doit effectuer un rituel de scission pour gagner les membres de sa famille et les contrôler à distance. Mais, divisé comme ça, on devient une pâle copie aux yeux des autres démons. Et, si tout cela vous paraît laborieux, dites-vous que c'est encore plus compliqué avec des vampires.

— Pourquoi ? demandai-je sans presque en avoir conscience.

— Tout d'abord parce qu'on ne peut posséder un vampire que si on l'habitait déjà du temps où il était encore humain, puis tenter de survivre à sa transformation. Une telle manœuvre requiert une puissance hors du commun, mais elle n'est rien en comparaison de la prise de contrôle de plusieurs vampires. Le point positif c'est que, si on y parvient, on n'est pas limité à la seule famille humaine de l'ancre. On peut également se propager chez les membres de sa lignée vampire, jusqu'à la troisième ou la quatrième génération. Cependant, il faut rester à proximité de ses marionnettes mortes-vivantes et veiller à attirer leur attention en permanence, sous peine qu'un vampire reprenne ses rênes.

Toutes les histoires interminables que Wraith leur racontait. Était-ce sa façon d'attirer leur attention pour ne pas qu'ils le délogent ? Tout cela me paraissait incroyable en dépit des trucs insolites que j'avais vus, et faits, au cours de ma vie. Mon scepticisme devait se lire sur mes traits, car Balchezek soupira.

— Je parie que vous voulez des preuves de ce que j'avance ? Très bien. Redonnons le contrôle à votre ami. Vu la distance qui le sépare de l'ancre du démon, il devrait pouvoir refaire surface sans trop de difficulté. Voyons, qu'est-ce qui pourrait le mettre vraiment hors de lui ?

J'aurais aimé pouvoir demander un temps mort, histoire d'assimiler toutes les informations dont il venait de nous inonder, mais je marmonnai une réponse avant même d'avoir réfléchi.

— Pendant que nous volions, Bones a brièvement repris le dessus. Il m'a poignardée mais, au lieu de me lacérer le cœur, il a retourné la lame contre lui.

Puis il avait demandé à mourir *« pendant que je la tiens encore sous contrôle »*. Oh, nom de Dieu, Balchezek avait dit vrai. Bones n'était victime d'aucun enchantement ; il était bel et bien possédé, et je ne connaissais aucun moyen de le débarrasser du démon sans avoir à le tuer.

J'effaçai une larme qui s'était échappée de mon œil. Pleurer ne m'aurait soulagée en rien et, de toute façon, nous étions à court de temps.

— Alors, poignarde-moi, repris-je en redressant les épaules. Dans le cœur.

Ian s'approcha de moi mais, au lieu d'exhiber une des lames en argent dont il était – à n'en pas douter – équipé, il m'attira brusquement à lui.

— J'ai une meilleure idée, murmura-t-il avant de coller sa bouche contre la mienne.

Ma surprise fut telle que je restai pétrifiée quelques secondes. Assez en tout cas pour qu'Ian m'empoigne par les fesses et plaque ma taille contre la sienne. Il ouvrit la bouche et sa langue chercha à entrer dans la mienne, mais je détournai violemment la tête.

— Tu as pété un plomb ou quoi ? m'écriai-je en le giflant.

— Ça me rappelle le jour où on s'est rencontrés, sourit-il. Si tu te souviens bien, un peu de violence n'était pas pour me déplaire. Ça m'avait même plutôt excité, à vrai dire.

Il m'attrapa alors par les cheveux, si fermement qu'il m'en arracha plusieurs mèches, et tira vers le haut de sorte à pouvoir river sa bouche dans mon cou. Je serrai les poings et m'apprêtai à le rouer de coups pour les sept prochains jours.

— Si Crispin est bien là, voilà que devrait l'enrager assez pour qu'il se montre, me chuchota Ian à l'oreille.

Peu de choses étaient aussi profondément ancrées dans les vampires que la notion de territoire. Ce sentiment puissant qui unissait un vampire à ceux qu'il considérait comme siens relevait quasiment du fanatisme lorsque l'amour s'en mêlait. En outre, je n'étais pas certaine de survivre si quelqu'un s'amusait encore avec mon palpitant, armé d'une lame en argent. Au moindre geste de travers, je risquais de me retrouver six pieds sous terre.

Je n'avais pas vraiment besoin de preuves que Bones était possédé mais, si flirter avec Ian lui donnait l'occasion de piétiner la salope démoniaque qui s'était emparée de lui, alors je le ferais avec plaisir.

— Oh, oui, c'est si bon, gémis-je en me retenant de frapper Ian que j'attirai davantage vers moi.

Le souffle de son rire me chatouilla le cou.

— Je sais. Je suis plutôt doué.

Tu es surtout très narcissique, pensai-je. Mais je me collai à lui et glissai mes doigts dans ses cheveux auburn, que je tirai assez fort pour lui arracher un grognement approbateur. Ce n'était pas la première fois que je devais adopter ce genre de comportement sur commande ; c'était même quasiment un incontournable de mon ancien boulot d'appât pour vampires. Mais c'était on ne peut plus bizarre de sentir Ian me lécher et me mordiller le cou tandis que je l'y incitais à grand renfort de gémissements.

Et, même si je ne l'admettrai jamais, tous ne furent pas simulés. Ian profitait de notre promiscuité pour faire étalage de ses talents.

— Waouh, on dirait qu'il va y avoir du sexe, lança Balchezek en se laissant tomber lourdement au sol, comme pour mieux profiter du spectacle. Génial. Et moi qui croyais que j'allais m'ennuyer en venant ici.

Pour accéder à ma jugulaire, Ian repoussa le col de ma chemise sur mon épaule, arrachant au passage plusieurs boutons. Je lui rendis la pareille en déchirant son tee-shirt en deux, puis mordillai la peau dévoilée avant de le gifler deux fois. Avec force.

— Je suis ravi de voir que tu aimes la manière forte, car tu risques de ne plus pouvoir t'asseoir avant plusieurs jours.

Ian eut beau détourner la tête, je vis que ses lèvres tremblaient. Une étincelle révélatrice illumina son regard lorsqu'il me débarrassa d'un geste brusque des restes de ma chemise. Je n'étais plus vêtue que de mon jean et de mon soutien-gorge. Une petite trace de sang séché, souvenir de mon voyage aux portes de la mort, marquait le centre de ma poitrine. Ian pencha la tête en avant pour l'effacer avec sa langue.

Un grognement sourd s'éleva sur notre gauche. Les chaînes crissèrent et cliquetèrent. Je fis mine de n'avoir rien entendu et attirai la tête d'Ian contre moi.

— Oh oui, bois mon sang, dis-je d'une voix profonde. À mon tour de goûter le tien, maintenant.

L'air crépita. Il se chargeait d'une puissance certes croissante, mais dispersée, comme une multitude d'éclats de verre qui chercheraient à se rassembler. Je refusais toujours de regarder Bones. Au lieu de cela, je saisis la chevelure d'Ian dans un poing et tirai jusqu'à exposer son cou pâle et lisse.

Les chaînes se manifestèrent de nouveau, accompagnées par un sifflement féminin. Je continuai comme si de rien n'était et me passai la langue sur les lèvres comme me délectant par avance du sang d'Ian. Puis, lentement, j'approchai la tête. Je veillai à l'incliner suffisamment pour que le vampire entravé au pylône métallique jouisse de la meilleure vue possible sur mes crocs plongeant dans le cou de son Maître, avant que je savoure une pleine gorgée de son sang.

Lorsque j'avalai le liquide riche, mon gémissement n'eut plus rien de simulé. Je me rendis soudain compte que je ne m'étais pas nourrie depuis plus d'une semaine et que, même si j'avais été trop préoccupée pour penser à la nourriture, mon corps, lui, n'avait rien oublié de ses besoins. Incapable de me contrôler, je le mordis de nouveau, et déchirai sa chair dans ma hâte à me délecter de ce nectar écarlate.

— C'est ça, ma jolie rouquine, mords-moi plus fort, m'encouragea Ian.

Il me griffa le dos avec ses ongles, puis attira mes jambes autour de sa taille en m'empoignant fermement par les fesses.

Un fracas métallique résonna tandis que le sifflement féminin se muait en rugissement guttural.

— Enlève tes sales pattes de ma femme !

Chapitre 16

Je m'écartai d'Ian d'un bond, comme sous l'effet d'une violente brûlure. Même l'appel du sang ne pouvait rivaliser avec la voix de mon mari. Le regard de Bones, où luisait un éclat émeraude, scintillait d'une colère noire à l'encontre d'Ian. Les vagues de puissance qui émanaient de lui me firent redouter que les chaînes cèdent.

Puis Bones tourna les yeux vers moi et sa rage insondable sembla se muer en autre chose. Une douleur traversa mon subconscient, si vive et si poignante que j'accourus auprès de lui.

— Bienvenue parmi nous, dis-je en posant une main sur son visage, l'un des rares endroits que les chaînes n'entravaient pas.

Il ferma les yeux et inspira profondément. Un spasme agita ses traits.

— Tu sens Ian. Promets-moi que ce n'était qu'un numéro, Chaton, ou je vais devoir le tuer.

Je souris, un éclat rose dans le regard.

— Moi et Ian ? Voyons, Bones. Ne me dis pas que tu y as cru.

— Vous étiez plutôt convaincants, dit-il avec une grimace.

— C'était tout le but de la manœuvre, intervint Ian. Même si je dois reconnaître que je me suis légèrement amusé.

Légèrement ? Ma féminité en prit un coup, mais je n'en avais cure. J'étais trop absorbée par le regard de Bones et soulagée d'y reconnaître celui qui l'habitait.

— Alors, vous n'allez pas coucher ensemble ? déplora Balchezek d'une voix dépitée. Et c'est parti pour l'ennui.

Bones lança un coup d'œil au démon avant de revenir à moi.

— Tout ce qu'il a dit est vrai. Lorsque je me suis réveillé, le lendemain de l'apparition de Wraith, je n'étais plus qu'un spectateur à l'intérieur de mon propre corps.

— Il est plus aisé de s'attaquer aux sujets puissants, comme les vampires, pendant leur sommeil, une fois qu'ils ont baissé la garde, expliqua Balchezek. Autrement, il aurait fallu qu'elle vous affaiblisse en vous vidant de votre sang par seaux entiers avant de pouvoir s'immiscer en vous.

Des seaux de sang. Je revis la suite d'Annette, et son comportement étrange, le soir où Wraith était arrivé. Ainsi, c'était elle la première à avoir été possédée. Wraith était bien son agresseur, mais elle ne l'avait pas accusé car tout ce qui sortait de sa bouche était contrôlé par le démon qui la pilotait. Le même que celui qui habitait Wraith s'il était bien, comme l'estimait Balchezek, l'ancre principale.

— Il faut à tout prix que je t'informe de certaines choses, Chaton, déclara Bones. (Je cessai d'essayer de recoller les morceaux et l'écoutai attentivement.) Je ne sais pas combien de temps je serai capable de la garder sous contrôle. Elle est extrêmement forte.

— Elle est toujours en toi ?

Mon côté rationnel connaissait la réponse, mais je me pris à espérer que la colère de Bones ait miraculeusement suffi à évacuer le démon.

— Oui, répondit-il.

— Bien sûr qu'elle y est encore, intervint Balchezek en secouant la tête. Vous m'avez pris pour un menteur ?

Je ne lui rappelai pas qu'en tant que démon, le mensonge faisait partie de sa panoplie de base. Il constituait notre meilleure source d'information et je craignais qu'il prenne la mouche et disparaisse.

— Tu vas devoir enregistrer mon souhait de revenir sur ta répudiation et de te réintégrer à ma lignée.

Un voile de colère déforma ses traits avant qu'il poursuive :

— Je vais également indiquer que Mencheres, Kira, Spade, Annette et Wraith sont possédés. Une fois que ce sera fait, tu me donneras une dague en argent. Personne ne doutera de la véracité de mes déclarations en voyant que je suis prêt à mourir après les avoir faites.

— Non ! m'écriai-je aussitôt, parcourue par une vague de terreur.

Bones cligna brièvement des yeux.

— Je regrette que nous en soyons là, mais je n'ai aucun doute quant à la démarche que je dois adopter. Crois-moi, je préférerais mourir un millier de fois plutôt que de me voir te rouer de coups parce qu'une salope a pris le contrôle de mon corps.

Je lui saisis les cheveux moins violemment que ceux d'Ian quelques minutes plus tôt.

— Mais tu l'as arrêtée quand elle a planté cette dague dans mon cœur. Tu l'as arrêtée !

— Si tu annonces que vous êtes possédés, toi et Mencheres, tu déclencheras une guerre civile au sein de la lignée, l'avertit Ian. Sans compter sur tous tes ennemis qui prendront ton aveu de faiblesse pour une invitation. Ce sera un effroyable bain de sang, Crispin.

— Ian a raison, tu dois l'écouter, renchéris-je trop inquiète pour être choquée d'avoir prononcé ces mots.

— Je ne suis pas certain de pouvoir la retenir la prochaine fois qu'elle essaiera de te tuer, et je refuse d'en courir le risque, trancha-t-il. En ce moment même, je la sens qui sape ma puissance pour reprendre le dessus. Tu m'avais promis, Chaton. Il y a des années, lorsque Mencheres t'a demandé si tu pourrais me tuer si les circonstances l'exigeaient, tu as juré que, si je m'en prenais aux tiens, tu le ferais. Le démon qui vit en moi est prêt à abattre tous ceux qui se dresseront sur son chemin. Tu ne peux pas laisser faire ça. Le seul moyen de l'arrêter, c'est de me tuer.

Non. Non. Les mots résonnèrent si fort en moi qu'il me fallut plus d'une seconde avant de comprendre qu'ils venaient de quelqu'un d'autre.

— ... peut-être un autre moyen, mais il y a un prix à payer, termina Balchezek.

Je me tournai aussitôt vers le démon à la chevelure acajou.

— Quoi ? Quel autre moyen ?

S'il m'expliquait qu'il me faudrait le payer de mon âme, que Dieu me vienne en aide, car je serais tentée d'accepter.

Bones, le visage déformé par une grimace, ferma les yeux.

— Elle est vraiment très agitée. Vous feriez mieux de ne pas discuter de ça devant moi, Chaton. J'avais parfaitement conscience de ce qui se passait lorsqu'elle avait le contrôle et, de la même façon, elle entend tout ce que vous dites.

— C'est exactement ce que je vous avais dit, maugréa Balchezek. Bon, vous venez ou quoi ? lança-t-il en quittant la pièce d'un pas décidé.

Je lançai un regard désolé à Bones et lui dis, dans un haussement d'épaules :

— On revient tout de suite.

Il posa les yeux sur ses chaînes et un infime sourire dansa sur ses lèvres.

— Vas-y, mon amour. Je t'attends là.

Chapitre 17

— Il est hors de question que je marchande mon âme, ou celle de quiconque, lançai-je en sortant du garage souterrain à la suite d'Ian et de Balchezek.

Peut-être que, si ce dernier me croyait inflexible sur ce point, il hésiterait à me proposer des conditions que, vu mon état de désespoir, j'étais prête à accepter.

Il renifla avec dédain.

— Ça tombe plutôt bien, parce que ton âme ne m'intéresse pas et – grande nouvelle – tu n'as de droit sur celle de personne d'autre, mademoiselle Surestime-Son-Importance.

Je fus plus que soulagée, mais fis mine de m'offusquer de son insulte.

Ian rit.

— Elle fait souvent ça, non ?

— Avant d'aller plus loin, pourquoi accepterais-tu d'aider des vampires aux dépens de l'un des tiens ? m'enquis-je.

J'avais beau être aux abois, pas question d'oublier la plus élémentaire des logiques.

— Parce que je déteste mon boulot, répliqua Balchezek aussitôt.

— Tu considères ce que tu fais comme un boulot ? demandai-je en dressant les sourcils.

— Comment appelles-tu une activité sans laquelle tu ne peux t'intégrer, qui te vaut des réprimandes quand tu n'es pas au niveau, mais jamais de félicitations, même si tu es bon ? (Il grogna de nouveau.) Je suppose que le mariage répond aussi à ces critères, mais pour moi c'est la damnation des âmes.

Était-il possible que tous les démons ne soient pas l'incarnation du mal ? Que certains puissent éprouver des remords ?

— Tu es en train de nous dire que tu n'aimes pas damner les gens ?

Il me regarda comme si j'étais folle.

— Des abrutis viennent me voir en pleurnichant : « Oh, j'ai besoin de ci ou de ça, offrez-le-moi et je vous donnerai ce que vous voudrez. » Alors, je m'exécute mais voilà qu'ils se plaignent quand c'est leur tour d'honorer les termes du contrat. Et c'est moi qui devrais avoir des problèmes avec ma conscience ?

Au temps pour moi, visiblement, les remords n'étaient pas son fort.

— Bien sûr ! Tu abuses d'eux quand ils sont au fond du trou, soulignai-je. Ce n'est pas très juste.

Il leva les yeux au ciel.

— Ce n'est pas comme si on m'avait consulté quand ceux d'en bas et ceux d'en haut sont entrés en guerre. Moi, je ne fais qu'exécuter mes ordres, à longueur de journée, tous les jours de la semaine, et ce pour l'éternité, que ça me plaise ou pas. Et si je refuse d'obéir, on me jette dans les flammes. Alors ne viens pas me parler de justice.

— Qu'est-ce que tu attends en retour de ton aide ? demandai-je en lui lançant un regard averti. Tu nous offres un moyen d'en découdre avec ce démon, mais tu viens de nous expliquer que ta motivation n'était pas le repentir.

Il sourit.

— Tu as raison. Ce que je veux, c'est une place dans votre monde. Mais, si je tente de m'éclipser sans aide, mes supérieurs ne manqueront pas de se lancer à ma recherche. Et plutôt crever que de me tapir parmi les humains. En revanche, si un vampire me place sous sa protection, ils préféreront renoncer que de se donner la peine de me retrouver. Comme je vous l'ai dit, la plupart des démons aiment autant que possible éviter de donner un coup de pied dans votre ruche.

— Tu veux que je fasse de toi un membre de ma lignée ? demandai-je, effarée.

— Tu acceptes bien des fantômes, rétorqua-t-il en crachant le mot comme s'il le dégoûtait. Mais un démon n'est pas assez bien pour toi, c'est ça ? De toute façon, ce n'est pas de ta lignée que je souhaiterais la protection. Tu es tellement pédante que ça me rendrait fou. En revanche, toi, dit-il en désignant Ian du menton, tu es plus mon genre.

Ian reconnut leurs similitudes d'un hochement de tête.

— Tu es certain de ta décision ? Parce que, même si je n'impose aucune morale aux membres de ma lignée, j'exige néanmoins qu'ils soient loyaux. Comment peux-tu être sûr que tu ne changeras pas d'avis par la suite ?

— Tu as vu ce film où des employés de bureau méprisés pètent les plombs et réduisent leur photocopieuse en pièces avant de voler leur propre société ? (Il montra les dents dans un rictus trop animal pour être qualifié de sourire.) Eh bien, considère que le démon qui possède ton ami est ma photocopieuse, et que mon vol consiste à vous révéler des informations sur les miens, qui vous permettront de le sauver lui, ainsi que vos autres amis.

Ian tendit une main que le démon saisit sans hésiter.

— Tiens ta parole et tu seras le bienvenu dans ma lignée, sous mon entière protection.

Balchezek opina.

— Génial. La première moitié de mes exigences est satisfaite.

Pourquoi ne fus-je pas surprise que le démon ait d'autres conditions ?

— En quoi consiste la seconde ?

Il relâcha la main d'Ian et se tourna vers moi, tout sourires.

— La vie ne vaut pas la peine d'être vécue sans un minimum de confort, hein ? Je veux de l'argent. Une quantité obscène d'argent, pour être précis.

Mon compte en banque ne débordait pas, mais Bones, après plusieurs siècles passés à chasser les primes, avait accumulé une jolie fortune grâce à l'aide d'un vampire doué de visions prémonitoires qui le conseillait pour ses investissements.

— Soit. Quand tout sera fini, je te promets de te faire un chèque dont le montant me fera vomir au moment de l'écrire. Ça te va ?

Il toussota.

— Je vais avoir besoin d'une petite avance pour appuyer ta promesse, dit-il avant de désigner ma main du menton.

Je posai les yeux sur le diamant rouge que Bones m'avait offert le jour où il m'avait demandée en mariage. Elle revêtait pour moi une valeur sentimentale sans pareille. Mais, en raison de la rareté de ce type de pierre et de son poids de cinq carats, sa valeur marchande était elle aussi extravagante.

Je la fis glisser de mon doigt et la tendis à Balchezek sans la moindre hésitation. Je préférais mille fois que Bones vive plutôt que de posséder une bague chargée de souvenirs qui me briseraient le cœur s'il mourait.

— Soit. Lorsque tu nous auras aidés à chasser cette salope hors de nos amis sans les tuer, tu me rendras l'anneau en échange de ton chèque indécent. D'accord ?

La créature qui avait conclu d'innombrables pactes surnaturels avec d'autres glissa la bague dans sa poche et sourit.

— C'est comme si c'était fait.

Je lui rendis son large sourire en exhibant mes crocs en guise d'avertissement.

— Compte sur moi pour te le rappeler.

Deux vampires et un démon qui pactisaient. Cela avait tout du miracle de Noël, version macabre. J'étais néanmoins disposée à profiter de tout type de miracles, sans exception.

Chapitre 18

Balchezek nous expliqua qu'il devait vérifier certains détails avant de revenir. Aussi, seuls Ian et moi retournâmes dans le garage souterrain.

— Dis-moi que tu n'as pas vendu ton âme, Chaton, furent les premiers mots de Bones lorsqu'il nous aperçut.

Bien qu'une telle éventualité m'ait effleuré l'esprit, je pus lui répondre « Bien sûr que non » en toute honnêteté. Et si j'avais réussi à lui faire croire que je n'y avais même jamais pensé, ce serait la cerise sur le gâteau.

Bones foudroya Ian de son regard perçant.

— Elle dit la vérité ?

— Tu as plus confiance en lui qu'en moi ? m'offusquai-je en secouant la tête. Je me sens insultée.

Ian gratifia Bones d'un sourire indolent.

— Ne t'en fais pas, Crispin. Notre ami sulfureux attend des dédommagements bien plus terre à terre en échange de son aide.

— Tu peux nous croire, ajoutai-je en voyant que Bones doutait toujours de la véracité de nos propos. Nous allons devoir te laisser tes chaînes le temps que Balchezek revienne et que nous ayons établi un plan. Nous allons te surveiller à tour de rôle, précisai-je, répugnée par cette perspective bien que consciente de sa nécessité. Je suis désolée…

— Pas moi, m'interrompit Bones qui, alors qu'il ne m'avait jusque-là pas quittée des yeux, détourna le regard. Je suis sûr de ne pouvoir te faire aucun mal comme ça. Et c'est tout ce qui m'importe.

— Si tu veux bien nous excuser un instant, Crispin, intervint Ian.

Il m'entraîna ensuite avec lui, à travers le labyrinthe chaotique de béton, de l'autre côté de la pièce, à proximité de la sortie. Puis, il bondit à l'extérieur, et je le suivis, curieuse de savoir ce qu'il avait en tête. Il traversa la rue.

— Tu essaies de lui faire perdre le contrôle qu'il a sur le démon ?

Je clignai des yeux à plusieurs reprises, trop surprise pour me sentir offensée.

— Pourquoi tu dis ça ?

— Il est déchiré par la culpabilité de ce que cette salope lui a fait faire. Merde, j'ai beau être pétri d'arrogance et d'égoïsme, mais même moi je me sentirais mal si j'avais tabassé puis essayé de tuer ma femme. Multiplie ça par les manières infiniment plus raffinées de Crispin et tu obtiens un homme rongé par la souffrance. Et toi, tu retournes le couteau dans la plaie en te comportant comme s'il était responsable de tout ça.

Là, j'étais vraiment hors de moi. Ce qui arrivait en général assez vite lorsque je parlais avec Ian.

— Je sais qu'il n'y est pour rien. Que tout est sa faute à elle et qu'il n'a rien à se reprocher. Alors occupe-toi de tes fesses et fous-moi la paix, Ian !

— Il s'agirait plutôt des tiennes, en l'occurrence, contra-t-il.

— Je suis sûre que c'est là une de tes répliques imparables, raillai-je, mais on dirait bien que tu as manqué ta cible, car je ne l'ai pas comprise.

— Je voulais dire, reprit-il lentement, comme s'adressant à un enfant, que je sais comment vous réagissez à une séparation qui a failli coûter la vie à l'un de vous. C'est tout juste si vous ne foutez pas tout le monde à la porte pour vous envoyer en l'air. Pourtant, tout ce que tu fais, c'est alimenter son sentiment de culpabilité là où tu devrais lui montrer qu'il est encore l'homme que tu aimes, démon ou pas. Chaînes ou pas.

J'ouvris la bouche, prête à émettre un commentaire caustique sur la façon qu'Ian avait de considérer le sexe comme remède universel, mais je m'interrompis. Peut-être avait-il raison. J'aurais pu rassurer Bones en lui répétant sans fin que je ne le considérais pas comme responsable de ce qu'il avait fait pendant que le démon était aux commandes mais, comme le veut le dicton, des actes valent parfois mieux que de longs discours. Certes, le garage souterrain d'une station-service désaffectée n'avait rien de romantique, mais Bones avait bien souvent tourné les coups du sort à son avantage.

Il ne tenait qu'à moi d'en faire autant.

— Je t'interdis de rester pour te rincer l'œil, dis-je finalement.

Une moue déforma ses lèvres.

— Ce serait pourtant plus sûr, au cas où elle referait surface et reprendrait le…

— Mon cul, oui !

Cette fois, Ian ne tenta même pas de contenir son rire.

— Je préfère le laisser à Crispin, si tu veux bien.

Chapitre 19

Une heure plus tard, j'étais de retour dans le garage souterrain. Je me faufilai entre les poutres métalliques jusqu'à l'endroit où Bones était entravé. Ian était allongé à côté de lui, une jambe posée sur un tas de chaînes de rechange, au cas où.

Je lui lançai une clé. Nous étions descendus dans un hôtel voisin afin de disposer d'un second endroit pour entreposer nos armes.

— Tiens. Pourquoi tu n'irais pas te laver, changer de vêtements et manger un morceau ? lui indiquai-je avec un regard appuyé signifiant : « Et surtout, ne te presse pas. »

Je m'étais moi-même appliqué mes deux premiers conseils, comme en attestaient mes cheveux encore humides et ma nouvelle tenue. Je n'allais tout de même pas séduire mon mari alors que l'odeur de son ami était encore sur moi.

— Ce n'est pas de refus, accepta Ian en se levant. À plus.

J'attendis de l'entendre sortir avant de poser par terre le sac que j'avais apporté. J'entrepris alors d'arranger l'endroit.

Bones huma l'air.

— Bougies parfumées ?

— Je n'en peux plus de cette odeur de graisse et de sang, répondis-je en les allumant. Ce sera mieux comme ça.

Je n'avais pas besoin de lever la tête pour savoir que ses yeux noisette ne perdaient pas une miette de mes mouvements. Je pouvais presque sentir son regard posé sur moi et, malgré ses efforts pour dompter son aura, des bribes de désir et de remords traversaient mon subconscient.

— Ian t'a-t-il rapporté que Balchezek connaissait un autre moyen de chasser le démon sans que vous ayez à mourir ? demandai-je en lui lançant un coup d'œil.

Il dressa les sourcils.

— Oui, mais je n'accorde aucune confiance aux démons.

Je partis d'un petit rire ironique.

— Je partage ton scepticisme, mais Balchezek a de bonnes raisons de nous rendre service.

Je me retins de lui indiquer lesquelles, vu que le démon qui l'habitait tendait certainement l'oreille à mes propos. Le fait de posséder des vampires étant un interdit chez les démons, je doutais que cette salope puisse cafter les agissements de Balchezek sans se trahir, mais à quoi bon lui donner un avantage ?

— Tu sais quoi faire s'il se trompe, Chaton.

Au ton implacable de sa voix, je fus parcourue d'un frisson qui n'avait rien à voir avec la température glaciale du garage. *Oui. Je trouverai un autre moyen de te sauver*, répliquai-je en silence, mais je me gardai bien de le lui dire. Il n'aurait fait que parler de promesses, de devoir et de choses qui n'avaient pour moi aucune valeur si elles impliquaient qu'il meure.

J'allumai les dernières bougies, puis m'approchai de lui. Sa bouche dessinait une ligne étroite, mais son regard ne cessait de scruter les contours de mon corps, comme malgré lui. Outre le désir et le remords, une autre émotion souffla sur mon subconscient : la possessivité. Il savait peut-être que mon comportement récent vis-à-vis d'Ian n'était le fruit que de bonnes intentions, mais sa nature de vampire réclamait qu'il affirme son emprise sur moi. Je ne connaissais que trop bien ce sentiment pour avoir moi-même subi les affres de la jalousie dans le passé.

— Comment se porte notre squatteuse démoniaque ? demandai-je en effleurant ses chaînes.

— Furieuse.

Un seul mot, sec, qui trahissait le poids des émotions qu'il s'efforçait de contenir.

— Tant mieux, souris-je.

Je sortis ensuite une clé, puis ouvris plusieurs des cadenas qui reliaient ses chaînes entre elles.

La tension s'échappa par une brèche dans le mur qu'il avait érigé autour de son aura.

— Qu'est-ce que tu fais ?

Je dégageai une longueur de chaîne que je laissai tomber par terre.

— Je te rends plus accessible. Une de moins. Plus qu'une demi-douzaine. Même après, tu ne pourras toujours pas bouger les bras ni les jambes.

— Arrête, m'intima-t-il avec un éclat émeraude dans le regard. Elle est trop dangereuse.

Je le débarrassai d'une nouvelle section de chaîne avant de m'approcher de lui sur la pointe des pieds pour lui lécher le lobe de l'oreille.

— Je l'emmerde, chuchotai-je. Elle t'a pour elle depuis trop longtemps. Tu es à moi.

D'autres liens tombèrent au sol. La bouche de Bones effleura ma nuque. Je sentis la lutte qui opposait sa force de contrôle à la faim qui s'élevait en lui.

— C'est trop risqué, insista-t-il.

Je ris avant de saisir son oreille entre mes crocs que le désir avait animés.

— Allons, Bones. Depuis quand fuyons-nous le risque ?

Je n'obtins qu'un grognement rauque en guise de réponse. La puissance de son désir acheva son travail de sape des barrières que Bones avait dressées autour de ses émotions. Je me laissai balayer par les deux flux. Je léchai le contour de son oreille, que mon souffle finissait d'attiser.

Il ne pouvait me prendre dans ses bras, mais m'enveloppait de son aura, un nuage frissonnant de puissance mêlée de désir brut. Je la sentais encore fragmentée par son combat pour maintenir le démon sous contrôle, mais sa victoire ne faisait pour moi aucun doute. Trois longueurs supplémentaires de chaîne glissèrent de sa taille. Je pouvais à présent passer une main entre ses liens et ouvrir sa chemise pour accéder à la peau de son torse et de son ventre.

— Tu m'as manqué, dis-je en abandonnant son oreille au profit de ses lèvres.

Sa bouche se referma sur la mienne avec un appétit tel que les braises de mon désir se muèrent en fournaise. Il n'attendit pas que j'entrouvre les lèvres pour y glisser une langue avide. Je gémis et tirai plus fort sur ses chaînes. D'autres tombèrent, jusqu'à ce que je puisse coller mon corps contre le sien et sentir la pression d'un renflement qui n'avait rien de métallique. Il émit un grognement sauvage, guttural, lorsque je refermai la main autour de lui.

Il arracha sa bouche à la mienne et me transperça de toute l'intensité de son regard émeraude.

— Déshabille-toi. J'ai besoin de te voir.

Les jambes tremblantes, je reculai. La puissance de son désir m'ébranla avec une force telle que je fus presque soulagée qu'il soit entravé. Je le sentais sauvage, animal. Il semblait vivre ces instants comme s'ils étaient les derniers que nous partagions et avait l'intention de ne rien retenir, à l'exception du démon enragé qui l'habitait. Je passai ma chemise par-dessus ma tête et la jetai de côté. Ma peau se couvrit de chair de poule sous la force de son regard. J'ôtai ensuite mon soutien-gorge. Mes seins étaient déjà durs et douloureux de désir. Mon jean suivit puis je fis glisser ma culotte sur mes cuisses et repoussai les deux du pied.

— Ravissante.

Son accent était plus marqué. Il me dévorait du regard. Je profitai également de la vue, de sa peau à la pâleur cristalline, et de ses muscles qui roulaient et jouaient contre le métal des chaînes. Ses traits, à la beauté féroce, étaient presque effrayants. Notre récent baiser avait rendu sa bouche plus pleine. Ses yeux scintillaient d'un éclat émeraude, et sa mâchoire crispée trahissait son impatience passionnée.

Impatiente, je l'étais moi aussi, et animée d'émotions qui dépassaient de loin le simple désir. On essayait de s'emparer de la personne la plus importante du monde à mes yeux, et j'étais déterminée à récupérer ce qui m'appartenait. Une nouvelle lueur embrasa son regard tandis que je m'approchais de lui pour dégager la dernière chaîne enroulée autour de sa taille. Sa chair rigide emplit ma main lorsque, d'un coup sec, j'éventrai le devant de son jean. Je grimpai ensuite sur la pile de métal qui gisait au sol pour me hisser à sa hauteur, puis glissai une jambe autour de sa taille.

Sa bouche fondit sur la mienne ; sa langue sensuelle me dévora tandis qu'il se cambrait pour plaquer sa chair rigide contre mon intimité. Je n'eus pas le temps de l'aider qu'il entra en moi d'un violent coup de reins qui m'arracha un halètement que sa bouche absorba. Chacune de mes terminaisons nerveuses brûlait d'un feu ardent quand une nouvelle poussée envoya une vague de plaisir qui déferla en moi en bouillonnant. Je m'agrippai à ses épaules malgré les chaînes, pour l'accueillir au plus profond de moi avant de frotter mon clitoris contre lui dans une danse qui me tétanisa de spasmes.

Lorsqu'il reprit ses mouvements, je ne pus m'empêcher de crier. Je serrai mes bras autour de son cou et levai mon autre jambe de sorte à renforcer encore notre étreinte. Il se mit alors à décrire de violents va-et-vient réguliers, que je le suppliai de poursuivre entre deux baisers. Sa puissance remonta le long de mon dos, m'enserra la taille pour me coller contre son corps, plus étroitement qu'aucune main n'aurait pu le faire. Son rythme s'accéléra, et le plaisir déferla en moi en un martèlement sourd. Je rejetai la tête en arrière et me laissai aller contre ce support invisible, tandis que mes reins s'embrasaient de bonheur à chacun de ses mouvements rapides.

Ses grognements sourds et mes gémissements noyèrent le cliquetis des chaînes à mesure que ses coups de reins s'intensifiaient jusqu'à ce que je ne perçoive plus rien que l'explosion surpuissante de sensations qui éclatèrent en moi. Elles s'accumulèrent jusqu'à m'arracher un hurlement rauque, tandis qu'en écho des spasmes qui agitaient Bones, de puissantes ondes d'extase se propageaient dans tout mon corps.

Chapitre 20

Je m'effondrai contre lui, comme si mes bras et mes jambes avaient perdu toute vigueur. À un moment, il s'était agenouillé autant que ses entraves le lui permettaient, et j'avais ressenti la morsure froide du métal dans mes genoux, mais ne lui avais prêté aucune attention. Trop de fourmillements parcouraient encore mon corps pour que je me soucie du manque de confort de notre position.

— Je ne veux plus bouger… jamais, parvins-je à articuler.

Il partit d'un rire doux, canaille, et libre des préoccupations qui l'entravaient plus que les chaînes au pilier de soutènement. Ce son était lui aussi une forme de bonheur, sauf qu'il résonna plus profondément encore que mon récent orgasme.

Je sentis un contact doux sur mes jambes et baissai les yeux pour découvrir qu'une couverture, qui reposait jusqu'alors dans un coin de la pièce, y glissait lentement. Avec son pouvoir, Bones la fit remonter jusqu'à mes épaules, qu'il drapa pour les protéger du froid ambiant. Une preuve supplémentaire que sa seule volonté le retenait plus fermement que tous les cadenas et les chaînes dont Ian et moi l'avions affublé.

— Frimeur, murmurai-je en nous enveloppant tous les deux sous la couverture.

Il sourit mais un voile terne, signe du retour du démon, assombrit ses traits.

— Je lui ai refusé l'accès à ce pouvoir autant que j'ai pu. Mais, si elle reprend le dessus, les chaînes ne feront que la ralentir assez pour que tu me tues. Alors, n'hésite pas. Tu ne disposeras que de quelques secondes.

Je ne me retournai pas pour regarder où nous avions entreposé les pistolets, mais je les savais à portée de main.

— J'y veillerai, mais ne parlons pas de ça. Tu devrais essayer de dormir un peu.

— Non, répliqua-t-il aussitôt. Elle n'attend que ça, un affaiblissement de ma détermination et elle reprendra le contrôle.

La colère fusa en moi, nourrie à la fois par l'amour que je portais à Bones et par la possessivité propre aux vampires. Il était hors de question que ce démon l'emporte. Elle allait payer cher son choix d'hôte. J'étais prête à la pourchasser jusqu'en enfer s'il le fallait, mais j'aurais ma vengeance.

— Eh bien, elle a plutôt intérêt à s'armer de patience, dis-je en esquissant un sourire malgré ma rage contenue. Tu dors déjà rarement en temps normal, alors qu'est-ce que ça doit être quand tu essaies de repousser une salope de démon.

Il appuya son front contre le mien et ferma les yeux.

— Dors, Chaton. Tu sais que j'adore te tenir dans mes bras pendant que tu rêves.

Ses mains étant entravées, il m'enveloppa de nouvelles vagues de pouvoir, dans une étreinte plus intime encore que celle de la chair. Les émotions qui effleuraient les miennes indiquaient clairement qu'il vivait ce moment comme si c'était la dernière fois que je m'endormais près de lui. Je détestai cette pensée. À cause du démon qui l'habitait, Bones abordait chaque instant que nous passions ensemble comme une parenthèse fugace qui menaçait ma sécurité. Mais j'étais aussi bornée que lui en ce qui concernait la sienne. Le démon ne le savait pas encore, mais il avait fait le pire choix possible en s'immisçant dans notre couple.

Je glissai mes bras derrière lui et changeai de position jusqu'à ce que mes jambes soient en travers des siennes. Je fermai ensuite les yeux et soupirai en profitant de ce confort relatif. Il avait beau être possédé, je ne craignais absolument pas de m'endormir près de lui. Rien dans ce monde, ni dans celui d'en dessous, ne saurait contraindre Bones à baisser sa garde, ou à laisser quiconque profiter de ma vulnérabilité.

— Je t'aime, lui dis-je dans un souffle, en calant ma tête sur son épaule.

Tandis que je me sentais dériver, quelque chose vint titiller mon subconscient. La voix de Balchezek évoquant les implications d'une possession simultanée de plusieurs vampires. *« Le point positif c'est que, si on y parvient, on n'est pas limité à la seule famille humaine de l'ancre. On peut également se propager chez les membres de sa lignée vampire, jusqu'à la troisième ou la quatrième génération… »*

Le démon, dont Wraith constituait l'ancre principale, n'aurait dû pouvoir se propager que par le biais de Bones. Ensuite, elle aurait pu se diviser puis s'immiscer dans les autres vampires pendant leur sommeil. En effet, tous ceux présents au chalet, exception faite de Denise, étaient reliés à la lignée de Bones par moins de quatre générations d'écart. Or, ce n'était pas Bones que le démon avait mutilé dans sa chambre d'hôtel pour étendre sa possession, mais Annette. Et pourtant, elle n'était pas liée à Wraith comme Bones l'était. Une telle manœuvre aurait dû lui être impossible, à moins que…

Je me redressai d'un bond, ce qui fit sursauter Bones.

— Qu'y a-t-il ?

— Bones. Je… je pense que c'est Annette qui a transformé Wraith en vampire il y a deux cents ans.

Le soleil entamait tout juste sa descente lorsque Balchezek se matérialisa subitement dans notre repaire souterrain.

— J'ai du nouveau, annonça-t-il. (Il avait beau dénigrer les fantômes, ceux-ci n'avaient rien à lui envier pour ce qui était des apparitions inattendues.) Allons discuter dehors, histoire d'avoir un peu d'intimité.

— Vas-y, m'enjoignit Bones en me voyant hésiter.

Je détestais devoir le traiter de la sorte à cause de la salope qui l'habitait. Mais, je repoussai mes états d'âme, enfilai quelques vêtements, puis rejoignis Balchezek à l'extérieur, assez loin pour que Bones n'entende rien de notre conversation. Ian, qui braquait sur le démon un regard impatient, était là également.

— J'ai fait quelques recherches sur les moyens d'expulser le démon hors de vos amis, commença Balchezek. J'avais raison ! Il existe bien une alternative au planter de lame entre les deux yeux. Et la seule personne qui doive y rester, c'est l'ancre principale.

— Wraith, dis-je partagée. Nous allons devoir tuer Wraith ?

Un sourire radieux illuminait le visage de Balchezek.

— Alors, c'est qui votre démon préféré ? Je t'avais bien dit que je mériterais ce chèque indécent que tu vas me faire.

— Sauf que tu avais dit que tu pourrais sauver Bones et les autres sans avoir à les tuer, lui rappelai-je.

— Oui, vos autres amis, souligna-t-il en haussant les épaules. Je ne pensais pas que vous considériez Wraith comme un ami.

— Non, mais s'il est possédé, un innocent, qui plus est frère de mon mari, est encore emprisonné en lui.

Balchezek soupira.

— Si tu as la naïveté de croire que tout le monde est innocent, alors tu as sans doute raison. Écoute, désolé de tomber dans le cliché, mais on ne fait pas d'omelette sans casser des œufs. Vous allez devoir choisir entre la vie de tous vos amis et celle d'un étranger, qui, malheureusement, est un parent à vous.

Je ne répondis rien, mais crispai la mâchoire, seul signe extérieur du déferlement d'émotions qui rugissaient en moi.

— Si ça peut te soulager, je pense qu'il ne lui reste plus beaucoup de personnalité, de toute façon, poursuivit Balchezek. Je vous ai expliqué que Hazael devait déjà posséder son ancre du temps où il était encore humain. Depuis combien de temps penses-tu que votre type soit devenu un vampire ? Parce qu'il est certainement possédé depuis toutes ces années. C'est sans doute un légume à l'heure qu'il est, estima-t-il avec un nouveau haussement d'épaules. Comme je le disais, s'il était facile de s'immiscer en vous, les miens n'auraient pas peur de vous froisser. Et nous vous aurions renversés depuis des millénaires.

Deux siècles de cohabitation. Même s'il restait une once de conscience à Wraith, le pauvre devait être devenu fou à présent. Personne ne résisterait si longtemps à une telle agression.

— Si c'est le seul moyen de sauver les autres, alors Wraith mourra, trancha Ian.

J'aurais voulu m'opposer, trouver une autre solution. Il était déjà assez insoutenable de devoir sacrifier un innocent à une cause qui le dépassait, mais encore plus lorsqu'il s'agissait du frère que Bones n'avait jamais connu. Je gardai néanmoins le silence, un silence qui avait valeur de consentement.

J'étais soulagée de ne pas avoir à révéler nos intentions à Bones ; il penserait que nous cherchions à protéger nos plans des oreilles indiscrètes du démon. Je ne voulais pas qu'il porte la responsabilité de notre décision. Il s'était occupé lui-même de me venger de mon père pour m'éviter d'avoir à m'en charger. Le moins que je pouvais faire, c'était de ne laisser à personne d'autre le soin de répandre le sang de son frère. La perspective du sacrifice de Wraith avait beau ne pas m'enchanter, si la solution consistait à choisir entre lui et Bones, la question ne se posait même pas.

Balchezek n'avait pas l'air de s'en être rendu compte, mais il nous avait révélé un autre détail d'importance. J'échangeai un regard avec Ian qui acquiesça de façon imperceptible. Lui aussi l'avait remarqué.

— Quand passons-nous à l'action ? demandai-je.

— Mieux vaut attendre la mi-décembre, répondit Balchezek.

— Impossible. Elle sait que nous sommes après elle. Pourquoi lui laisser deux semaines de plus pour comploter contre nous ?

— Combien de fois vais-je devoir te dire que ce n'est pas moi qui établis les règles ? grommela Balchezek. La mi-décembre est le moment que la plupart des grandes religions dans le monde choisissent pour commencer leurs préparatifs. Noël, Hanoukka, le solstice d'hiver, mouharram... La foi est alors au plus haut, ce qui affaiblit les démons. Si vous voulez débarrasser vos amis de leur squatteur, c'est là qu'il faut frapper.

— Mais si elle sait qu'une période de faiblesse approche, pourquoi est-ce qu'elle ne les tue pas tous avant ? En tout cas, c'est ce que je ferais, moi, déclara Ian avec froideur.

— L'instinct de survie, expliqua le démon. Tu as vu comme votre pote a repris le contrôle plutôt que de la tuer, ou de te laisser la baiser, poursuivit-il en me désignant d'un mouvement de la tête. Que crois-tu qu'il arrivera si le démon se met à descendre tous les gens auxquels ces vampires tiennent ? Une mutinerie, voilà ce qui l'attend. Donc, jusqu'à ce que toutes les pièces de son puzzle soient en place, elle va faire en sorte de ne pas se les mettre à dos en butant ceux qu'ils aiment.

Son puzzle. Il consistait pour elle à s'assurer que la lignée de Bones lui reviendrait après sa mort. Il m'avait certes répudiée publiquement, mais, si besoin était, nous pouvions y remédier et faire face aux réactions de ses ennemis qui auraient appris que la lignée n'avait plus de chef. D'autant que, tant que Bones resterait avec nous, elle ne pourrait s'en prendre aux autres. Elle aurait besoin d'eux au cas où son plan A échouerait. Le mieux était de retourner ses armes contre elle.

— Soit, va pour mi-décembre, déclarai-je avec un mince sourire. Nous allons donc devoir tuer Wraith – on connaît la marche à suivre –, mais comment faire pour débarrasser Bones et les autres des fragments du démon ?

Balchezek croisa les mains derrière la tête.

— C’est là que tes petits amis spectraux entrent en scène.

Chapitre 21

Deux semaines avant Noël, Fabian nous rejoignit dans notre nouveau repaire, une usine désaffectée sur le front de mer, avec l'information que nous attendions.

— Denise a pris les charges. Elle est sur le bateau.

— Dieu merci, elle a réussi à se faire la belle, soufflai-je. Comment s'y est-elle prise ?

— Wraith n'aurait jamais consenti à la laisser partir, quelle que soit l'excuse qu'elle aurait pu invoquer. Alors elle s'est transformée en double de ton chat et a miaulé devant la porte jusqu'à ce que quelqu'un lui ouvre. Ils n'ont jamais soupçonné que ce pouvait être Denise.

Une légère admiration teintait la voix de Fabian lorsqu'il évoquait les capacités de métamorphose de Denise. Elles me laissaient moi aussi pantoise bien que je l'aie vue faire à plusieurs reprises.

— Maligne, la puce, ricana Ian.

J'étais trop tendue pour commenter la ruse habile de Denise. Bones était en bas, dans l'ancienne chaufferie, avachi sous ses chaînes, et absorbé dans un combat sans merci contre une créature potentiellement âgée de plusieurs millénaires. Sa lutte intestine l'accaparait tant qu'il n'avait même plus la force de rester debout. Quinze journées acharnées sans le moindre instant de sommeil avaient prélevé un lourd écot.

J'avais terriblement souffert de devoir observer, impuissante, tandis que le démon le rongeait de l'intérieur, mais j'allais enfin pouvoir agir. Il ne me faudrait pas traîner cependant car, même doté d'une force de caractère hors du commun, Bones me semblait sur le point de rendre les armes.

— Que le spectacle commence, lançai-je. Fabian, tu sais ce que tu as à faire. Ian, invoque Balchezek. Je vais chercher Bones.

J'empruntai l'escalier et sentis mon cœur se serrer en découvrant sa tête brune affaissée vers l'avant. Il avait les yeux clos et aucun muscle de son imposante carrure ne bougeait. Je laissai échapper un soupir intérieur. Il s'était endormi. Je savais que cela finirait par arriver. C'était déjà miraculeux qu'il ait résisté si longtemps, surtout qu'il ne savait pas que nous attendions une date spécifique pour passer à l'action. Lui expliquer serait revenu à avertir le démon qui l'habitait. Il avait lutté sans jamais voir le bout du tunnel, et son corps avait fini par l'abandonner.

Peut-être que, avec un peu de chance, il dormirait assez longtemps pour que nous la terrassions avant qu'elle ait eu l'occasion de reprendre le contrôle…

Je sursautai en le voyant ouvrir les yeux. Il me regarda mais ne semblait pas me voir.

— Chaton ?

— Bones ? répondis-je tout aussi interrogative que lui.

— Mmm, dit-il, comme incapable de prononcer d'autres mots.

Était-ce toujours lui ? Peut-être avait-il baissé les paupières pour mieux se concentrer, je l'avais déjà vu faire auparavant. Mais, vu son état, je serais étonnée qu'il puisse fermer les yeux sans sombrer dans le sommeil. Ou alors, il s'était endormi pour de bon, et le démon feignait l'épuisement pour me faire croire que Bones était toujours aux commandes.

Il fallait que je sache.

— Quelle est la première chose que je t'ai dite lorsque nous nous sommes rencontrés ?

Le démon avait certes infecté son corps, mais Bones m'avait assuré que ses souvenirs lui étaient inaccessibles, tout comme lui ne savait presque rien de cette salope.

Il ne répondit pas, son regard vague toujours rivé sur moi. Je le saisis par les épaules et secouai avec tant de vigueur que ses chaînes cliquetèrent.

— Allez, Bones ! Quelle est la première chose que je t'ai dite lorsque nous nous sommes rencontrés ? lui demandai-je de nouveau en dégainant mon pistolet.

Je le gardais à présent sur moi en toutes occasions, car je savais que ce n'était plus qu'une question de temps avant que je doive m'en servir contre Bones.

— Salut, beau gosse, marmonna-t-il. Tu veux baiser ?

Une vague de soulagement se déversa en moi et je remisai mon arme dans son étui. C'étaient bien les mots que j'avais prononcés quand, chasseuse de vampires inexpérimentée, j'avais essayé d'attirer Bones à l'extérieur d'une boîte de nuit pour le tuer. Je compensais alors mon manque de charme par un franc-parler exacerbé.

— Essaie de tenir encore un peu, l'encourageai-je tandis que je démêlais les entraves qui l'attachaient aux tuyaux. Nous changeons de planque.

— Chaton, je… n'y arrive plus.

Ses paroles me firent l'effet d'une dizaine de lames acérées en argent. Sa voix était si ténue que je n'avais qu'une envie : le tenir délicatement dans mes bras pour qu'il dorme d'une traite pendant les trois prochains jours. Sa tâche était insurmontable. Je n'aurais moi-même pas tenu moitié moins longtemps. Mais, aussi cruel qu'il fût de lui demander quoi que ce soit, je mis mes sentiments de côté et insistai :

— Tu dois t'accrocher. Nous ne sommes plus en sécurité ici, nous devons partir. Alors, ne t'avise pas de t'endormir et de la laisser nous attaquer maintenant. Je croyais que tu m'aimais.

Je haïssais devoir me montrer aussi injuste. À sa place, je me serais envoyée paître et j'aurais ronflé allégrement. Lui, il secoua la tête comme pour reprendre ses esprits, et s'efforça de se lever malgré les dizaines de kilos de métal qui serpentaient autour de son corps.

Je l'aimais plus que jamais, et j'étais également plus déterminée que jamais à renvoyer cette salope d'où elle venait.

— C'est ça, l'encourageai-je en me promettant de me racheter pour mon attitude. Reste vigilant.

Je continuais à déverser un flot de paroles que seul un sergent instructeur aurait jugé motivant tout en le débarrassant du plus gros de ses liens. Je lui laissai malgré tout les bras entravés dans l'équivalent métallique d'une camisole de force. Je plaquai ensuite des écouteurs sur ses oreilles, puis lui recouvris le visage d'une cagoule noire, non sans lui avoir rappelé une dernière fois qu'il devait se montrer à la hauteur. *On demande une pétasse sans cœur pour la table deux !* pensai-je. Mais, si les choses se passaient comme prévu, Bones serait débarrassé du démon dès ce soir. En guise de dernier préparatif, je fixai un iPod à ses chaînes avec du ruban adhésif et augmentai le volume. Au maximum.

Je le guidai ensuite, aveuglé et assourdi, dans l'escalier jusqu'à l'étage. J'aurais plus vite fait de le porter, mais un

« non » catégorique avait filtré de la cagoule lorsque j'avais entrepris de le soulever. Apparemment, deux semaines de privation de sommeil, couplées à l'assaut incessant d'un démon, ne suffisaient pas à venir à bout de sa fierté masculine. Tant mieux. Bones pouvait me maudire, me traiter de salope ingrate, tant qu'il y puiserait de la force, je ne cesserais de l'y encourager.

Ian se tenait d'un côté d'une série de symboles tracés dans le sang, Balchezek de l'autre. Il était bon de savoir qu'il répondait toujours aussi rapidement à ce type d'appel. Le démon souleva en souriant un conteneur en plastique, de la taille d'un sac à main, qui reposait à ses pieds.

— Très bien, chers confrères aux longues dents. Renvoyons à la niche le toutou qui squatte dans vos amis !

Je n'aurais pas su mieux dire.

Peu de gens évoluaient dans cette partie abandonnée de la ville. Tant mieux. Si on nous avait vus entraînant un type cagoulé et enchaîné vers une voiture, nul doute qu'on aurait averti la police pour lui signaler un enlèvement. Heureusement, personne ne nous interpella tandis que nous foncions vers Ocean Isle Beach, où nous attendait un bateau sur les eaux agitées de la Caroline du Nord.

Chapitre 22

Tandis que nous nous dirigions vers un bateau qui oscillait au loin, les vagues malmenaient notre embarcation comme un vulgaire caillou qui rebondit de ricochet en ricochet. Grâce à ma vision améliorée, je distinguai la tête brune de Denise à l'avant du bateau. Le vent qui jouait dans ses cheveux lui donnait l'apparence de Méduse, avec ses mèches folles. Je coupai les moteurs du puissant hors-bord, et laissai le courant nous entraîner lentement. Nous ne devions pas trop nous approcher. Denise non plus ne fit rien pour réduire la distance qui nous séparait. Immobile à la barre telle une statue, elle maintenait son bateau sur place.

Moins d'une heure plus tard, je perçus le vrombissement d'un moteur en provenance du port. Avec la nuit tombante, les températures glaciales et les recommandations destinées aux navires de petite taille, je doutais qu'il s'agisse d'une famille en vadrouille. Un bateau blanc effilé fendit les vagues en direction de Denise. Les cheveux pâles du vampire qui se trouvait à ses commandes accrochèrent les derniers rayons du soleil couchant.

Un pilote dont la ressemblance avec Bones était frappante.

— Si tu avais voulu avoir une chance de t'échapper, tu aurais dû payer la location de ton bateau en liquide, pas avec ta carte de crédit ! cria-t-il à Denise.

Sa voix traversa les flots jusqu'à nous. Elle était féminine et sans la moindre trace d'accent anglais. Il ne nous adressa qu'un regard distrait, bien qu'il nous ait aperçus qui dérivions à moins de quatre cents mètres de lui. Une telle indifférence semblait indiquer qu'il n'était pas seul à bord.

Comme pour confirmer ma supposition, une tête blonde, suivie de trois brunes, puis d'une aux reflets vénitiens apparurent alors. Apparemment, Wraith s'était entouré de l'équipe au grand complet. J'avais estimé peu probable qu'il coure le risque de laisser nos amis sans surveillance après que nous avions enlevé Bones sous son nez, mais lorsque le vampire aux traits égyptiens se tourna vers nous, je sentis la tension me gagner. À cette distance, et avec les vagues qui malmenaient nos bateaux, je ne parviendrais jamais à le toucher à la tête. En revanche, Mencheres ne serait pas gêné par ces détails dans l'usage de ses pouvoirs.

— Maintenant, hurlai-je dans mon téléphone.

Trois événements se produisirent alors simultanément. Des fantômes surgirent de sous notre bateau en si grand nombre que les corps d'Ian et de Bones, tout comme le mien, furent englobés dans l'amas de leurs formes diaphanes. Au même instant, la pression insoutenable qui m'enserrait la nuque s'estompa pour se muer en une faible strangulation certes désagréable, mais pas mortelle étant donné que je n'avais plus besoin de respirer. Puis, le bateau de Denise fut pulvérisé par une explosion spectaculaire.

La détonation suivie d'une pluie nourrie de débris focalisa toute l'attention de Wraith. Il essaya de faire demi-tour, mais son bateau était trop proche de celui de Denise au moment de la déflagration. Des éclats enflammés s'abattirent sur lui et ses passagers avec tant de violence que certains transpercèrent la coque de son navire. La sensation d'étranglement diminua encore davantage.

— Chaton ! hurla Bones dont la puissante aura me fit l'effet d'une décharge d'adrénaline.

Ian s'empressa de lui arracher sa cagoule, puis entreprit de le débarrasser de ses chaînes.

— Tiens-toi prêt. Il est temps de récupérer les nôtres, lui glissa Ian avec une sombre satisfaction.

Arborant un sourire tout aussi impitoyable, j'ouvris à fond les gaz du hors-bord qui fonça droit sur l'embarcation de Wraith. Il s'échinait toujours à retirer les débris qui menaçaient l'étanchéité de sa coque, et jurait en constatant l'étendue des dégâts. Nous n'étions plus qu'à cent mètres à peine lorsqu'il comprit que nous n'avions pas l'intention de ralentir.

À travers le voile translucide des superpositions de fantômes qui m'enveloppaient toujours – et dont la présence me donnait l'impression d'être traversée par un puissant courant électrique –, je vis la prise de conscience se dessiner sur ses traits.

— Arrête-les ! Tue-les ! ordonna-t-il à Mencheres.

Il abandonna son nettoyage et tenta de démarrer le moteur de son bateau. Celui-ci crachota, comme s'il s'était enrayé ou que l'explosion l'avait endommagé.

Notre embarcation subit alors une secousse brutale, mais Fabian et Elisabeth avaient entraîné avec eux bon nombre de leurs semblables. Une nouvelle nuée de spectres apparut pour envelopper le hors-bord de leurs corps, véritable filtre contre les pouvoirs surnaturels de Mencheres.

La puissance de l'ancien pharaon avait beau être prodigieuse, elle était inefficace sur les créatures d'outre-tombe. Stupide que j'étais, il avait fallu qu'un démon me le rappelle. Balchezek et consorts pouvaient se moquer de mon affection pour les fantômes tant qu'ils le voudraient mais il était bon de pouvoir compter des amis parmi les morts, leurs corps offrant un fantastique bouclier contre les pouvoirs de Mencheres.

Ian finit de débarrasser Bones des dernières chaînes qui l'entravaient encore.

— Dès que tu toucheras l'eau, bois jusqu'à t'en faire éclater l'estomac, puis continue d'en avaler autant que possible, m'empressai-je de lui indiquer. L'eau salée rendra plus facile la purge de cette salope qui t'habite.

Il me saisit alors brusquement par le bras et m'attira à lui pour un baiser avide. Une vibration me traversa le corps, non pas à cause des fantômes qui tournoyaient toujours autour de nous, mais du contact des mains de Bones, le premier depuis des semaines.

Balchezek s'immisça entre nous en marmonnant :

— Ce n'est pas le moment.

Je levai les yeux et vis combien nous étions proches du bateau de Wraith ; il avait raison.

— Nous sommes venus te chercher, salope ! aboyai-je au démon qui s'était emparé de mon mari et de mes amis. Mes mots résonnaient encore lorsque notre bateau percuta celui de Wraith.

La violence de l'impact nous catapulta dans les airs. Bones disparut en un clin d'œil sous les flots, mais Ian s'éleva droit dans le ciel, emportant Balchezek avec lui.

J'avais d'autres projets. Je fondis à travers la pluie des miettes de nos embarcations, toujours enveloppée d'un groupe de fantômes, pour attraper une petite vampire blonde avant qu'elle retombe dans l'eau.

— Mencheres ! grondai-je, tenant fermement Kira qui se débattait dans mes bras. Reprends le contrôle sur le démon qui t'habite, ou je te jure que je la tue !

Je joignis le geste à la parole et plantai une lame en argent dans la poitrine de la jeune femme. Je l'approchai de son cœur en veillant toutefois à ne pas le transpercer. Kira s'immobilisa aussitôt, comme pétrifiée. Elle émit un rugissement de douleur rauque que je ressentis au fond de moi malgré le sifflement et les crépitements des épaves qui sombraient en contrebas.

Une tête brune perça les flots, son regard émeraude rivé sur moi avec une intensité effrayante.

— Si tu laisses cette salope tenter quoi que ce soit contre moi, elle meurt, l'avertis-je de nouveau sans baisser les yeux.

Allez, priai-je en silence. Du coin de l'œil, je vis Bones qui se hissait avec peine sur un fragment de coque, mais il n'intervint pas. Du moins, pas physiquement. L'énergie démoniaque qu'il envoyait sur Mencheres était presque palpable. Le démon refusait visiblement de perdre la plus puissante de ses marionnettes.

Un autre vampire jaillit hors de l'eau dans ma direction mais, avant que Spade ait pu m'atteindre, Ian le percuta de plein fouet, et tous deux valsèrent au loin dans les airs.

— Faites gaffe avec l'eau ! éructa Balchezek.

Pourvu d'une enveloppe corporelle propre, à la différence du démon protégé par le corps de Wraith, il subissait les effets dévastateurs du sel qu'elle contenait.

Je refusai de quitter Mencheres des yeux. Des flux d'énergie crépitaient tout autour de lui et, sans la couverture spectrale qui m'enveloppait, je n'aurais déjà plus de tête.

J'enfonçai encore un peu plus ma lame qui arracha un nouveau cri à Kira. L'expression de Mencheres changea subitement. Pendant une fraction de seconde, je craignis que même une myriade de fantômes ne puisse me sauver. Mais, plutôt que de déchaîner sa puissance contre moi, je le sentis absorber ces courants d'énergie mortels. Wraith poussa à son tour un hurlement de douleur.

— Cat, articula Mencheres d'une voix saccadée. C'est moi. Relâche-la.

— Prouve-le. Envoie Spade et Annette sous l'eau et force-les à en boire autant que possible, répliquai-je.

— Non ! aboya Wraith en fondant sur moi.

Il se heurta à un mur de puissance et fut brutalement renvoyé sur un fragment de coque retourné qui se fendilla – au même titre que son crâne – sous la force de l'impact. Du sang macula la surface blanche avant de disparaître dans l'océan. Wraith laissa échapper un grognement aigu, féminin.

J'entendis ensuite un gros plouf, puis Ian qui murmurait « Allez-y, buvez ! » et déduisis que Spade et Annette avaient été plongés sous les flots. Malgré ces signes prometteurs, je maintins ma lame toujours enfoncée dans la poitrine de Kira. Le démon luttait certainement bec et ongles contre Mencheres, et rien ne saurait tant inciter ce dernier à résister qu'une menace de mort planant sur celle qu'il aimait.

Bien sûr, une fois que tout cela serait fini, Mencheres aurait sans doute envie de me tuer pour avoir poignardé Kira.

— Amène-moi près d'elle… doucement ! aboya Balchezek.

Ian approcha de Wraith, le démon toujours calé sous le bras, tel un énorme ballon de rugby. Lorsque Wraith les aperçut, il tenta de leur échapper en replongeant sous la surface.

— Retiens-le, ordonnai-je à Mencheres.

Un déferlement de puissance plaqua Wraith contre la coque. Ian saisit Balchezek par la taille, de sorte que le démon, qui pendait dans le vide, ait les bras libres. Celui-ci adressa ensuite un sourire enjoué à Wraith avant de déchirer le devant de sa chemise pour révéler son torse pâle et musclé.

Wraith éructa des propos dans un langage qui m'était inconnu lorsque Balchezek entreprit d'y creuser des symboles à la pointe d'une lame qu'il avait tirée de sa ceinture. Au lieu de disparaître instantanément, les sillons, cautérisés par l'eau de mer, s'inscrivirent dans sa chair. Le démon était si profondément ancré dans Wraith que ses plaies ouvertes réagirent au sel aussi sûrement que l'auraient fait celles d'un vampire à l'argent liquide.

— Ça brûle un peu, on dirait, commenta Balchezek par-dessus les cris féminins perçants.

Ceux-ci résonnèrent à mes oreilles comme une douce musique. *Prends ça, salope!* exultai-je en silence.

— Comment oses-tu trahir l'un des tiens pour le compte de ces gens? gronda Wraith, en anglais cette fois.

— C'est facile, répondit Balchezek sans abandonner son ouvrage. Je vais récupérer beaucoup d'argent. Tu imagines: un démon sans conscience?

Sa dague scintilla. Kira frissonna dans mes bras. J'aurais pensé qu'elle souffrait de la lame que je maintenais plantée en elle, mais je vis Mencheres tressaillir de la même façon.

— J'ai presque fini, murmura Balchezek dont les gestes gagnèrent en vitesse.

Les tremblements de Kira s'amplifièrent tant que je craignis que ma lame lui perce accidentellement le cœur. Mencheres, lui aussi, semblait en transe. Autour de lui, la surface de l'océan se mit à écumer.

— Encore un peu, déclara Balchezek qui maniait à présent la lame avec une telle rapidité qu'elle en devenait floue. Ça y est ! annonça-t-il enfin.

Ces simples mots furent suivis d'une déflagration plus puissante encore que celle qui avait réduit le bateau de Denise en miettes, sauf qu'aucun fragment ne vola en tous sens. Toute l'énergie dégagée fondit sur Wraith avec une violence telle que Mencheres dut lâcher prise et que le corps du vampire se courba sous la puissance de l'assaut. Pendant quelques instants, je crus que Wraith allait exploser.

Mais soudain, toute cette énergie se dissipa. Wraith s'effondra avant que Mencheres l'immobilise de nouveau par la pensée. Au milieu des nombreux débris qui jonchaient la zone, la tête de Bones apparut à la surface. Il avait beau paraître au bord de l'épuisement, il m'adressa un sourire qui traduisait son infinie satisfaction.

— Elle est partie, dit-il simplement.

Chapitre 23

Même si les symboles tracés par Balchezek avaient eu raison de l'enchantement et renvoyé tous les fragments du démon dans Wraith, Mencheres et Kira entreprirent à leur tour de boire une quantité d'eau de mer qui aurait suffi à tuer n'importe quel humain. Le plan voulait que tous se remplissent d'assez de sel pour rendre leur corps hostile à toute présence démoniaque, le temps que nous en finissions.

Denise, qui nous avait rejoints à la nage, disparut aussitôt dans les bras de Spade qui l'étreignit de toutes ses forces. Elle avait sauté par-dessus bord juste avant l'explosion de son bateau, mais ses vêtements étaient en lambeaux et son visage strié de lacérations. Mais, grâce à sa quasi-immortalité, elle serait guérie en quelques heures.

Ian tenait toujours Balchezek au-dessus des flots. La peau du démon était rougie et irritée par les embruns, mais la corrosion redoutée du sel n'était pas la seule raison pour laquelle il était resté hors de l'eau. Il ôta le ruban adhésif qui maintenait une petite boîte rectangulaire fixée à sa ceinture, en souleva le couvercle, puis en sortit un gros rat. Je perçus les battements effrénés du cœur du rongeur malgré le vacarme des vagues.

Balchezek adressa un large rictus à Wraith.

— Je te présente ta nouvelle maison, dit-il en approchant l'animal du visage effaré du vampire.

L'emprise qu'exerçait toujours Mencheres sur Wraith était telle qu'il ne pouvait même pas parler.

— Cesse de le tourmenter, sifflai-je en m'approchant de Balchezek.

— Voilà que tu éprouves des remords à l'égard du démon, maintenant ? railla-t-il.

— Je parlais du rat, répliquai-je. Donne-le-moi.

Il s'exécuta, non sans émettre un commentaire acerbe sur le sentimentalisme déplacé des femmes.

— Est-ce que l'eau salée va suffire à la chasser du corps de Wraith et la forcer à se réfugier dans le rat ? demanda Bones.

Je fermai les yeux quelques secondes. J'avais espéré pouvoir en finir avant que Bones remonte à la surface, afin de lui épargner ces instants, mais nous n'en avions pas eu l'occasion.

Je devais lui apprendre la vérité.

— Wraith ne peut pas être sauvé.

J'aurais aimé qu'il puisse percevoir ce que je ressentais, qu'il mesure à quel point j'étais désolée, mais la connexion émotionnelle qui liait un vampire à son Maître ne fonctionnait que dans un sens.

— Le démon est ancré trop profondément en lui, continuai-je. Elle serait incapable de s'en extraire, même si elle le voulait. Le seul moyen de la forcer à sortir, c'est de le tuer.

Je fus parcourue par une douleur mêlée d'une résignation désabusée, que je détestais pour l'avoir vue s'emparer de Bones à de trop nombreuses reprises. La vie s'était souvent montrée cruelle avec lui et, visiblement, le destin n'était pas encore à court d'imagination.

— C'est bien ce que je craignais… mais j'espérais malgré tout.

Ces mots, prononcés d'une voix ténue, me brisèrent le cœur. Je m'approchai de Wraith et tirai avec une résolution grave une lame en argent de son étui. Il était préférable, tant pour Bones que pour l'homme possédé par le démon, d'en finir au plus vite.

— Maintenant, dis-je en adressant un signe de tête à Ian.

Il plongea alors brusquement dans l'océan, entraînant Balchezek avec lui. Le démon, qui avait de l'eau jusqu'à la taille, hurla comme s'il s'était agi d'acide.

— Sors-moi de là !

— Pas si vite, dis-je froidement. Pourquoi est-ce que tu ne nous donnerais pas la véritable raison pour laquelle tu nous as aidés à coincer ce démon ?

— Parce que vous me payez, pardi ! éructa-t-il dans un miaulement aigu.

Je regardai d'un œil imperturbable sa peau qui se couvrait de cloques. L'eau de mer ne le tuerait certes pas, mais elle lui ferait regretter que ce ne soit pas le cas.

— Menteur. Tu t'es trahi en l'appelant Hazael alors qu'aucun de nous ne connaissait son nom. Tu as prétendu ne pas la reconnaître alors que c'était manifestement faux. Alors, laisse-moi te reposer la question. Pour quelle raison nous as-tu aidés ?

Plongé dans l'eau qui bouillonnait tout autour de lui, Balchezek me dévisagea d'un œil assassin. Je soutins son regard sans ciller.

— Je t'en prie, prends tout ton temps. Personnellement, j'adore les bains de minuit.

— Elle est mon sésame pour un meilleur poste, avoua-t-il, les dents serrées.

— Je croyais que tu voulais quitter ton boulot et qu'Ian te protège, retournai-je en fronçant les sourcils.

— Et passer le restant de mes jours au milieu de créatures aux dents longues ? (La peau de son visage qui commençait à se crevasser ne l'empêcha pas de sourire.) Plutôt rester ici à faire trempette. Non, je compte changer de dimension. Et, en leur ramenant Hazael, j'assure ma promotion.

— Et tu comptais nous laisser faire tout le sale boulot pendant que toi tu en récoltais les fruits ? intervint Bones avec un grognement railleur. Tu es un bel enfoiré, quand même. Mais dis-moi, qu'est-ce qu'a cette Hazael de si important aux yeux des tiens pour te garantir un avancement ?

Un nouveau sourire grotesque fendit son visage.

— Tu connais la liste des cent personnes les plus recherchées du pays ? Eh bien les démons en ont une similaire, et Hazael y figure depuis plus de deux cents ans. C'est même sans doute pour ça qu'elle s'est planquée dans un humain. Elle a dû penser qu'elle avait touché le gros lot lorsque le type a été transformé en vampire. Je vous l'ai dit, en règle générale, nous vous évitons autant que possible. Mais, animée par la même avidité et la même arrogance qui l'avaient poussée à tuer un Déchu influent, elle a dû se lasser de la vie monotone qu'elle menait dans ce vampire. Peut-être a-t-elle pensé que, après tout ce temps, elle pouvait faire usage de ses pouvoirs sans risquer de se faire repérer. Et elle s'est lancée dans une possession multiple pour prendre les rênes de vos lignées. Sans doute avait-elle d'autres projets encore plus grands en tête pour la suite.

Je fis un signe à Ian qui tira Balchezek hors des flots. L'eau salée qui imbibait ses vêtements l'empêcherait de se dématérialiser. Sa peau semblait tout droit sortie de la marmite d'un cuisinier.

— J'ai une bonne et une mauvaise nouvelles pour toi. La bonne, c'est que je vais tenir mes engagements en te signant un bon gros chèque pour nous avoir aidés à débarrasser nos amis de cette Hazael. La mauvaise, c'est qu'elle n'ira nulle part avec toi. (Je tendis le rat qui se débattait à Spade dont l'expression de dégoût en disait long.) Je veux que tu l'emmènes à au moins deux kilomètres d'ici.

Spade, ayant déjà eu affaire à des démons, s'exécuta sans discuter ma directive. Aucun bateau ne naviguait à proximité si bien que la seule solution de repli pour Hazael, une fois chassée de Wraith, serait ce rongeur. En effet, Ian et moi étions protégés par nos tatouages, les marques de Denise faisaient d'elle un terrain inhospitalier pour un démon, et les autres vampires, ainsi que toute forme marine présente dans les environs, étaient gorgés d'eau salée.

Un seul autre lieu s'offrirait à Hazael : les enfers. Et je ne connaissais aucun démon qui s'y rendrait de bon cœur. C'était le seul endroit dont ils semblaient vraiment avoir peur.

Balchezek commença à se débattre.

— Vous ne pouvez pas me faire ça ! J'ai déjà annoncé à mes supérieurs que je reviendrais avec elle !

— Dans ce cas, tu aurais dû indiquer ça lors de ton engagement, répliquai-je froidement. Tu sais ce qu'on dit : ce n'est pas au moment d'honorer son contrat qu'il faut pleurnicher sur ses termes.

Il m'adressa un regard noir en m'entendant paraphraser ses propres mots, mais cessa de se tortiller lorsque Ian pointa la lame démoniaque entre ses deux yeux.

— Je t'aime bien, ne me force pas à l'utiliser.

Il me dévisageait toujours, mais garda le silence, visiblement content de lui. Je croisai le regard de Bones et resserrai ma prise sur le manche de ma dague en argent.

— Je m'en occupe, dis-je à voix basse.

Il observa le vampire qui était son frère. À en juger par le regard hagard de Wraith, je compris que le démon qui l'habitait luttait de toutes ses forces pour se libérer, mais Hazael ne pouvait rivaliser avec la puissance de Mencheres. Le parfum de colère qui emplissait l'air, bien que Mencheres soit en partie immergé, indiquait qu'il était on ne peut plus disposé à mettre un terme à la vie de Wraith si cela permettait de se débarrasser du démon qui le hantait depuis des semaines.

Bones se tourna alors vers moi, la bouche déformée par une moue.

— Non, mon amour. Il est le dernier membre de ma famille. C'est à moi qu'il revient de lui assener le coup fatal.

Il me prit la dague des mains et traversa les flots en direction de Wraith dont il ne quitta pas des yeux l'intense regard bleu. Il plaqua ensuite la pointe de la lame contre la poitrine nue de son frère.

— Si tu m'entends malgré la présence de cette garce, mon frère, lui dit doucement Bones, sache que je suis profondément désolé de ne jamais t'avoir connu.

Sur ces mots, il enfonça la dague jusqu'à la garde et, d'un mouvement rapide et efficace du poignet, d'abord vers la gauche, puis vers la droite, il éteignit la lueur qui brillait dans le regard de Wraith. Lentement, la peau du vampire commença à se flétrir, rattrapée par le processus de vieillissement repoussé depuis des siècles.

Peu après, un rugissement emplit l'air, comme s'il venait de partout et de nulle part à la fois. Une puanteur de soufre satura l'atmosphère en rafales qui firent voler mes cheveux. Leur intensité s'amplifia, créant de petites crêtes écumeuses au sommet des vagues et emportant les fantômes qui traînaient encore parmi nous. La puissance du souffle me piqua les yeux, et la violence des hurlements aigus me vrilla la tête, mais le démon ne semblait pas avoir dit son dernier mot. Je sentis alors une force invisible m'enserrer et eus l'impression que mes entrailles allaient éclater sous la pression.

Mais je n'avais pas peur. Je savais que Hazael vivait ses derniers instants sur cette terre et je hurlais, dans ce vent tourbillonnant, toute la colère qui m'habitait encore.

— Passe le bonjour aux enfers, salope !

Le rugissement désincarné gagna encore en force dans un crescendo assourdissant qui eut raison de mes tympans. Une onde de puissance me frappa de plein fouet, avec la violence d'un boulet de démolition. Mais soudain, en un éclair, il n'y eut plus que le silence. La pression de l'air s'estompa, le bouillonnement des vagues cessa et, même si je sentais du sang qui s'écoulait de mes oreilles, je souris. Mes tympans guériraient bien vite, et il me suffisait de penser au sort qui attendait Hazael pour que cette petite douleur me paraisse agréable.

Bones nagea jusqu'à moi pour me serrer dans ses bras.

— Tu vas bien, Chaton ?

Avec mes oreilles endommagées, sa voix me parut ténue, mais je me glissai dans ses bras animée d'un profond sentiment de soulagement. Tout était rentré dans l'ordre.

— Tu peux relâcher Balchezek, indiquai-je à Ian. Tu auras ton chèque quand j'aurai récupéré ma bague, dis-je ensuite au démon.

Chapitre 24

Bones sombra dans le sommeil pendant le trajet qui nous ramenait au chalet. Il dormit d'une traite toute la nuit tandis que je débarrassais les lieux de tout ce qui portait l'odeur de son frère. J'allai jusqu'à jeter le tapis qui avait servi à dissimuler les symboles tracés par Hazael. Nos amis m'assistèrent de bon cœur et, avant même que l'aube se lève, il ne restait plus comme preuve de la présence de Wraith entre ces murs que le portrait du duc de Rutland couvert par un drap, et la boîte qui contenait les archives des Russell. Nous avions enterré les restes de Wraith au pied de la colline et marqué l'endroit d'une croix de bois sur laquelle étaient gravés des symboles de protection. C'était le moyen le plus sûr pour qu'il repose en paix.

Avec Ian, nous avions répondu aux questions des autres, leur expliquant ce qui avait rendu possible leur possession simultanée et pourquoi lui, Denise et moi y avions réchappé. Nous n'avions pris soin d'éviter qu'un seul détail, mais j'attendais que Bones se réveille pour l'évoquer. Je leur avais montré le nouveau tatouage que j'arborais à la hanche, car je n'avais aucune envie de voir Ian ôter de nouveau son pantalon. Même si le risque qu'un autre humain transformé en vampire alors qu'il était possédé tente de dévaster notre lignée était des plus minces, j'inciterais tout le monde à m'imiter rapidement. On n'est jamais trop prudent.

Peu après le lever du soleil, je me glissai dans le lit, aux côtés de mon mari. Il n'esquissa pas le moindre geste, mais je sentis sa puissance m'envelopper, signe qu'une partie de lui avait conscience de ma présence, malgré son profond sommeil. Je ne m'attendais pas à ce qu'il rouvre les yeux avant le soir, aussi je fus surprise quand, à peine quelques heures plus tard, le fracas de sa voix me réveilla.

— … m'expliquer comment tu as pu me cacher une chose pareille !

Oh, oh. Je dévalai l'escalier quatre à quatre et découvris Annette assise sur le canapé tandis que Bones faisait les cent pas devant elle. Elle était en chemise de nuit. Lui portait encore les vêtements encroûtés de sel dans lesquels il s'était endormi. Je compris qu'il l'avait tirée du lit à peine réveillé. Mais vu le sujet dont il était question, je pouvais difficilement lui reprocher son impatience.

— Tu savais que j'avais un frère, reprit-il en martelant l'air d'un doigt accusateur. Tu le savais parce que c'est toi qui l'as transformé en vampire. Autrement, le démon qui habitait Wraith n'aurait pas pu te posséder la première. Alors, je te repose la question : pourquoi ne m'en as-tu rien dit depuis plus de deux cents ans que nous nous connaissons ?

Je n'étais pas la seule que les cris de Bones avaient réveillée. Ian pénétra dans le salon et j'entendis des chuchotements dans la chambre de Spade et Denise. Kira et Mencheres avaient beau être dans l'autre chalet, s'il continuait à hurler ainsi, Bones finirait par les réveiller eux aussi.

Annette prit une profonde inspiration. Un tressaillement de douleur traversa ses traits.

— Parce que du temps où j'étais encore humaine, j'ai fait le serment de ne jamais te parler de la famille de ton père.

Le regard de Bones était aussi tranchant qu'une lame de rasoir.

— À qui as-tu fait ce serment ? Qui est donc cette personne que tu as continué à honorer malgré tout ce que j'ai fait pour toi ?

Elle soutint son regard sans ciller.

— C'était Lucille, la demi-cousine de ta mère… et la tenancière du bordel dans lequel tu as grandi.

J'écarquillai les yeux. D'après ce que m'avait raconté Bones des années plus tôt, cette Lucille était également la personne qui l'avait incité à devenir gigolo dès l'âge de dix-sept ans.

— Sa grand-cousine était à la fois sa maquerelle et celle de sa mère ? intervins-je, incrédule.

— Tu as une de ces façons de présenter les choses, marmonna Annette. Tu n'as aucune idée de ce que c'était d'être pauvre au XVIIIe siècle. Il n'y avait pas d'aide sociale, pas de bons alimentaires, aucune opportunité. Lorsque le père de Pénélope a pris l'argent du duc de Rutland et qu'il l'a mise à la rue, Lucille a été la seule à lui ouvrir sa porte. Ce n'est pas sa faute si le seul moyen qu'elle avait d'aider Pénélope, c'était de lui proposer le même travail que celui qu'elle endurait, si ? Et elle a fait pareil avec Crispin quand il a été plus grand.

— Surveille un peu le ton que tu emploies avec ma femme, la reprit sèchement Bones.

Je percevais le déferlement d'émotions qui tournoyaient en lui. De poignants éclats de souvenirs m'apprirent que le constat froid d'Annette était la vérité. Ce qui m'avait semblé dur une fois passé au filtre de mon point de vue moderne, privilégié, était en réalité un acte charitable pour l'époque.

— J'ai découvert tout ça après ton arrestation pour vol, expliqua Annette, d'une voix légèrement voilée. Lucille n'était certes pas une femme parfaite, mais elle t'aimait et elle savait ce que je ressentais pour toi. Alors elle est venue me trouver, m'a raconté l'histoire de ta famille, et m'a demandé d'informer le duc de Rutland de ta situation. Il n'avait jamais nié être le père du bébé de Pénélope, aussi Lucille a pensé qu'il pourrait intercéder en ta faveur. Sans son intervention, tu aurais sans doute été pendu. (Elle ferma les yeux et passa une main dans ses cheveux blond vénitien.) Même si, sur le moment, j'ai pensé que Lucille était folle, j'ai convenu malgré tout d'une entrevue privée avec le duc. J'ai ravalé mon jugement sur la jeune femme à l'instant où j'ai franchi la porte. Tu as vu le portrait, Crispin, donc tu sais combien tu lui ressembles. Je lui ai exposé ton cas et l'ai prié d'intervenir auprès du juge, mais il a refusé. Il m'a répondu qu'il n'avait qu'un seul fils, son jeune et légitime héritier, puis il m'a demandé de partir.

Je comprenais à présent pourquoi Annette n'avait jamais souhaité parler à Bones de cet épisode de sa vie. Mon père, lui aussi, avait été un pauvre type et, bien que je n'envie pas la relation joyeuse que certains entretiennent avec leur père, j'éprouve parfois avec mélancolie un sentiment de manque en entendant les autres évoquer ce lien que je n'ai jamais connu.

— Tu sais déjà que je suis allée trouver le juge moi-même pour le convaincre de t'envoyer au bagne au lieu de te condamner à la corde, poursuivit Annette en détournant les yeux. Lorsque je suis retournée auprès de Lucille pour lui relater les événements, elle m'a fait promettre, si toutefois tu revenais, de ne jamais te révéler l'identité de ton père, ni son attitude à ton égard. J'ai juré sur ta vie. (Une larme ruissela le long de sa joue.) Rien d'autre ne m'aurait tenue à mon serment si longtemps, Crispin.

Plus aucune émotion n'émanait de Bones. Il les avait consignées derrière un mur infranchissable.

— Et pour Wraith ?

Elle soupira.

— Je l'ai gardé à l'œil pendant les presque vingt ans qu'a duré ta déportation. C'était un type bien comme il faut. Mais, quelques années après que tu m'as transformée, j'ai appris qu'il s'était engagé dans une secte de nobliaux en quête de pouvoir occulte. Je suis retournée seule à Londres pour vérifier la rumeur. Ton père était déjà mort, tout comme le jeune frère du duc et la mère de Wraith, si bien que tu étais son seul parent encore en vie. J'ai pensé que… qu'en lui révélant l'existence des vampires, peut-être qu'il abandonnerait l'occulte et opterait pour nos pouvoirs. Je lui ai montré de quoi j'étais capable, et lui ai parlé de toi. Il m'avait alors semblé très intéressé et tout à fait déterminé à te rencontrer en tant que vampire fraîchement transformé. Ce n'est que maintenant que je me rends compte que, en réalité, ce n'était pas à lui que je m'adressais, mais au démon qui le possédait.

— Et tu l'as transformé, proposa Bones d'une voix atone.

— Oui, avoua-t-elle en le regardant droit dans les yeux. Une fois sa faim de sang assouvie, je voulais te l'offrir, comme cadeau d'anniversaire en prétendant avoir découvert votre lien de parenté par accident, en entendant quelqu'un prononcer son véritable nom. Mais, lorsque je suis arrivée chez lui ce jour-là, j'ai trouvé un petit mot expliquant qu'il ne supportait pas ce qu'il était devenu et qu'il préférait mettre fin à ses jours. J'ai fouillé sa propriété et découvert un cadavre carbonisé, avec une dague en argent plantée dans la poitrine. J'ai évidemment pensé que c'était lui et interprété son geste comme ma punition pour ne pas avoir respecté le serment fait à Lucille de ne pas te parler de la famille de ton père. (Elle laissa échapper un petit rire sans joie.) Deux cents ans plus tard, un type affirmant être Wraith m'a appelée pour me dire qu'il était prêt à faire office de cadeau d'anniversaire pour son frère. Au début, je n'y ai pas cru, même si je n'avais parlé de son existence à personne. Alors, je suis restée à l'hôtel plutôt que d'accompagner Ian et les autres. Ensuite, eh bien, tu sais ce qui est arrivé.

Oui. Hazael s'est pointée en utilisant Wraith comme cheval de Troie, puis elle a vidé Annette de son sang histoire de pouvoir la posséder. Sans l'appétit sexuel démesuré d'Ian, nous n'aurions jamais su qu'elle avait été agressée, et j'aurais eu beaucoup moins de raisons de me montrer suspicieuse à l'égard de Wraith de prime abord.

— Je ne m'attends pas à ce que tu me pardonnes, Crispin, reprit Annette après avoir essuyé la larme qui avait coulé sur sa joue. Je suis prête à recevoir ton châtiment, compléta-t-elle d'une voix de nouveau vive.

Personnellement, j'estimais qu'Annette avait déjà assez souffert de devoir garder pour elle un tel secret pendant plus de deux siècles. Les seules erreurs qu'elle avait commises n'étaient nées que de son amour et de son sens de l'honneur. Ce dernier était certes différent du mien, mais tout aussi sincère. Quoi qu'il en soit, la décision ne me revenait pas, je n'étais pas son Maître.

Bones grimaça.

— Qu'est-ce que je dois faire ? Te tabasser ? T'exclure de ma lignée ? Vu ta connaissance de mon passé et de ma famille, tu es le seul lien qui me rattache encore à eux.

— En réalité, l'interrompit Ian qui prenait la parole pour la première fois depuis qu'il était entré dans la pièce, ce n'est pas tout à fait exact.

Épilogue

Veille de Noël

Malgré plusieurs rallonges, nous dûmes nous serrer autour de la table pour que tout le monde ait une place. Bien qu'une seule des onze personnes présentes ait réellement besoin de manger, les victuailles traditionnelles s'amoncelaient entre nous et tous, du moins ceux pourvus d'une enveloppe corporelle, témoignaient d'un sérieux appétit.

Tandis que Bones découpait la dinde, nous garnissions nos assiettes d'accompagnements. Je me serais fait un plaisir de cuisiner mais, bizarrement – et je refusais d'y voir un quelconque lien avec mes talents de cordon-bleu –, chacun avait insisté pour mettre la main à la pâte. Bones avait rôti la volaille, Kira s'était chargée de la sauce, Denise avait préparé les tourtes, Mencheres un plat typique du Moyen-Orient que je ne reconnus pas, Spade s'était occupé de la purée, Annette avait caramélisé les patates douces, ma mère avait cuit les haricots verts en cocotte, et Ian avait apporté le vin.

Je ressentis particulièrement l'absence d'une personne. En effet, mon oncle et moi étions toujours en froid, mais j'étais ravie que ma mère – elle finissait d'arroser son plat avant de passer la saucière à Denise – soit venue. Fabian et Elisabeth étaient également présents : ils flottaient dans les airs, au-dessus des deux chaises que nous leur avions réservées. Après tout, ils m'étaient aussi chers que les autres convives, même s'ils prenaient moins de place.

Je fis tinter mon verre avec ma fourchette pour attirer l'attention de tous.

— J'aimerais porter un toast, dis-je en me levant, le verre à la main. À la famille, qu'elle soit de sang, ou de cœur. Nous ne serions rien sans elle.

Les verres s'entrechoquèrent et, avant que je me sois rassise, Ian prit la parole.

— À mon tour. À toi, vénérable vicomte Maynard. Même si tu t'es conduit comme un salopard en n'aidant pas ta sœur Pénélope lorsque son père l'a mise à la porte, au moins, chaud lapin que tu étais, tu as eu le bon sens de baiser ta servante car, autrement, je ne serais pas là.

— Bien dit, lança Bones avec un large sourire tout en trinquant avec Ian.

Je comprenais à présent la réaction choquée d'Ian lorsque Bones avait expliqué que le véritable nom de sa mère, fille du vicomte, était Pénélope Maynard. Ian étant le bâtard du cadet des Maynard, le nom l'avait frappé. Après avoir été abandonnée par sa famille, Pénélope avait sans doute repris le nom de son ancien amour. Si bien que Bones avait grandi en tant que Crispin Phillip Arthur Russell, troisième du nom. Un patronyme qui indiquerait à ceux qui connaissaient le duc de Rutland autrement que par son titre qu'il était son premier-né. Pénélope n'avait certes pas révélé à son fils l'identité de son père, mais elle lui avait laissé un indice qui n'avait été déchiffré que deux cents ans plus tard.

La vie était parfois cruelle, mais tous les coups du sort n'avaient pas que des mauvais côtés. En l'occurrence, Bones passait finalement les fêtes avec sa famille. Même si celle-ci se résumait à un vampire narcissique et dépravé qui me tapait sur les nerfs la plupart du temps. On choisit ses amis, mais rarement sa famille. Les liens du mariage qui m'unissaient à Bones faisaient également d'Ian un membre de ma famille. C'était certainement une vengeance de mon karma, mais je m'y ferais. Avec Bones à mes côtés, j'étais prête à affronter n'importe quoi.

Je trinquai avec Ian, que je gratifiai d'un sourire triste.

— Joyeux Noël, cousin.

— Tu ne te débarrasseras plus jamais de moi, Faucheuse, répondit-il avec un clin d'œil.

Sans doute avait-il raison. Puisque nous étions parents, je m'étais senti obligée de lui offrir un cadeau de Noël. Un morceau de charbon reposait donc au pied du sapin dans une boîte enveloppée d'un papier scintillant sur lequel s'étalait son nom en larges lettres.

Ian avait beau être de ma famille, il n'en avait pas moins été un très vilain garçon cette année.

La Prime

Chapitre premier

Je plissai les yeux dans la lumière du matin. À cette heure, au lieu d'être paisiblement étendue dans mon lit – merci à mon oncle Don –, j'arpentais le campus de l'université d'État de Caroline du Nord. Je gagnai le Harrelson Hall à grands pas, montai au deuxième étage, puis me dirigeai vers l'amphi que je cherchais. J'entrai dans la salle sans que la plupart des étudiants – trop occupés à bavarder ou à sortir leurs affaires en attendant que le cours commence – m'aperçoivent. Les sièges étaient disposés à la manière de gradins, et la porte d'entrée se situait en bas, à côté de l'estrade. De l'endroit où je me trouvais, je jouissais de la même vue que les professeurs. J'en profitai pour scruter chaque visage, à la recherche de celui qui figurait sur la photo que j'avais reçue. *Non, non, non… ah, te voilà.*

Une jolie blonde me rendit mon regard, sans prendre la peine de dissimuler sa méfiance. Je lui souris amicalement avant de m'engager dans l'allée. Mon sourire ne sembla pas l'apaiser. Elle lança de nombreux coups d'œil à droite puis à gauche, comme si elle hésitait à s'enfuir en courant.

Tammy Winslow, pensai-je froidement. *Tu as raison d'avoir peur. Morte, tu représentes un sérieux pactole.*

Un courant invisible emplit l'air une fraction de seconde avant qu'un fantôme surgisse dans la salle. Bien entendu, j'étais la seule capable de le voir.

— Ennuis à l'horizon, annonça-t-il.

De lourds bruits de pas résonnèrent dans le couloir tandis qu'une nouvelle énergie surnaturelle appesantissait l'atmosphère.

Tant pis pour la discrétion.

— Va chercher Bones, indiquai-je au fantôme. Dis-lui de se tenir prêt, à la fenêtre.

Quelques têtes se tournèrent en m'entendant parler, mais ma couverture d'étudiante lambda n'avait plus de raison d'être. Je devais à tout prix faire évacuer la salle.

— J'ai une bombe, lançai-je d'une voix forte. Si vous ne voulez pas y rester, tirez-vous de là.

Plusieurs gamins restèrent bouche bée. D'autres ricanèrent, se demandant si je plaisantais, mais aucun ne bougea. Les bruits de pas dans le couloir se firent plus pressants.

— Cassez-vous, grondai-je en agitant le pistolet que j'avais tiré de son étui.

Personne n'attendit plus de voir s'il s'agissait d'une blague. Une cohue agitée fondit vers la porte. Sans ranger mon arme, je hurlai à qui m'approchait de rester à l'écart. J'étais satisfaite de voir que la salle se vidait. Mais, lorsque Tammy tenta de détaler, je l'attrapai.

Un homme franchit brusquement la porte en sens inverse, balayant sur son passage les étudiants paniqués comme autant de fétus de paille. Je repoussai Tammy sans ménagement, puis me saisis de trois des dagues en argent fixées contre ma jambe, sous ma jupe. J'attendis que ma ligne de mire se dégage, puis je les lançai avec force en direction du forcené.

Il ne tenta même pas de les éviter. Elles s'enfoncèrent dans sa poitrine, mais n'eurent aucun effet. *Génial, une goule.* Une simple lame en argent plantée dans le cœur ne suffisait pas à tuer une goule, seule une décapitation faisait l'affaire. Où donc se trouvaient les sabres quand on avait besoin d'eux ?

J'oubliai mes dagues et m'élançai sur la goule que j'attrapai à bras-le-corps. Elle me martela les flancs de ses poings puissants pour se dégager de mon étreinte. La douleur explosa en moi quand mes côtes cédèrent, mais je tins bon. Si j'avais été humaine, ses coups auraient suffi à me tuer mais, ma transformation en vampire à présent complète, mes os se ressoudèrent en un clin d'œil.

Je parvins à coller le canon de mon arme contre la tempe de mon agresseur et pressai la détente.

Des cris s'élevèrent des quelques élèves encore présents. Je continuai à vider mon chargeur dans le crâne de la goule sans m'en préoccuper. Les balles ne la tueraient pas, mais elles faisaient de gros dégâts. Sa tête n'était plus qu'un amas suintant de chair et d'os lorsque je lâchai prise.

Tammy essaya de me fausser compagnie mais, plus rapide qu'elle, je la rattrapai en renversant plusieurs bureaux au passage. Des grattements sinistres m'apprirent que la goule – dont la tête se reformait un peu plus à chaque seconde – rampait dans notre direction. Je bondis par-dessus les tables, en entraînant Tammy à ma suite, puis je tirai ma plus large lame de ma manche. D'un ample coup sec, je tranchai le cou de la goule.

Le fantôme apparut à la fenêtre, suivi par une nouvelle décharge d'énergie surnaturelle. Il était temps de mettre les voiles.

Tammy hurlait en se débattant pour me faire lâcher prise.

— Je ne te veux aucun mal, lui dis-je. Fabian, ajoutai-je en m'adressant au fantôme. Accroche-toi.

Il enveloppa mes épaules de ses mains spectrales. Tammy était loin de me faire autant confiance. Elle ruait toujours, et continuait à crier.

Je ne lui prêtai pas plus d'attention et fondis vers la fenêtre. Elle hurla de plus belle lorsque nous la percutâmes dans une pluie d'éclats de verre. Étant donné que l'amphithéâtre se trouvait au deuxième étage, notre chute libre fut brève avant que quelque chose nous percute et nous entraîne haut dans les airs. Les cris de Tammy, de plus en plus terrifiée, gagnaient en stridence à mesure que nous nous élevions à une vitesse vertigineuse.

— Je vous en prie, aidez-moi ! implora-t-elle dans un couinement.

Le vampire qui nous avait rattrapés au vol renforça sa prise pour nous conduire, moi, Tammy et le passager fantôme à destination, de l'autre côté du campus.

— C'est bien ce que l'on fait, répondit-il avec un accent anglais perceptible malgré les cris perçants de Tammy.

Les vitres du Hummer étaient blindées, son châssis renforcé et les portières arrière ne s'ouvraient que de l'extérieur. Ce qui fit le désarroi de Tammy qui tenta de nous fausser compagnie à peine l'avions-nous jetée dans le véhicule puis démarré en trombe. Elle hurla sans discontinuer pendant les dix minutes qui suivirent, malgré mes nombreux essais de la convaincre que nous ne lui voulions aucun mal. Finalement, elle retrouva assez de calme pour poser des questions.

— Vous avez tiré dans la tête de ce type, rappela-t-elle les yeux écarquillés. Mais il n'est pas mort. Comment est-ce possible ?

J'aurais pu lui mentir. Ou recourir au pouvoir de mon regard pour lui faire croire qu'elle n'avait rien vu d'inhabituel. Mais sa vie étant en jeu, j'estimais qu'elle méritait la vérité.

— Il n'était pas humain.

Malgré le spectacle auquel elle avait assisté, elle refusa de me croire.

— Qu'est-ce que c'est que ces conneries ? C'est mon cousin qui vous envoie ?

— Si ça avait été le cas, tu serais morte à l'heure qu'il est, intervint Bones sans se détourner de la route. Nous sommes là pour te protéger.

Je perçus l'instant précis où Tammy regarda pour la première fois le vampire qui nous avait arrachés au vide. Ses yeux se figèrent et son odeur changea. Les relents de terreur laissèrent la place à un doux parfum tandis qu'elle découvrait ses pommettes hautes, sa chevelure brune, son physique athlétique et son profil à la beauté diabolique.

Jeunes, âgées, vivantes, mortes-vivantes, ça ne change rien, pensai-je amèrement. *Partout où Bones passe, les hormones prennent le dessus.*

Tammy venant de vivre une expérience traumatisante, je refoulai la possessivité qui me donnait envie de saisir Bones en aboyant « Il est à moi ! », et à la place tendis un paquet de lingettes à la jeune femme.

Elle les contempla d'un œil incrédule.

— Qu'est-ce que je suis censée faire avec ces trucs ?

— Rien n'est plus efficace pour essuyer le sang, crois-moi, dis-je en exhibant mes bras en guise de confirmation.

Son regard passa des lingettes à mon visage, puis à celui de Bones.

— À quoi vous jouez ? demanda-t-elle.

— Elle vient de te l'expliquer, répondit Bones en se garant sur le bas-côté. Mais, visiblement, tu as besoin de plus de preuves pour nous croire, n'est-ce pas ? Regarde.

Bones leva la main et l'entailla avec une lame. Tammy observa la plaie qui se referma après quelques instants comme on remonte une fermeture Éclair invisible. Fabian ne cilla pas. Il était habitué à la guérison expresse des morts-vivants.

— C'est parce que je suis un vampire que je peux faire une chose pareille. Au fait, je m'appelle Bones.

— Et moi, c'est Cat, ajoutai-je. Je t'aurais bien présenté Fabian, mais tu ne peux pas le voir. Nous allons te protéger jusqu'à ce que mon oncle mette la main sur ton cousin et l'arrête.

Le scepticisme qui déformait le visage de la jeune femme rendait son expression presque comique.

— Mais nous sommes en plein jour, finit-elle par objecter. Les vampires ne supportent pas la lumière du soleil, tout le monde sait ça !

Bones ricana.

— Bien sûr. Et nous reculons devant les croix, nous ne pouvons pas voyager sur l'eau, ni entrer dans une maison sans y être invités et, à la fin, le chasseur vertueux nous plante toujours un pieu dans le cœur. Franchement, qui aurait peur d'une telle créature ? Il suffirait d'une bible, d'un banc solaire et d'un peu d'eau bénite pour nous renvoyer, tremblants, dans nos pénates.

Tammy secoua lentement la tête. Je la regardai avec compassion. Le déni avait également été ma première réaction lorsque, âgée de seize ans, j'avais appris que mon père absent était un vampire, et découvert que ma différence ne venait pas de ma puberté, mais du développement de mes caractéristiques non humaines.

— Je sais que c'est difficile à croire puisque, la plupart du temps, les goules et les vampires ressemblent aux humains, essayai-je à mon tour, mais…

— Laissez-moi résumer, m'interrompit Tammy. J'ai demandé leur aide à de vieux amis haut placés de mon père quand les « accidents » ont commencé à se multiplier autour de moi, et on m'envoie un vampire pour me protéger ?

Fabian se mit à rire. Je lui adressai un regard noir qui le réduisit au silence mais, bien qu'il fût quasiment transparent, les tremblements qui agitaient encore ses lèvres restèrent clairement visibles.

— Deux vampires, pour être exact, la corrigeai-je. Le fantôme est en sus.

— Je suis foutue, marmonna Tammy.

Bones renifla.

— Je t'avais bien dit que ce ne serait pas de la tarte, mon amour.

Il avait raison, mais je devais une faveur à Don. Et, même si cela n'avait pas été le cas, je serais intervenue. Un mois plus tôt, Tammy avait réchappé de peu à une surcharge électrique d'une ampleur « surnaturelle ». Deux semaines après, elle avait été la cible de coups de feu tirés depuis une voiture. Il aurait pu ne s'agir que de malheureuses coïncidences si la mort de Tammy avant ses vingt et un ans ne bénéficiait pas à son cousin Gables qui récupérerait ainsi les nombreux millions de son héritage. Feu le père de la jeune femme avait été un ami de mon oncle, et Don ne croyait pas aux coïncidences. Aussi avait-il fait quelques recherches et découvert que la prochaine tentative d'assassinat visant Tammy impliquerait un tueur à gages d'un genre « particulier » et qui n'échouait jamais.

Don avait aussitôt compris. Il dirigeait une branche de la Sécurité nationale spécialisée dans les phénomènes surnaturels. Bien entendu, les contribuables ignoraient qu'une partie de leur argent servait à la surveillance d'un monde censé ne pas exister. Je n'appartenais plus à cette unité, une aubaine pour mon oncle. En effet, il n'aurait pas à affecter l'un de ses membres actifs à la protection de la fille d'un vieil ami. Non, il pouvait simplement m'appeler, sachant que je ne resterai pas insensible au sort d'une jeune femme dont la tête reposait sur un billot surnaturel.

Tammy semblait s'être remise de son choc initial. Elle rejeta ses cheveux blonds en arrière.

— J'ai proposé de payer pour ma protection. Donc, si on vous a envoyés pour assurer ma surveillance, c'est que vous travaillez pour moi. Aussi, je vais établir quelques règles de base, c'est clair ?

Je dressai les sourcils. Fabian siffla mais, évidemment, Tammy ne l'entendit pas. *Tu as plutôt intérêt à te grouiller d'arrêter son cousin, Don*, pensai-je.

Bones m'adressa un regard lourd de sens.

— Je t'avais dit de ne pas répondre au téléphone pendant nos vacances, Chaton.

Je soupirai. Tammy commença par nous ordonner de la ramener chez elle. Bones, ne lui prêtant aucune attention, reprit la route, dans la direction opposée.

— Ça ne durera que quelques jours, dis-je.

C'est du moins ce que j'espérais.

Chapitre 2

La plupart des gens ayant frôlé la mort à trois reprises – dont une impliquait une goule – auraient été rendus coopératifs par la peur. Mais Tammy, elle, semblait se muer en copie de Paris Hilton. À l'évidence, elle n'avait jamais entendu le mot « non » auparavant. Elle fut d'abord outrée par notre refus de la conduire chez elle pour prendre ses affaires, puis totalement hors d'elle en découvrant la ville qui nous servirait de refuge.

— Vous voulez rire ? demanda-t-elle en embrassant d'un regard méprisant le paysage rustique et la cerisaie envahie par la végétation qui bordait la propriété où j'avais grandi. On est au milieu de nulle part, poursuivit-elle. Je suis sûre qu'il y a des tarés congénitaux qui vivent dans les bois, ici !

Elle vient de vivre une expérience traumatisante, me rappelai-je la mâchoire crispée. *Un peu d'indulgence.*

Licking Falls se situait en effet au beau milieu de nulle part, mais c'était là tout l'intérêt de l'endroit. Il ne trouverait sans doute aucune grâce aux yeux d'une jeune héritière mais, pour ce qui était de sa sécurité, il était idéal. Personne ne penserait à venir y chercher Tammy.

Nous empruntâmes le dernier virage puis nous engageâmes dans la longue allée recouverte de gravier qui menait jusqu'à ma vieille maison lorsque Bones pila brusquement.

— Qu'y a-t-il ? demandai-je, tandis que sa tension me picotait la peau, telle une armée de fourmis invisibles.

— Il y a quelqu'un dans la maison, déclara-t-il. Et ce n'est pas un humain.

— Tirons-nous de là, lança Tammy d'une voix aiguë. Tout de suite !

Je lui plaquai une main sur la bouche à l'instant où Bones se glissa hors de la voiture sans un bruit. Que Tammy alerte l'intrus avec ses cris était bien la dernière chose dont nous avions besoin. Nom de Dieu, comment quelqu'un avait-il pu nous précéder ? Personne n'était au courant de notre venue ! Mon instinct me commandait de suivre Bones, mais je ne pouvais laisser Tammy sans surveillance. Je la regardai droit dans les yeux et lui ordonnai d'une voix grave de garder le silence. La puissance de mon regard la rendit muette sur-le-champ. J'ôtai ma main de sa bouche pour tirer quelques dagues de leur étui. Tous mes sens étaient focalisés sur la maison, à quelques centaines de mètres de là.

Après quelques instants, une vague de soulagement déferla dans mon esprit. Mes doigts se décrispèrent. Bones venait sans doute de tuer l'intrus. Le lien qui m'unissait à lui me permettait de partager ses émotions ce qui, dans des cas pareils, pouvait se révéler bien utile.

Je pris le volant et remontai le reste de l'allée, sans prêter attention à Tammy qui me martelait l'épaule de son doigt. Je l'avais contrainte au silence, mais pas à l'immobilité, et c'était bien dommage.

Nous avions couvert la moitié du trajet lorsque Bones reparut, visiblement déconcerté.

— Ta mère est là, déclara-t-il.

J'avais ralenti en l'apercevant, mais son annonce me fit bondir sur les freins.

— Vraiment ?

Bones acquiesça avant de prendre place à côté de moi.

— En chair et en os.

— Catherine ? entendis-je ma mère appeler, apparemment aussi surprise que moi.

Avec sa nouvelle ouïe surdéveloppée, et malgré la centaine de mètres qui nous séparaient d'elle, elle avait perçu notre conversation aussi distinctement que si elle s'était trouvée avec nous, dans la voiture.

Je déglutis avec peine.

— Oui, maman, c'est moi.

Je ne l'avais pas vue depuis des mois. Pas depuis la nuit où j'avais tué l'homme qui l'avait enlevée, puis transformée de force en vampire. Son geste n'avait été motivé que par le désir de me faire souffrir, l'enfoiré. Il était bien dommage que je ne puisse le tuer une seconde fois.

Ma mère nous attendait dans l'embrasure de la porte. Elle me regarda tandis que j'immobilisais la voiture. Son teint était bien plus pâle que lors de notre dernière rencontre et il n'y avait plus trace dans ses cheveux du balayage qu'elle avait arboré auparavant. Mais c'était surtout l'aura d'énergie qui émanait d'elle à laquelle je ne pensais jamais pouvoir m'habituer.

— Coucou, dis-je en sortant de voiture.

J'avais envie de la serrer dans mes bras, mais je craignais qu'elle me repousse. Ma mère avait toujours détesté les vampires, et à présent, elle était l'un d'eux, par ma faute.

Dire que cela rendait notre relation tendue relevait de l'euphémisme.

Ses mains tremblaient, comme si elle ne savait pas quoi en faire.

— Catherine, qu'est-ce que tu fais ici ? me demanda-t-elle, un infime sourire sur les lèvres.

— Nous comptions nous cacher dans la maison, mais puisque tu es…

— Tu es encore pourchassée ? m'interrompit-elle, une pointe de vert visible dans son regard bleu.

— Non, pas moi, m'empressai-je de la rassurer. Tammy, la fille assise à l'arrière. Avec Bones, nous devons… euh, la protéger quelques jours, le temps que Don arrange les choses.

— Bonjour Justina, lança Bones en sortant de la voiture. Je m'attendais à tout sauf à vous trouver ici.

— J'étais en quête d'un endroit tranquille pour mes vacances, marmonna-t-elle.

Il laissa échapper un petit rire ironique.

— Tiens, nous ne sommes pas les seuls dont les vacances tombent à l'eau, on dirait.

Il semblait prendre pour acquis que nous resterions là. Nous avions conclu que l'endroit serait parfait pour y dissimuler Tammy, et la maison m'appartenait. Donc, pour lui, la suite ne faisait aucun doute. Mais, après tout ce qu'avait subi ma mère, je ne me sentais pas de l'importuner avec mes ennuis.

— Nous allons nous installer ailleurs, dis-je avec un haussement d'épaules en guise d'excuses.

— C'est quoi son problème, à cette jeune femme ? demanda ma mère, le doigt pointé vers le Hummer.

Je tournai la tête vers la banquette arrière. Tammy, les yeux exorbités, tambourinait contre la vitre en semblant mimer le poisson avec sa bouche.

— Oh, merde, j'ai oublié de lui rendre la parole !

J'ouvris la portière et lui redonnai l'usage de sa voix d'un regard appuyé. Aussitôt, elle poussa un hurlement si aigu qu'il m'arracha une grimace.

— Ne me refaites jamais une chose pareille !

— Dans ce cas, répliqua Bones, un sourcil arqué, ne dévoile pas notre position si nous estimons être en danger, et nous n'aurons pas à te museler de nouveau.

— Maman, je te présente Tammy, dis-je en invitant la blondinette à avancer.

Ma mère, visiblement moins tendue, lui sourit.

— Bonjour, Tammy. Ravie de faire ta connaissance.

La jeune femme agrippa le bras de ma mère.

— Enfin quelqu'un de normal ! Savez-vous ce que c'est que de se traîner ces deux-là ? Ils sont pires que des gardiens de prison ! Ils n'ont même pas voulu s'arrêter pour que je mange !

Bones renifla.

— Nous étions trop occupés à essayer de te sauver la vie, si tu te rappelles.

Le regard de ma mère passa de Tammy à moi.

— Ma pauvre petite, tu dois être affamée. Je vais te préparer un dîner. Crois-moi, il vaut mieux ne pas laisser Catherine s'en charger.

En temps normal, son attitude m'aurait fait réagir mais, son insinuation, combinée au regard qu'elle m'avait adressé, laissait entendre que, après tout, nous resterions ici. En mettant de côté l'inquiétude que je nourrissais pour la sécurité de Tammy, j'étais heureuse. Ma mère m'avait manqué. Peut-être l'interruption subite de nos vacances respectives était-elle en réalité un bienfait pour notre relation.

— Après toi, maman.

Tous mes bons sentiments s'évaporèrent néanmoins après le repas. La maison n'offrait que deux chambres à coucher. Ma mère proposa gentiment de partager la sienne avec Tammy mais, alors que je m'apprêtais à la remercier pour son geste, la jeune héritière prit la parole.

— Ne devrais-je pas plutôt dormir avec lui ? demanda-t-elle en jaugeant Bones d'un regard chargé de désir. Après tout, puisque c'est moi qui paie, je peux bien choisir avec qui je me pieute.

Ma mère resta sans voix. J'ouvris la bouche pour lui retourner une réplique cinglante, mais Bones éclata de rire.

— Je suis marié et, quand bien même ce ne serait pas le cas, tu n'aurais pas la moindre chance. Tes manières sont bien trop détestables.

— Vous ne savez pas ce que vous perdez, rétorqua-t-elle avec un mouvement hautain de la tête. (Frustrée, elle regarda ensuite autour d'elle.) Je vous préviens, si vous me forcez à rester ici plus de quelques jours, je vais péter un câble.

— Peut-être, mais au moins tu seras toujours vivante, indiquai-je car, à mes yeux, cela aurait dû être la première de ses préoccupations.

— Vous avez tué ce monstre, non ? demanda-t-elle. Ce qui veut dire que je suis hors de danger maintenant.

Bones haussa les épaules.

— Je ne pense pas que ce type était celui qui a accepté le contrat. Si tu veux mon avis, cette goule avait tout du sous-traitant amateur.

Bouche bée, Tammy le dévisagea.

— Elle a dû lui trancher la tête pour l'empêcher de se relever. Et vous appelez ça un sous-traitant amateur ?

— Aucun chasseur de primes mort-vivant digne de ce nom n'accepterait un contrat sur un humain, lui opposa Bones. Ce sont des cibles trop faciles. Ça reviendrait à être payé pour piétiner un poisson rouge. Mais dans ton cas, il s'agit sans doute d'un humain qui, connaissant l'existence des morts-vivants, et frustré par l'échec de ses deux précédentes tentatives, aura offert un peu d'argent à une jeune goule pour te régler ton compte. C'est assez pratique comme solution : la goule gagne un salaire et un repas, le tueur garde le gros de la prime, et le client est satisfait.

— Il faut dire que vous savez de quoi vous parlez, n'est-ce pas ? murmura ma mère.

— Pourquoi ça ? demanda Tammy.

Bones la gratifia d'un sourire charmant bien que glacial.

— J'ai exercé en tant que tueur à gages pendant plus de deux cents ans.

Tammy déglutit avec peine. Je me gardai d'apporter des précisions. Comme le fait que Bones choisissait ses contrats avec minutie. Il s'attaquait à d'autres tueurs, jamais à des innocents, et rarement à des humains. Ses choix ne l'avaient pas rendu très populaire aux yeux des morts-vivants mais, s'il estimait que quelqu'un devait mourir, il acceptait le contrat, quels que soient les risques.

— D'ici quelques jours, Don devrait avoir arrêté ton rat de cousin et tu pourras rentrer chez toi en toute sécurité, poursuivit Bones.

— Si vous êtes tueur à gages, pourquoi est-ce que je ne vous engagerais pas simplement pour buter Gables ? demanda-t-elle, remise de ses émotions. Mon anniversaire n'aura lieu que dans deux mois. Qui sait si mon cousin n'essaiera pas encore de me tuer, même derrière des barreaux ?

La désinvolture avec laquelle Tammy abordait le sujet me laissa pantoise. Tu peux me passer le sel ? Et tuer mon cousin ?

Bones haussa de nouveau les épaules.

— C'est possible, mais tu vas devoir t'adresser ailleurs si tu cherches un tueur. Je suis bien trop occupé pour le moment.

Tammy nous dévisagea – ma mère, moi, puis Bones – à tour de rôle avant de faire la moue.

— Ça craint, déclara-t-elle en s'élançant dans l'escalier.

Sachant que j'aurais pu passer les deux semaines à venir à profiter de vacances avec mon mari au lieu de surveiller une gosse de riche menacée par des assassins, je ne pouvais qu'être d'accord.

— Ça va aller, Tammy, lançai-je dans son dos.

Elle me retourna un juron pour toute réponse. Bones dressa un sourcil et tapota près de son œil.

— Tu n'as qu'un mot à dire, mon amour, et je lui enseignerai de bien meilleures manières.

Contrôler l'esprit de la jeune femme serait en effet plus simple, mais à quoi bon choisir la solution de facilité ?

— Ça va lui passer, marmonnai-je.

Magne-toi, Don.

— Je vais lui parler, annonça ma mère.

Je haussai les sourcils.

— Tu crois vraiment pouvoir lui faire entendre raison ?

Elle m'adressa un regard impassible sans cesser de gravir les marches.

— Tu sembles oublier que j'ai une solide expérience avec les gamines difficiles, Catherine.

Bones éclata de rire. Il me lança un regard lourd de sens qui m'arracha un sourire malgré moi. D'accord. Un point pour ma mère.

Chapitre 3

J'étais confrontée à des situations où je flirtais avec la mort depuis que j'avais seize ans. Je parvenais en général à les régler avec un peu de bravoure – ou d'imprudence, selon les avis – et mes dagues. Mais, une héritière exigeante à l'humeur exécrable requérait d'autres qualités. Des qualités qui, visiblement, me faisaient défaut.

Jour deux, lors d'une conversation avec Tammy :

— Alors comme ça, tu es mariée avec Bones, hein ? Comment tu as fait pour le séduire ? Tu sais, avec tes cheveux roux et ta peau livide, tu ressembles un peu à un gros sucre d'orge.

Jour trois :

— Bon sang qu'il est sexy ! Si j'étais toi, je serais sur lui cinq fois par jour. Si jamais vous rompez, tu penseras à me l'envoyer, hein ?

Jour quatre :

— Laissez-moi sortir de cette chambre ! Je vais appeler la police, le FBI. Laissez-moi sortir !

Après cinq jours, apprenant que Don n'avait toujours pas retrouvé la trace de Gables, Bones et moi décidâmes de prendre les choses en main. Si mon oncle, avec tous les moyens militaires et gouvernementaux dont il disposait, n'était pas parvenu à localiser le cousin de Tammy, alors personne n'y arriverait de sitôt. Mettre nos vies entre parenthèses pendant quelques jours, admettons, mais Bones était le Maître d'une importante lignée de vampires. Nous ne pourrions pas rester dissimulés en compagnie de Tammy encore bien longtemps. Prochainement, il nous faudrait revenir à notre vieille routine : intrigues et complots au pays des vampires.

Sans compter que ma vie sexuelle, dans cette maison minuscule, était au point mort. Avec ces murs fins comme du papier à cigarette et l'ouïe surdéveloppée de ma mère, le moindre de nos gestes lui serait aussi accessible que si elle partageait notre chambre. Imaginer qu'elle puisse tout entendre de mes ébats avec Bones n'avait rien de romantique, loin de là. Donc oui, il était grand temps de se lancer à la recherche de Gables.

Nous nous engageâmes dans une impasse peu usitée qui débouchait sur un immense entrepôt industriel. Impossible de deviner à son aspect extérieur qu'il s'agissait d'une boîte de nuit remplie de créatures dont l'existence semblait impossible au citoyen moyen. Il répondait au doux nom de *Club Morsure*. Bones m'y avait amenée pour notre premier rendez-vous, mais notre visite n'avait rien du pèlerinage nostalgique. Nous étions là pour glaner des informations.

Le parking, à l'arrière du bâtiment, était entouré d'une rangée d'arbres dense qui masquait la plupart des voitures aux yeux d'éventuels curieux. Le *Club Morsure* était l'endroit parfait pour des immortels en quête d'un peu de bon temps.

Cela dit, les nombreux battements de cœur de ceux qui attendaient leur tour devant la porte témoignaient de l'attrait qu'il exerçait également sur les humains. Ils constituaient le menu sur pattes, m'avait confié Bones lors de notre première venue. Ils venaient là en toute connaissance de cause. Une morsure exécutée avec savoir-faire pouvait se révéler plus agréable que bien des préliminaires. Sans compter que certains humains gravitaient autour des vampires dans l'espoir d'être promus au maillon supérieur de la chaîne alimentaire. Même les morts-vivants avaient leurs fans.

Ma mère n'avait pas souhaité nous accompagner, déclarant qu'elle préférait côtoyer le moins de vampires possible. Fabian était resté pour lui tenir compagnie, ce qui avait semblé la ravir. Que de chemin parcouru ! Je me rappelais le temps où elle aurait pris ses jambes à son cou en apercevant un spectre. Mais à présent, elle se réjouissait à l'idée de passer une soirée en tête-à-tête avec l'un d'eux.

Ainsi, seuls Bones, Tammy et moi remontâmes la file d'attente. Là où les humains et les vampires transformés depuis peu devaient patienter, un Maître – et tous ceux qui l'accompagnaient – passait directement. Tandis que nous approchions, je sentis l'aura de Bones refluer à un niveau bien inférieur à sa véritable puissance. C'était une manœuvre qu'il avait perfectionnée au cours des derniers mois. Aussitôt, la connexion qui me liait à lui s'estompa presque complètement. La dernière fois qu'il s'était refermé de la sorte, c'était juste avant qu'il frôle la mort de très près. N'obtenir aucune réponse alors que j'étais habituée à être branchée sur ses émotions fit resurgir de terribles souvenirs.

— Je déteste quand tu fais ça, chuchotai-je.

— Désolé, mon amour, dit-il en m'étreignant la main. Mais je ne veux pas dévoiler ma présence à quiconque ne me reconnaîtrait pas.

Je comprenais. Masquer la réelle étendue de sa puissance constituait pour lui un meilleur déguisement qu'une couleur de cheveux ou une perruque.

L'entrée du club était gardée par une vampire blonde à la musculature imposante qui mesurait près d'un mètre quatre-vingts. Elle regarda à peine Tammy, sourit en apercevant Bones, puis éclata de rire en me voyant.

— Je le savais. Attends un peu que je voie Logan. Je lui avais bien dit que Bones s'était pointé avec la Faucheuse rousse, mais il ne m'a pas crue.

J'avais certes reconnu la videuse, mais je fus surprise qu'elle se souvienne de moi.

— Trixie chérie, ça fait un bail, déclara Bones en déposant un baiser sur la joue de la jeune femme.

Elle le lui rendit avant de me serrer la main.

— Faucheuse. C'est un plaisir.

— Appelle-moi Cat.

La Faucheuse rousse avait beau être mon surnom parmi les morts-vivants, je préférais qu'on utilise l'abréviation de mon vrai nom.

Tammy regarda Trixie droit dans les yeux.

— Elle aussi, elle est morte ?

Trixie sourit assez largement pour dévoiler ses crocs plaqués or.

— Ça répond à ta question ?

— Beurk ! s'exclama Tammy.

Je levai les yeux au ciel et adressai silencieusement mes excuses à Trixie, mais le commentaire de Tammy ne semblait pas l'affecter.

— Évite les feux d'artifice à l'intérieur, dit-elle en me pressant amicalement la main.

Je baissai les yeux sur mes doigts et contins un frémissement. Un de mes nouveaux pouvoirs faisait que, lorsque je me mettais vraiment hors de moi, des flammes jaillissaient de mes mains. Ma réputation m'avait précédée. Ce qui n'aurait pas dû me surprendre. Personne n'aime plus les ragots que ceux qui ont passé des siècles à les colporter.

— Nous ne sommes venus régler aucun compte, indiqua Bones.

Trixie éclata de rire.

— Comme si tu pouvais un jour cesser de semer le trouble dans ton sillage, Bones. Fais-moi plaisir, évite de faire ça ici.

— Elle te connaît plutôt bien, on dirait ? lui demandai-je, une fois dans le club.

Bones fit la moue.

— Pas aussi bien que tu l'insinues, Chaton.

Ma supposition n'était en rien déplacée. Bones était la tentation incarnée et il avait traîné dans le coin pendant des siècles avant de me rencontrer. En le soupçonnant d'avoir couché avec toutes les femmes qu'il me présentait, j'aurais plus souvent raison que tort.

Je remisai cette pensée avec toutes les autres sur lesquelles je préférais ne pas m'attarder.

— Venez. Je sens le gin tonic par ici.

C'était vrai. Je discernais les effluves de chaque alcool que les barmans servaient, ainsi que la myriade d'odeurs émanant des autres gens, mêlée aux parfums des après-rasages et à celui, piquant, du sang. Cette orgie sensorielle, également nourrie par la pulsation de la musique, la lumière voilée des stroboscopes, les mouvements de la foule, et l'énergie que dégageaient tous ceux dépourvus de rythme cardiaque, me donnait l'impression d'être soûle.

— Tu ne l'avais pas perçu la dernière fois, hein ? chuchota Bones. À quel point la lisière entre le normal et le paranormal est ténue ici. Je t'avais dit qu'en Ohio la frontière qui sépare le naturel du paranormal est plus mince. La boîte est construite pile sur une zone où ce phénomène est encore plus fort. On le croirait connecté directement à notre sang, tu ne trouves pas ?

Si. Pas étonnant que ce genre d'endroit attire les morts-vivants. Ni l'alcool ni les drogues n'avaient plus d'effet sur moi, mais la présence de tant de morts-vivants, couplée à la pulsation toute proche de la magie, était à la fois sensuelle et enivrante.

— Oublie le gin tonic. Allons danser.

J'avais parlé d'une voix plus grave que prévu. Un scintillement émeraude embrasa les profondeurs des yeux de Bones.

— Vous allez enfin me laisser danser et m'éclater un peu, pour une fois ? grommela Tammy.

Bones lui ouvrit la voie d'un mouvement du bras.

— Absolument. En revanche, je t'interdis de quitter la piste de danse, quelles que soient les circonstances, sous peine de te retrouver enfermée dans ton placard pendant toute une semaine.

Même si Tammy ignorait que Bones ne bluffait jamais, son expression sembla suffire à la convaincre, car elle déglutit avec peine.

— Rester sur la piste de danse. Entendu.

— Très bien. Tu peux y aller.

Chapitre 4

Je sentais Bones dans mon dos. Ses hanches accompagnaient les miennes tandis que ses mains glissaient en une lente caresse le long de mes côtes. Notre récente abstinence, combinée au contact de ses lèvres dans ma nuque, au pouvoir contenu de son aura et à la puissante énergie mystique qui nous enveloppait, me donnait envie de foncer vers le premier recoin venu afin de pratiquer sur sa personne des actes inavouables.

Mais, ni l'atmosphère enivrante ni la danse sensuelle que je partageais avec Bones ne m'auraient poussée à mettre Tammy en danger… ou à faire l'amour en public, comme le faisaient certains dans ce genre d'endroit.

— Une fois que nous en aurons fini avec Tammy, nous reviendrons ici, chuchotai-je. Je parie que tu connais tous les coins discrets de ce club, et j'ai bien l'intention de t'agresser sexuellement dans chacun d'eux.

Son rire fit naître une multitude de picotements dans ma nuque.

— Tu vas me faire rougir.

Je doutais qu'une telle chose lui soit arrivée depuis la signature de la déclaration d'Indépendance. En 1776, Bones devait avoir dix ans, calculai-je distraitement tandis que ses crocs titillaient ma veine. Pas loin. À dix-sept ans il vendait son corps aux femmes anglaises afin de subsister.

— Alors, on le boit ce coup, mon amour ? demanda Bones en me faisant tourner face à lui.

Oui, j'étais prête à boire, mais pas de gin ni de tonic. Je voulais planter mes crocs dans la gorge de Bones et le vider de son sang jusqu'à ce qu'il ne lui en reste assez que pour bander.

Cette pensée suffit à réveiller l'appétit qui sommeillait en moi. Le passage de semi-humaine à vampire à part entière s'était accompagné d'effets secondaires inattendus. Pour commencer, je n'étais pas complètement morte, comme en témoignaient les battements occasionnels de mon cœur. Ensuite, je me nourrissais à la veine de vampires et pas d'humains. Et pour couronner le tout, en plus du sang, j'absorbais également le pouvoir de mes victimes. Je m'en étais aperçue après m'être nourrie sur un vampire doué de pyrokinésie et avoir constaté que des flammes jaillissaient de mes mains. Ne voulant pas me retrouver en possession d'autres capacités étranges, je faisais de Bones mon unique garde-manger. Jusqu'alors, ça n'avait fait que me rendre plus forte, sans la moindre bizarrerie.

Pour ne rien gâcher, Bones était en permanence à croquer. Celui qui a dit qu'il ne fallait pas jouer avec sa nourriture n'était pas un vampire, à l'évidence.

Bones inspira profondément. Ses yeux virèrent au vert. Je savais que les miens aussi avaient changé, et je sentis mes crocs qui poussaient contre mes lèvres. Donne-nous de la chair, réclamaient-ils. La sienne. Maintenant.

— Reste ici et garde un œil sur Tammy, gronda Bones.

Surprise, je le regardai se frayer un chemin parmi les autres danseurs. Avait-il repéré une menace ? Je balayai la piste des yeux, à la recherche de la tête blonde de Tammy, perdue dans la masse tourbillonnante d'humains et de morts-vivants. *Là.* Elle dansait avec deux hommes. Rien que ça.

Je jouai des coudes pour m'approcher d'elle, puis me glissai entre elle et l'un de ses partenaires. Sa grimace se mua bien vite en sourire dès qu'il m'eut dévisagée de la tête aux pieds.

— Salut, la rouquine, m'accueillit-il d'une voix traînante.

— Je viens juste chercher ma copine, dis-je.

Tammy refusa de me suivre.

— Ça non ! Je commence à peine à m'amuser !

— Tammy, la menaçai-je entre mes dents, ne m'oblige pas à te porter.

Si un danger rôdait, je voulais que nous nous approchions d'un mur et que la jeune femme se place derrière moi, pas que nous restions vulnérables de tous côtés.

Elle me fusilla du regard, mais n'objecta pas. Je l'entraînai vers le coin le plus proche, comme pour discuter en privé, et je me tins prête en cas d'attaque. Personne ne semblait s'intéresser à nous. Mais les apparences sont parfois trompeuses.

Une vague de soulagement m'envahit lorsque j'aperçus Bones qui nous rejoignait à grandes enjambées. Une immense goule à la chevelure noire touffue et qui arborait un sourire d'une blancheur éclatante lui emboîtait le pas.

— Verses, je te présente ma femme, Cat, déclara Bones.

— Enchantée, dis-je en lui serrant la main.

Je fus surprise lorsque Bones m'entraîna à l'écart quelques secondes plus tard.

— Suis-moi, dit-il en se dirigeant vers une porte dissimulée derrière la cabine du DJ.

Celle-ci s'ouvrait sur une cage d'escalier. Heureusement que je voyais dans le noir car aucune lumière ne filtrait plus une fois que Bones l'eut refermée.

Je m'attendais à découvrir une cache d'armes, mais il n'y avait là qu'un fatras de vieilleries : des enceintes, des amplis, des caisses et des tables. Je m'apprêtais à lui demander ce que nous étions censés faire de tous ces trucs lorsqu'il m'attira à lui. Il m'embrassa avec fougue, me fit reculer contre une table et glissa les mains sous ma robe.

Nous n'étions clairement pas là pour nous équiper contre un éventuel danger.

— Bones, parvins-je à dire en le repoussant. Tammy…

— … est en sécurité avec Verses, compléta-t-il. Ne t'inquiète pas pour elle. Occupe-toi plutôt de moi.

Sur ces mots, il m'assit sur la table et fit glisser ma culotte sous mes genoux. Je ne pus retenir un halètement lorsqu'il m'embrassa de nouveau car, au même instant, il relâcha son aura. Les vagues de puissance qui me submergèrent, combinées à la pression de son désir sur mon esprit, me semblèrent aussi tangibles que les mouvements de sa langue dans ma bouche.

Ma réticence s'évanouit. Le martèlement de la musique, dont la régularité mimait le pouls que je n'avais plus, nous enveloppait. Je rendis son baiser à Bones en l'attirant contre moi. Une dernière traction et ma culotte disparut. Bones se glissa entre mes jambes. J'ouvris sa chemise et fis courir ma langue contre sa peau, de son cou à son torse, balayée par l'intensité de son énergie surnaturelle, de son désir, et par la puissance magique de l'endroit.

Il empoigna mes seins et fit courir ses doigts sur mes tétons déjà dressés malgré ma robe et mon soutien-gorge. Je sentis sa peau ferme et lisse contre la mienne tandis qu'il ôtait son pantalon. Je me plaquai contre lui et gémis dans sa bouche. Le désir pulsait en moi. La table et les murs vibraient sous le martèlement de la musique. J'avais l'impression que tout frémissait de passion.

— Maintenant, haletai-je.

Il entra profondément en moi. Le contact de nos chairs envoya une vague de plaisir le long de mes terminaisons nerveuses. Les courants invisibles de sa puissance semblaient s'enfoncer en moi à chacun de ses coups de reins.

Je plantai mes crocs dans son cou. Il frissonna à son tour, parcouru par une nouvelle forme de plaisir. Son sang jaillit dans ma bouche, accompagné par une sensation de jouissance que ses va-et-vient puissants et réguliers ne faisaient que renforcer. J'aspirai de plus belle et sentis son rythme s'accélérer à mesure que le plaisir gonflait en moi. Je le mordis de nouveau et ne pus retenir un cri lorsqu'il resserra sa prise et se plaqua contre moi avec force.

Un déferlement d'émotions submergea mon esprit. Je sentis le contrôle que Bones s'imposait s'effriter sous l'assaut violent du plaisir, puis l'extase qui s'empara de son corps lorsqu'il laissa le désir prendre les rênes. Sa passion m'emporta tandis qu'il m'attirait à lui, animé d'une frénésie sensuelle qu'une humaine aurait trouvée douloureuse, mais que je trouvais incroyablement délicieuse. Ses crocs s'enfoncèrent alors dans ma veine, à laquelle il s'abreuva. Nos cris furent absorbés par la musique ambiante tandis que nous accélérions, toujours plus fort, rivés au cou l'un de l'autre, jusqu'à ce que l'orgasme nous laisse pantelants.

— C'était vraiment déplacé, déclarai-je quelques minutes plus tard en lissant mes vêtements.

Bones partit d'un rire grave, chargé de sous-entendus.

— Après une semaine d'abstinence, tu n'as encore rien vu de déplacé, Chaton, mais patience.

— Je suis sérieuse.

Ma faiblesse était excusable, compte tenu des effets secondaires – moindre résistance à la faim, au désir, ou à toute autre pulsion – de ma récente transformation en vampire, mais Bones, lui, était mort depuis longtemps.

— Nous sommes censés protéger Tammy, pas nous éclipser pour un petit coup rapide.

— Qui sait combien de temps nous allons encore devoir nous terrer avec ta mère et Tammy ? Il était hors de question que je rate une telle occasion. En outre, Verses est le propriétaire des lieux, et un ami. Tammy est en sécurité. Il est sans doute en train de la faire tourbillonner sur la piste de danse au moment où nous parlons.

Mon sentiment de culpabilité reflua. Après tout, nous aurions dû être en vacances, et la semaine qui venait de s'écouler – passée à dormir ensemble sans pouvoir se toucher – m'avait coûté plus que je ne l'aurais cru.

Je m'efforçai de revenir à notre affaire.

— Il est temps de se mêler aux locaux voir si quelqu'un a entendu parler d'un tueur à gages à la poursuite d'un humain.

— Les gens parlent de tout et de rien lorsqu'ils sortent s'amuser, acquiesça Bones avec un sourire. Allons voir si nous pouvons découvrir quelque chose d'utile.

Chapitre 5

Comme Bones l'avait prédit, nous retrouvâmes Tammy sur la piste, en compagnie de Verses. La goule n'avait pas son égale pour danser. Je n'avais pas vu Tammy aussi heureuse de toute la semaine.

— Ne me dites pas qu'il est déjà l'heure de partir, se lamenta-t-elle en nous apercevant.

— Pas encore, répondit Bones. Verses, mon pote, désigne-moi ton client le plus commère, mais dont les ragots peuvent être pris au sérieux.

Grand comme il l'était, Verses n'avait aucun mal à voir par-dessus la foule. Après quelques secondes, il indiqua un bar tenu par une vampire magnifique, dont le corps n'était couvert que par des paillettes bleu foncé.

— Tu vois le type grisonnant, au bout du comptoir ? Il s'appelle Poppy. Il est bien trop bavard pour qu'on lui confie un secret, mais il n'invente jamais rien de toutes pièces.

— Formidable. Je te serais très reconnaissant si tu évitais de parler de ma venue – et de celle de ma femme – à ton équipe. Trixie nous a reconnus. Et peut-être quelques autres également.

Verses regarda Bones dans les yeux.

— Le *Club Morsure* est un havre de paix pour nos semblables. Tu n'as quand même pas l'intention d'enfreindre mes règles ?

Bones lui assena une tape amicale dans le dos.

— Ne t'inquiète pas, je resterai à l'écart de tes habitués. Après tout, j'ai bien l'intention de revenir avec ma femme. Il nous reste encore des recoins à explorer.

L'insinuation appuyée m'aurait fait rougir si je l'avais encore pu. Verses se contenta de rire. Tammy semblait lasse.

— Et si vous alliez vous occuper de vos affaires pendant que je reste ici à danser avec Verses ? suggéra-t-elle.

J'accueillis le changement de sujet avec soulagement.

— Verses a peut-être d'autres choses à faire, Tammy.

— Rendre une jeune femme heureuse passe avant tout le reste, déclara Verses en adressant un clin d'œil à Tammy.

Bones m'étreignit la main.

— Ça ne devrait pas être long, Chaton.

Nous laissâmes Tammy sur la piste de danse en compagnie de la goule, pour nous diriger vers la barmaid scintillante et le vampire commère aux cheveux gris.

Je m'installai au bar, à quelques tabourets de Bones. Je m'appliquai à tendre l'oreille, tout en gardant un œil sur Tammy. Elle semblait s'amuser, et Verses avait dit vrai : le vampire ridé, assis à côté de Bones, n'avait pas eu à ce qu'on le pousse beaucoup pour se mettre à parler. Bones le laissa mener la conversation pendant plus d'une demi-heure, avant d'en orienter les sujets.

— Cette saloperie d'économie nous a tous mis dedans, se lamenta Bones avant d'avaler son whiskey d'un trait. Moi, par exemple, il y a trois ans à peine, je vivais confortablement de mes investissements. Et aujourd'hui, je suis condamné à protéger une humaine pour gagner ma croûte. Autant se planter un pieu dans le cœur et s'éviter une telle honte, si vous voulez mon avis.

Poppy ricana.

— Contre quoi protégez-vous cette humaine ? L'évasion fiscale ?

Tous deux éclatèrent de rire. Puis, sur le ton de la confidence, Bones expliqua :

— Non, mon pote, contre un membre de sa famille. Pour être franc, je me demande si je ne ferais pas mieux de basculer de l'autre côté.

Bien qu'assise à l'autre extrémité du comptoir, je perçus la lueur d'intérêt qui embrasa le regard de Poppy.

— Quel autre côté ?

Bones se pencha vers lui et baissa la voix à un niveau presque inaudible.

— Celui qui paie plus en cas de mort de la chieuse. Croyez-moi, si je savais comment contacter son faux-jeton de cousin, je changerais de boulot illico. Et, en plus, je gagnerais un bon repas.

Poppy mâchonna sa paille.

— Pourquoi ne pas obtenir de la jeune fille l'endroit où se trouve son cousin ?

— Elle ne le sait pas. Croyez-moi, je lui ai demandé toutes lumières allumées, expliqua Bones en tapotant le coin de son œil. Je ne la supporterai pas un mois de plus. Je vais finir par m'en faire un en-cas, et personne ne me paiera.

Poppy balaya les lieux du regard. Je détournai les yeux, feignant de m'intéresser à mon verre. En me concentrant, je perçus sa réponse.

— Il y avait un type ici, hier soir. Son boulot, c'est la régulation de la population, si vous voyez ce que je veux dire. Il rigolait à propos d'un humain qui avait eu recours à un bouffeur d'os pour lui arranger le coup avec un contrat qui traînait en longueur. Mais vous ne devinerez jamais ce qui s'est passé : la goule s'est fait buter. Morte ! Puis la cible s'est volatilisée. D'après ce que j'ai compris, l'humain s'inquiète que le contrat lui soit retiré.

Quarante minutes de patience, pensai-je, *et ça finit par payer.*

— Vous vous rappelez le nom de cet humain ? demanda Bones avec détachement. Je pourrais peut-être lui filer un coup de main une fois que j'en aurai fini avec mon boulot.

— Je crois me souvenir qu'il se faisait appeler Serpentine. Amusant, non ? Un humain qui change de nom comme s'il se prenait pour un vampire.

Serpentine. Je demanderai à Don de faire des recherches sur ce pseudo dès que nous rentrerions.

— Merci, mon ami, je vous en dois une. La prochaine tournée est pour moi.

Bones laissa le vieux vampire déblatérer vingt minutes de plus, jusqu'à ce que je m'imagine en train de le bâillonner avec du ruban adhésif. Finalement, Bones annonça, avec un regret feint, qu'il devait partir, et indiqua à Poppy qu'il reviendrait le week-end suivant. Sans oublier de se plaindre qu'il serait sans doute contraint de traîner l'insupportable héritière avec lui.

Je dressai les sourcils. *À quoi tu joues, Bones ?*

Chapitre 6

Je sortis les vêtements du sèche-linge et retins un juron. Des taches de Javel partout. Tammy avait vingt ans, comment pouvait-elle ne pas savoir programmer une lessive sans tout bousiller ?

Bon, au moins elle faisait la lessive. Enfin, elle essayait. C'était à mettre au crédit de l'influence de ma mère. Deux décennies d'une enfance pourrie-gâtée ne faisaient pas le poids face à quarante-six ans d'une discipline forgée à la ferme. Malgré leur différence d'âge et le fait que ma mère la forçait, en dépit de ses geignements, à faire certaines choses, c'était bien avec elle que Tammy s'était le plus liée.

Peut-être était-ce à cause de moi ? Sans doute étais-je trop habituée à mon costume de chasseuse impitoyable pour le troquer contre celui de tutrice. Cette pensée me déprima profondément. Docteur, pourriez-vous jeter un coup d'œil à mes ovaires, car je ne suis pas certaine d'être vraiment une femme.

Après le dîner – que ma mère avait insisté pour préparer, à mon grand soulagement –, nous nous installâmes devant la cheminée. Il était temps de relater à Tammy ce que nous avions appris.

— Tammy, la situation est la suivante : Don n'a toujours pas retrouvé la trace de ton cousin, mais Bones a découvert que le tueur initialement chargé de ton contrat est mort.

La jeune femme bondit hors de son fauteuil.

— Génial ! Ça veut dire que je peux rentrer chez moi ?

— Pas si vite. Les circonstances de sa mort sont pour le moins étranges.

Tammy se rassit, l'enthousiasme en berne.

— C'est-à-dire ?

— On lui a tranché la gorge, expliqua Bones de but en blanc. Son ordinateur et ses autres affaires ont été fouillés. Il est donc vraisemblable que quelqu'un s'intéresse aux contrats qu'il n'a pas fini d'honorer.

Les liens que Bones avait gardés de ses années de chasseur de primes s'étaient révélés plus efficaces que les ordinateurs de Don. En effet, il avait appris que Serpentine était mort, avant même que mon oncle découvre sa véritable identité. Don avait ensuite envoyé une équipe dans l'appartement où Serpentine – ou James Daily, comme l'indiquait le rapport d'autopsie – avait été retrouvé. Bien que le tueur ait pris la peine de masquer ses empreintes, Don établit sans difficulté que l'ordinateur de la victime avait été fouillé. Le fait que les dossiers consultés concernent Tammy, ou que le tueur soit un vampire, n'était peut-être qu'une coïncidence. Serpentine connaissait en effet des gens parmi les morts-vivants puisqu'il avait envoyé une goule après Tammy. Mais peut-être s'agissait-il de plus que d'une simple coïncidence.

— Je t'ai dit que les vampires n'acceptaient pas de contrat visant les humains, mais la vie est pleine de surprises, exposa Bones d'une voix sèche. Lorsque nous étions au *Club Morsure*, j'ai dit à Poppy que nous reviendrions demain soir.

Si nous faisons comme prévu, je pourrai certainement glaner plus d'informations, mais d'un autre côté, ça risque d'être dangereux pour toi.

— Dangereux ? railla Tammy. J'ai failli être électrocutée, on m'a tiré dessus, et une goule a essayé de me dévorer, vous vous rappelez ?

— Si un autre vampire a décidé de reprendre le contrat, il – ou elle – pourrait très bien nous suivre là-bas pour essayer de te descendre, expliquai-je avec calme.

Elle me retourna un coup d'œil espiègle.

— Je suis prête à parier que vous pourriez l'attraper, et découvrir où se cache mon cousin. Je vous ai vue combattre contre la goule, Cat. Et vous, Bones, vous êtes un dur à cuire, je me trompe ? Je donnerais tout pour que cela cesse. Je veux retourner à ma vie d'avant.

Fabian flotta dans la pièce.

— Je pourrais monter la garde. Aucun vampire, ou goule, ne fera attention à moi. Je vous aiderai à protéger Tammy.

Pauvre Fabian, il avait raison. Les vampires et les goules faisaient généralement preuve d'un mépris notoire à l'égard des fantômes. Leur indifférence dépassait souvent celle que les humains témoignaient aux sans-abri.

— Merci, Fabian, répondis-je. Ton aide nous sera précieuse.

— C'est tellement bizarre quand vous faites ça, marmonna Tammy.

Je retins un sourire. Je ne pouvais m'empêcher de penser que Tammy ne croyait pas à l'existence de Fabian, et qu'elle était persuadée que nous ne feignions de lui parler que pour la faire marcher.

— Je la protégerai, déclara ma mère.

Elle avait les traits fermés, comme pour mieux contenir d'amers souvenirs. Une fois de plus, les choses qu'on lui avait fait subir par ma faute me révoltèrent.

Bones se leva.

— Très bien. Si tu veux nous accompagner au *Club Morsure* demain, il est grand temps que tu apprennes à te défendre, Tammy.

Elle se tourna vers lui, visiblement surprise.

— N'est-ce pas précisément pour ça que je vous paie tous les deux ?

Je ne pris pas la peine de lui indiquer que l'argent allait directement à mon oncle et son département, sans passer par nos poches. J'espérais que Don ne plumerait pas la jeune femme.

— Ça ne t'empêche pas d'apprendre quelques mouvements de base. Après tout, tu es une jolie fille, et les prédateurs dont le cœur bat encore ne sont pas rares.

Le compliment sembla ravir Tammy. Je masquai un nouveau sourire. Rien de tel que la flatterie pour la rendre plus conciliante, Bones le savait.

Il disparut dans la cuisine, dont il ressortit armé d'un couteau à viande. Il l'agita sous le nez de la jeune femme qui l'observa d'un œil dubitatif.

— Qu'est-ce que vous voulez que je fasse de ça ?

— Que tu me poignardes avec, répliqua Bones. En plein cœur.

Tammy resta bouche bée. C'était la première fois que je la voyais ainsi réduite au silence.

— Vous plaisantez ? finit-elle par demander.

— Il faut que tu apprennes à te défendre contre un vampire. Certes, tes chances seraient minimes, mais ton avantage réside dans le fait qu'aucun vampire ne te considérera comme une menace.

— C'est pour cette même raison que je suis parvenue à en tuer autant, quand j'avais ton âge, abondai-je. L'effet de surprise peut te sauver la vie.

Tammy reporta son attention sur la lame.

— Je ne sais pas…

Bones laissa échapper un soupir appuyé.

— Justina, venez lui montrer.

Ma mère sembla plus abasourdie encore que Tammy. Je fus, moi aussi, interloquée.

— Vous voulez que je vous poignarde ? demanda ma mère, incrédule.

Bones l'encouragea d'un petit sourire taquin.

— Allons belle-maman. Combien de fois en avez-vous rêvé ?

Ma mère se leva, empoigna le couteau, puis le planta dans la poitrine de Bones, en plein milieu. Il ne cilla pas, ni ne bougea pour tenter de l'en empêcher.

— Tu vois, Tammy, c'est ce que feraient la plupart des gens, expliqua-t-il d'une voix calme. Mais Justina sait que la lame n'est pas assez enfoncée, ni au bon endroit. Le cœur se trouve un peu à gauche, pas au centre. Par ailleurs, elle n'a pas fait tourner la lame ; un mouvement pourtant indispensable pour tuer un vampire, à moins que plusieurs lames ne lui transpercent déjà le cœur.

Bones retira le couteau qu'il rendit à ma mère.

— Maintenant, Justina, montrez-lui la marche à suivre.

Ma mère, plus surprise encore qu'avant, accepta malgré tout la lame, visa avec précaution, puis l'enfonça en retenant un petit tressaillement.

— Tournez, indiqua Bones comme s'il ne ressentait rien, malgré la douleur évidente que l'acier – bien que non létal, à la différence de l'argent – lui infligeait.

Ma mère s'exécuta. Bones lui prit la main pour lui faire décrire un cercle brusque, déterminé. À la vue du sang qui imbibait la chemise de Bones, Tammy ne put retenir un petit cri.

— Voilà comment il faut faire, expliqua-t-il.

Sa voix restait neutre malgré la brûlure intense qui le ravageait. J'en ressentis la violence et luttai pour ne pas lui crier d'arrêter.

— Le mouvement doit être rapide, brutal et ample, continua-t-il, car tu n'auras pas de seconde chance. (Il relâcha la main de ma mère, extirpa la lame qu'il essuya sur sa chemise maculée.) Maintenant, montrons-lui une attaque par le dos.

Des larmes me montèrent aux yeux. Non pas à cause de la douloureuse blessure de Bones ; celle-ci était déjà refermée. Mais parce que je comprenais enfin le sens de ses actes. Ce n'était pas Tammy qu'il formait. En réalité, il montrait à ma mère comment se défendre ; chose qu'elle ne lui aurait jamais laissé faire en temps normal. Mais, persuadée qu'elle agissait pour le bien de Tammy, elle suivait docilement ses instructions. Elle apprit ainsi à se servir d'une lame, que ce soit par-devant ou par-derrière, et à déjouer quelques mouvements défensifs simples.

Fabian, en croisant mon regard, m'adressa un clin d'œil. Lui aussi voyait clair dans le petit jeu de Bones.

Lorsqu'il annonça à Tammy que son tour était venu, j'étais de nouveau tombée amoureuse de lui. La plupart des filles considèrent les fleurs et les bijoux comme des attentions romantiques mais moi, j'avais les yeux humides de le voir enseigner à ma mère comment le poignarder à mort.

Tammy étant humaine, il lui fallut plus de temps pour assimiler la manœuvre. Néanmoins, au bout d'une heure de pratique, elle était en sueur, couverte de sang, et fière d'avoir réussi à atteindre le cœur de Bones à plusieurs reprises.

— Appelez-moi Buffy, fanfaronna-t-elle avec un sourire satisfait.

— Je suis fatiguée, déclarai-je en simulant un bâillement. Je vais me coucher.

Les yeux de Bones s'embrasèrent. Fabian, qui annonça vouloir repérer les lieux, disparut par la porte. Ma mère croisa mon regard. Seule Tammy semblait ne pas savoir que les vampires ne bâillent pas.

— À demain, lança-t-elle. Je vais prendre une douche.

Je montai dans ma chambre. Bones resta en bas, à patienter. Dès que j'entendis l'eau qui se mettait à couler, je perçus également de rapides bruits de pas aériens dans l'escalier.

Lorsque Bones entra dans la chambre, je me convainquis que la douche de Tammy suffirait à saturer l'ouïe de ma mère. Ou qu'elle était subitement devenue sourde. Et quand il me prit dans ses bras, je ne pensai plus à rien d'autre.

Chapitre 7

Ça pourrait être le début d'une mauvaise blague, pensai-je en remontant la file d'attente pour entrer dans le club : *Trois vampires et un humain entrent dans un bar…*

Au cas où un tueur solitaire serait en chasse après Tammy, nous espérions qu'il morde à l'hameçon et nous suive jusque chez moi, où une surprise de taille l'attendait. Nous comptions également sur le fait que Poppy, le vampire avec lequel Bones avait taillé le bout de gras la semaine dernière, ait tout répété à propos de la gamine pourrie-gâtée qu'il chaperonnait, et sur leur venue, à tous deux, ce soir.

Ma mère refusa de danser. Elle resta assise au bar, où elle repoussa sans distinction les avances de tous ceux – humains comme vampires – qui l'accostaient. *Elle tient encore beaucoup à Rodney*, pensai-je le cœur serré en évoquant le souvenir du petit ami qu'elle avait brièvement fréquenté avant qu'il soit assassiné. J'espérais sincèrement qu'elle retrouverait quelqu'un de bien.

Nous jouâmes notre comédie de notre mieux. Nous fîmes mine de nous amuser, en dansant, en buvant – pas d'alcool pour Tammy, malgré son insistance – puis en dansant de nouveau tandis que Bones retournait s'installer à côté de Poppy. Le regard que Verses posait sur nous ne m'échappa pas. À en juger par son expression, il était clair qu'il suspectait quelque chose et refusait que son club en soit le théâtre. Nous étions en phase sur ce point. En effet, notre piège attendait à la maison. Viens donc, petit tueur à gages. Nous avons une surprise pour toi.

Il était plus de 2 heures lorsque nous regagnâmes le parking. La force de l'habitude voulait que mes mains ne s'éloignent jamais de mes manches où plusieurs dagues de lancer étaient dissimulées. Nous n'étions plus qu'à trois rangées de notre véhicule lorsque l'air se chargea d'électricité. En un clin d'œil, Bones et moi nous retournâmes, une lame à la main. Ma mère empoigna Tammy. Plusieurs vampires se laissèrent tomber en un large cercle tout autour de nous.

Et merde, pensai-je. Nous n'avions quitté le *Club Morsure* que depuis quelques secondes. Un laps de temps bien trop court pour coordonner une telle attaque. Je les comptai, remarquant au passage l'aura qui émanait de chacun d'eux. Douze vampires, dont plusieurs Maîtres. Un étalage de force bien trop important pour que la mort d'une riche héritière soit la vraie raison de leur présence. Ils n'étaient pas venus pour Tammy.

Bones le comprit également. Il les scruta d'un regard presque indolent, mais la tension qui l'agitait grinçait dans mon esprit.

— X, quelle mauvaise surprise. Puisqu'il ne peut pas s'agir d'une coïncidence, dis-moi qui m'a trahi.

Un vampire brun s'avança d'un pas.

— Un humain qui emploie un tueur à gages pour abattre une riche cousine, ennuyeux. Le même tueur qui foire deux fois sa cible, marrant. Puis, désespéré, le voilà qui fait appel à une goule pour qu'elle finisse le boulot, ma curiosité est piquée. La goule en question se fait trancher la tête par une mystérieuse rouquine, ah… ça c'est intéressant.

— C'est un ami à toi, chéri ? demandai-je à Bones sans quitter X des yeux.

— Je dirais plutôt un ancien collègue, dont l'esprit de compétition exacerbé n'a pas supporté que je descende plusieurs de ses meilleurs clients.

Un ancien collègue. X ne devait pas avoir été le premier chasseur de primes venu pour que Bones parle ainsi de lui. Ce qui impliquait que les vampires qui l'accompagnaient n'avaient rien non plus d'amateurs. Nos chances, déjà maigres, approchaient à présent le néant.

— Se pourrait-il que mon vieux pote Bones soit impliqué ? me suis-je demandé, poursuivit X. Et voilà que j'apprends que la jeune héritière a des contacts au sein du gouvernement, tout comme la Faucheuse, dont la mièvrerie est légendaire dès qu'une affaire concerne un humain. Lorsqu'une seconde rumeur annonçant la venue de l'héritière ce soir s'est répandue, j'ai pris quelques précautions au cas où j'aurais vu juste quant à son protecteur. Et on dirait que j'ai eu raison.

Des précautions ? Drôle de façon de décrire la dizaine de vampires, tous armés jusqu'aux dents, qui nous encerclaient. Je jetai un coup d'œil en direction du club, par-dessus mon épaule. Viendrait-on nous aider ? Ou les clients obéiraient-ils à la consigne « pas de violence dans nos locaux » en restant bien tranquilles à l'écart ?

— C'est pour moi que tu es venu, alors laisse-la en dehors de cette histoire, indiqua Bones avec un mouvement imperceptible en direction de Tammy. Laisse-la retourner à l'intérieur, le temps que nous réglions ça entre nous.

— Elle n'est certes pas la raison de ma venue, mais je vais néanmoins m'assurer de sa mort, histoire de ne déclencher aucune guerre.

Bien vu. Si X nous tuait alors que nous défendions Tammy, il pourrait toujours invoquer la loi du business, puisqu'un contrat pesait sur les épaules de la jeune femme. S'il lui laissait la vie sauve, les proches de Bones y verraient une attaque personnelle et chercheraient à venger notre massacre. X couvrait ses arrières.

Tammy se mit à pleurnicher. X lui adressa un sourire aimable.

— Si ça peut te rassurer, ton cousin est mort. Je l'ai tué après avoir appris ce que je voulais savoir sur toi.

Voilà donc pourquoi Don n'était pas parvenu à retrouver la trace de Gables. Mais cela nous faisait une belle jambe, à présent.

Bones m'adressa un regard en coin.

— Chaton, tu commences à être en colère ?

Je compris ce qu'il voulait dire. Depuis que je m'étais rendu compte que j'avais absorbé le pouvoir d'un vampire doué de pyrokinésie m'ayant servi d'en-cas, j'avais lutté pour contrôler mes nouvelles capacités. Mais, pour une fois, je laissai toute la rage contenue, la détermination, la peur et la tristesse accumulées depuis des mois rejaillir à la surface. De vives flammes bleues enveloppèrent mes mains. Des étincelles tombèrent au sol.

— Tuez-la ! aboya X.

Une nuée de dagues floue vola dans ma direction. Je les évitai en tournoyant, mon attention rivée sur X. Deux mois plus tôt, j'avais réduit en cendres toute une propriété et fait exploser la tête d'un Maître vampire. *Brûle,* pensai-je en foudroyant X du regard, *brûle.*

Mais rien ne se produisit. Des étincelles jaillirent bien de mes mains enflammées, mais rien de plus. Frustrée, je les agitai. *Vous allez fonctionner, espèces de saloperies ! Allez, jetez des flammes !*

Les torrents de flammes dont la férocité m'avait terrifiée semblaient s'être taris. Mes mains n'étaient à présent plus menaçantes que pour une cigarette.

— Et merde, chuchota ma mère.

Elle m'ôtait les mots de la bouche.

— Protège Tammy, lui criai-je les mains crispées sur mes dagues avant de jurer en évitant une nouvelle volée de lames.

Certaines me touchèrent, mais aucune n'atteignit ma poitrine, Dieu merci. Je dus néanmoins lutter contre l'envie d'arracher l'argent qui me meurtrissait la chair. Je lançai à mon tour plusieurs de mes armes, alimentant ainsi le tir de barrage de Bones. Je roulai ensuite à l'abri derrière une voiture, où je pus enfin soulager mes épaules et mes jambes des lames qui y étaient plantées.

Tammy hurla en voyant plusieurs vampires s'élever dans les airs. Je saisis deux des dagues que je venais d'extraire de mon corps pour les lancer en direction de l'un d'eux, tout proche de l'endroit où la jeune femme s'était recroquevillée.

En atteignant leur cible, les lames envoyèrent le vampire s'écraser sur une voiture, à quelques mètres seulement de ma mère et de Tammy, qu'elle protégeait de son corps.

Les autres vampires semblaient bien plus intéressés par le sort de Bones que par celui des deux femmes. Je roulai sous un camion pour rejoindre mon mari, puis hurlai lorsque ma chemise prit feu.

Nom de Dieu ! Dans ma roulade, les étincelles inoffensives qui giclaient de mes doigts avaient sans doute enflammé les quelques gouttes d'essence accumulées sous le camion.

— Chaton, tout va bien ? me demanda Bones.

— Nickel ! répondis-je, de peur qu'un instant d'inattention lui soit fatal.

Idiote, mais quelle idiote, me réprimandai-je. *Essence plus étincelles égale feu, espèce d'imbécile !*

À peine avais-je ôté ma chemise en flammes qu'une voiture fondit sur moi à toute allure. Elle m'écrasa de toute sa masse contre un autre véhicule. L'incroyable douleur m'arracha un cri muet, sa violence me paralysa. Tammy poussa un hurlement, qui ne couvrit pas complètement le cri de Bones qui appelait mon nom.

Un poids sourd se laissa tomber sur le toit de la voiture broyée. Le vampire aux cheveux roux. Il sourit en exhibant une dague en argent. Il savait aussi bien que moi qu'il me serait impossible de me désencastrer à temps.

Mais il me restait encore une option. *Essence plus étincelles égale feu*, me répétai-je avec une détermination féroce, puis j'enfonçai mes poings dans le réservoir du véhicule.

Une déflagration terrifiante retentit. J'eus alors la sensation d'être projetée en arrière, percluse de douleur, en feu, à travers le parking. Complètement abasourdie, je doutai pendant une longue seconde d'être encore en vie. Puis je compris qu'une telle souffrance ne saurait accabler un mort.

Bouge, m'enjoignis-je, tentant désespérément de combattre la léthargie qui me poussait à me rouler en boule, par terre. *Continue à cligner des yeux, ta vision va revenir.*

En effet, quelques instants plus tard, et bien que le parking m'apparaisse en double, je voyais de nouveau. *Y a-t-il une menace en approche ? Combien de dagues te reste-t-il ? Deux, très bien, fais en sorte qu'elles soient utiles.*

— Je vais bien, m'écriai-je d'une voix méconnaissable.

J'avais conscience d'avoir révélé ma position, mais je craignais que Bones perde le fil du combat. Autant éviter qu'il se disperse en me cherchant ou en pensant qu'on m'avait réduite en miettes.

— Nom de Dieu, Chaton, l'entendis-je marmonner.

À ces mots, je ne pus retenir un sourire qui, pourtant, me donna l'impression que mon visage se fendait en deux. J'avais peur de regarder ma peau. Je ressemblais certainement à un morceau de bacon frit.

Tu vas guérir, me rappelai-je. *Arrête de t'inquiéter pour ton apparence et attelle-toi plutôt à sauver tes fesses.*

Je fis jouer mes doigts, soulagée de constater que l'horrible sensation de craquellement avait disparu. Je pouvais de nouveau empoigner fermement mes dagues et ma vision semblait s'améliorer à chaque seconde. À travers le pare-brise crasseux de la voiture, j'aperçus Bones qui combattait contre quatre adversaires. Il tourbillonnait dans une danse macabre d'une violence étourdissante, entaillait, tranchait tout ce qui avait le malheur de s'approcher un peu trop. Bon, où se trouvaient Tammy et ma mère ?

J'enjambai discrètement plusieurs cadavres de vampires – dont l'un était rôti, remarquai-je avec satisfaction –, puis contournai une Mercedes sur la pointe des pieds lorsque

X surgit de nulle part. Il me projeta dans les airs, et je m'écrasai contre une autre voiture. *Bon Dieu que j'en avais marre de sentir mes os se broyer contre du métal!* Mais, au lieu de bondir en avant, je m'effondrai, comme sonnée. En moins d'une seconde, X était sur moi. Il me plaqua au sol de ses genoux et son regard scintilla d'un éclat émeraude victorieux tandis qu'il brandissait sa lame.

D'un mouvement vif, je lui plantai ma dague en pleine poitrine. Je souris en lui faisant décrire un cercle brusque. *Ton heure a sonné, X.*

Mais il ne s'écroula pas comme prévu. Au lieu de cela, et sans la moindre hésitation, il plongea la lame qu'il brandissait droit dans mon cœur.

La douleur jaillit en moi. Si forte et brûlante qu'elle dépassait celle que j'avais ressentie lors de l'explosion de la voiture. Elle gagna encore en violence et me donna envie de hurler, mais je n'en avais plus la force. Tout, autour de moi, sembla s'estomper, à l'exception de son intense regard émeraude.

— Comment ? demandai-je dans un croassement à peine articulé.

X se pencha vers moi.

— *Situs inversus*, chuchota-t-il.

Sa main se serra sur le manche, et la dague commença sa rotation…

Un voile bleu obscurcit ma vision. Je ne compris pas pourquoi et me demandai même, l'espace d'une seconde, si cela était bien réel. La forme bleue bascula ensuite sur le côté. Le bras tranché de X était toujours agrippé à la dague fichée dans ma poitrine, mais le reste de son corps avait disparu. *De la tôle*, pensai-je vaguement. Bones devait en avoir arraché un pan d'une voiture pour s'en servir comme d'une gigantesque scie.

X était étendu sur le dos. Le moignon de son bras droit repoussait lentement tandis qu'il combattait Bones. J'aurais voulu aider, mais j'étais incapable de me relever. La douleur me plaquait au sol, je haletais et me tortillais pour m'en défaire.

— Ne bouge pas, Chaton ! aboya Bones.

D'un mouvement brusque, il planta sa lame dans la poitrine de X, du côté droit, bizarrement. Il la fit ensuite tourner avec tant de violence que le manche céda. L'instant suivant, il était près de moi et me maintenait les poignets au-dessus de la tête.

— Chaton.

En apercevant son visage, je compris combien la situation était grave. J'aurais dû m'en rendre compte plus tôt. Après tout, j'avais une dague en argent, prolongée par une main qui se flétrissait, plantée dans le cœur ; mais la douleur avait rendu ces instants irréels. Néanmoins, j'avais à présent conscience de vivre mes derniers moments sur terre.

Je tentai de sourire.

— Je t'aime, chuchotai-je.

Une larme rose roula sur la joue de Bones, mais sa voix ne tremblait pas.

— Ne bouge pas, répéta-t-il en tirant doucement sur la dague.

J'avais l'impression qu'un brasier ardent me ravageait la poitrine. Je m'efforçai de ne pas regarder la lame, de me focaliser sur le visage de Bones, mais mon regard se brouilla de rose. *Tu vas tellement me manquer.*

La lame tressaillit et une vague de souffrance me parcourut. Bones, les lèvres serrées, relâcha mes poignets pour appuyer sa main libre sur ma poitrine.

— Ne bouge pas…

C'était insupportable. Le brasier semblait avoir gagné l'ensemble de mon organisme. Un hurlement monta dans ma gorge, mais je le retins. *Pitié, faites qu'il ne me voie pas mourir dans un cri…*

La douleur cessa aussi subitement qu'elle s'était déclarée. Bones laissa échapper un grognement guttural, suivi d'un fracas métallique. Je baissai les yeux pour découvrir l'entaille sur ma poitrine qui commençait à se refermer. La peau reprenait son apparence normale à mesure que la plaie guérissait.

Bones se retourna subitement. Un vampire se tenait derrière lui, une large lame à la main, et une expression indéchiffrable sur le visage. Il tomba à genoux, puis s'effondra face contre terre. Un manche en argent saillait dans son dos. Ma mère était debout, derrière lui, les mains couvertes de sang.

— « Le mouvement doit être rapide, brutal et ample, car tu n'auras pas de seconde chance », marmonna-t-elle, presque inaudible.

— C'est exact, Justina, confirma Bones, incapable de la quitter des yeux. Bien joué, la félicita-t-il en éclatant de rire.

J'étais abasourdie. Bones me prit dans ses bras. Il m'embrassa avec tant de fougue que du sang m'emplit la bouche lorsque ses crocs percèrent mes lèvres.

— Ne me fais plus jamais une telle frayeur.

— Il n'est pas mort, dis-je, encore décontenancée par les récents événements. J'ai tourné la lame dans son cœur, mais il n'est pas mort.

— Il te l'a dit : *situs inversus.*

Voyant combien je restai confuse, Bones poursuivit :

— Ça veut dire que la position de ses organes est inversée, et que son cœur se trouve à droite. Ça lui a déjà sauvé la vie plusieurs fois par le passé, mais il n'aurait jamais dû te l'expliquer alors que je pouvais l'entendre.

Je ne savais pas qu'une telle malformation existait. *Note personnelle : étudier les anomalies anatomiques.*

Bones balaya le parking du regard, mais les seuls vampires qui s'y trouvaient encore étaient des clients du club. *Des spectateurs*, pensai-je avec stupéfaction. Étaient-ils simplement restés là depuis le début, à observer ?

Une vague de peur me saisit.

— Où est Tammy ?

— Je l'ai ramenée à l'intérieur après l'explosion de la voiture, indiqua ma mère. Tu avais dit qu'elle y serait en sécurité.

Puis elle était ressortie pour tenir tête à un groupe de tueurs à gages. De nouvelles larmes me montèrent aux yeux tandis que Bones lui souriait.

— Vous m'avez sauvé la vie, Justina.

Elle sembla embarrassée, puis se renfrogna.

— Je ne savais pas si vous aviez fini de débarrasser Catherine de la dague. Je ne pouvais pas le laisser vous attaquer par-derrière tant que ma fille n'était pas tirée d'affaire.

Bones rit de plus belle.

— Bien entendu.

Je secouai la tête. Elle était incurable. Mais peu m'importait, je l'aimais comme elle était.

Verses sortit du club, accompagné de Tammy. À en juger par le rouge qui lui cerclait les yeux, elle avait pleuré.

— C'est fini, lui annonçai-je.

Elle s'élança vers moi et me serra dans ses bras. J'aurais voulu lui dire quelque chose de profond, la réconforter, mais je ne pus que répéter :

— C'est fini.

Au moins, la jeune femme ne garderait aucun souvenir de cet épisode de sa vie. Elle se rappellerait simplement avoir été placée sous la protection de gardes du corps ennuyeux mandatés par les anciens amis de son père. Elle pourrait entrer dans l'âge adulte sans avoir à porter le fardeau de ce qu'elle avait vu. Sans la certitude que la nuit était peuplée de créatures contre lesquelles le commun des mortels n'avait aucune chance. Elle serait normale. C'était le plus beau cadeau d'anniversaire que je pouvais lui faire.

— Vous vous êtes battus sur ma propriété, indiqua Verses.

Bones laissa échapper un grognement.

— Ah bon, tu as remarqué ?

— Peut-être que si vous n'étiez pas restés les bras croisés pendant que nous tentions de repousser une embuscade, votre précieuse propriété serait encore en un seul morceau ! intervint ma mère. N'avez-vous donc aucune loyauté ? Bones a dit que vous étiez son ami !

Verses haussa les sourcils devant le ton cinglant de cette invective, puis il balaya les lieux du regard. Des cadavres de vampires jonchaient le parking, l'une des voitures était encore en flammes et plusieurs autres broyées, éventrées ou cabossées.

— Je suis son ami, répliqua Verses. C'est d'ailleurs pour cela que je vais vous laisser partir sans vous demander de payer pour les dégâts.

— J'ai l'impression que nous ne serons plus les bienvenus ici, murmurai-je à Bones. Tant pis pour tous les recoins discrets que nous avions l'intention de revenir explorer pendant nos vacances.

Il déposa un baiser sur mon front.

— Ne t'inquiète pas, mon amour. Je connais un autre club à Brooklyn que, je suis sûr, tu vas adorer…

Un plat qui se mange froid

Prologue

16 février 2004, La Nouvelle-Orléans

Eric avala la fin de sa bouteille de bière qu'il abandonna, vide, sur le trottoir. *Ce n'est pas ma faute s'il n'y a pas de poubelle dans le coin*, pensa-t-il sans se soucier du regard noir de leur guide. La petite brune qui se trouvait à sa droite ne semblait pas, elle, lui en tenir rigueur. À la voir lui sourire comme elle le faisait, il ne regrettait pas d'avoir délaissé ses amis pour suivre cette stupide visite paranormale.

— … devant nous se dresse la maison LaLaurie, poursuivit le guide en désignant une haute structure à l'angle de la rue Royale. D'après les rumeurs, c'est l'un des lieux les plus hantés de tout le Vieux Carré. Ici, au milieu du XVIIIe siècle, un nombre incalculable d'esclaves furent torturés puis assassinés par le docteur LaLaurie et sa femme, Delphine…

Eric se faufila jusqu'à la jeune femme, qui ne semblait pas plus captivée que lui par la visite. Elle était mince – comme il les aimait – et, même si elle avait de petits seins, ses jambes et ses fesses étaient magnifiques. Elle avait également un joli visage, maintenant qu'il y prêtait attention.

— Salut. Moi c'est Eric, et toi ? demanda-t-il en s'efforçant d'articuler.

Elle sourit. Semble intéressée.

— Où sont tes amis ? s'enquit-elle.

Elle avait un accent, français peut-être, et sa question était plutôt bizarre. Mais elle l'avait posée avec un sourire et un regard qui avaient suffi à réveiller son entrejambe.

— Ils sont au *Pat O'Brien's*, répondit Eric avec un geste vague.

Le guide le foudroyait à présent du regard. Il continuait à déblatérer à propos d'expériences médicales que les LaLaurie menaient sur leurs esclaves, ou d'autres trucs dégueulasses tout aussi peu intéressants.

— Un verre, ça te tente ?

Elle s'approcha de lui, si près que ses seins effleuraient presque son torse.

— J'ai envie de bien plus qu'un verre. Pas toi ?

Et comment ! Le renflement de son pantalon était à présent manifeste.

— Tu n'as pas idée à quel point, bébé.

Il tourna la tête et vit que plusieurs touristes le regardaient. Bon, d'accord, il avait peut-être parlé un peu fort.

— J'ai une chambre à l'hôtel Dauphine, reprit-il, plus bas. On pourrait y aller…

— Chez moi, c'est plus près, l'interrompit-elle en lui prenant la main, fermement. Suis-moi.

Elle ouvrit la voie. Se faufila dans la foule sans cesser de lui adresser régulièrement ses petits sourires aguicheurs. Eric n'en pouvait plus. Trois jours qu'il n'avait pas baisé. Il était temps de pimenter un peu son voyage.

La fille l'entraîna dans une ruelle, sans ralentir malgré la pénombre ambiante. Eric trébucha sur quelque chose

– une bouteille sans doute – mais elle le tira par le bras au même instant et l'empêcha de tomber.

— Hé, sourit-il. Joli réflexe.

Elle marmonna une réponse qu'il ne comprit pas, et pas seulement parce qu'il était soûl.

— C'est du français ? demanda-t-il.

Elle tourna la tête, cheveux au vent.

— *Oui.*

— Cool.

Elle emprunta un escalier de secours au bout de l'allée, ouvrit une porte sur le toit, puis le poussa à l'intérieur. Il n'y avait pas de lumière. Eric n'avait aucune idée d'où ils se trouvaient, mais ce devait être chez elle. Elle referma derrière elle et son sourire s'élargit.

— Je vais te dévorer, dit-elle dans un ronronnement sexy à l'accent marqué, qui renforça son érection.

Il la saisit brusquement par les fesses et entreprit de l'embrasser. Elle ouvrit la bouche pour laisser la langue d'Eric l'explorer tout en se frottant à elle.

J'ai une capote dans la poche arrière, se rappela-t-il. *Une fille aussi facile a forcément quelque chose.*

Elle s'accrocha à son cou, visiblement rongée par le désir. Eric s'empressa d'ouvrir sa braguette.

Ici et maintenant, ça lui convenait parfaitement.

Il en avait fini avec son pantalon et glissait les mains sous la jupe courte de la jeune femme lorsqu'elle enfonça ses dents dans sa langue et rejeta la tête en arrière.

Eric se mit à hurler, horrifié par le sang qui lui maculait la bouche tandis qu'elle lui souriait de nouveau. La douleur irradiait dans toute sa langue, comme sous l'effet d'une brûlure.

— Efpèfe de tarée, s'écria-t-il en crachotant du sang. (Il porta une main à sa langue et constata qu'il en manquait le bout.) Falope! éructa-t-il sans se soucier de sa diction approximative.

Il lança son poing en avant et bascula cul par-dessus tête avant de s'écraser lourdement au sol. La violence de l'impact lui fit redouter de s'être ouvert le crâne.

Étourdi, il resta étendu quelques secondes. *Un escalier*, comprit-il. *Cette salope m'a poussé dans un escalier.* Il sentit alors la peur s'immiscer dans sa colère.

La lumière s'alluma. Eric tressaillit et cligna des yeux pendant de longs instants avant que les images se dessinent dans la clarté intense.

Un grand type mince surplombait un mannequin. On aurait dit qu'il l'assemblait car une des jambes reposait au sol à côté du type, et un bras, en deux morceaux, un peu plus loin. Le mannequin tourna alors la tête. Il cilla, bouche ouverte...

Eric hurla et essaya de se relever, mais la douleur intense qui lui vrilla la jambe l'en empêcha. Le type, sans prêter la moindre attention aux cris d'Eric ou à ses tentatives désespérées pour reculer, leva un œil interrogateur vers le sommet de l'escalier.

— Je commençais à m'inquiéter, mon amour.

La jeune femme brune apparut en haut des marches.

— Pourquoi? Personne ne sait que nous sommes ici.

Eric parvint enfin à se relever. Sa jambe lui fit souffrir le martyre même si tout son poids reposait sur l'autre.

— Ne vous avisez pas de me toucher, haleta-t-il en balayant les lieux du regard à la recherche d'une arme pour se défendre.

La jeune femme sourit en approchant. Le sang d'Eric, qui lui maculait toujours la bouche, dessinait une grimace obscène.

— Te toucher ? Mais, mon cher, je te l'ai dit, je vais te dévorer.

Chapitre premier

Bones ne prit pas le temps d'admirer les lieux tandis qu'il arpentait les rues du Vieux Carré. Les odeurs l'assaillaient de toute part ; d'innombrables parfums, des émanations corporelles plus ou moins saines, de la nourriture qu'on cuisinait, ou qui pourrissait dans une poubelle. Des siècles de décadence avaient marqué le quartier d'une puanteur permanente qu'un vampire ne pouvait s'empêcher de percevoir.

À peine moins chargée que celle des odeurs, il y régnait également une confusion sonore. De la musique, des rires, des éclats de voix et des conversations qui s'entremêlaient dans un constant bruit de fond.

Bones, qui ne cessait de se demander pourquoi Marie l'avait convoqué, s'engagea dans une nouvelle rue. Rien ne l'obligeait à venir ; il n'appartenait pas à sa lignée et ne lui devait donc aucune allégeance. Mais lorsque la reine de La Nouvelle-Orléans appelait, Bones rappliquait. Avant tout parce qu'il respectait Marie. Mais aussi parce qu'il se doutait que sa tête ne resterait pas bien longtemps nichée sur ses épaules s'il la rembarrait.

Il y avait fort à parier que Marie attendrait de lui qu'il tue quelqu'un.

Il venait de suivre un nouvel embranchement lorsque son instinct lui apprit qu'on l'observait. Il fit un bond de côté et sentit une intense douleur lui vriller le dos la seconde suivante. Il fondit vers la première porte qu'il vit, renversant les gens sur son passage. Adossé à un mur, la seule entrée bien en vue, Bones prit le temps d'examiner son torse.

La pointe d'un carreau d'arbalète, large, triangulaire et acérée, en saillait. La tige, quant à elle, dépassait encore de son dos. Il toucha l'extrémité métallique et jura.

De l'argent. À peine cinq centimètres plus bas, elle aurait transpercé son cœur et mis fin à ses jours de façon irréversible.

— Hé, l'ami, lança quelqu'un. Ça va ?

— Impec, répliqua Bones.

Il leva la tête pour constater qu'il avait débarqué dans un bar. Les clients avaient les yeux rivés sur sa poitrine.

Il prit le temps d'extraire le carreau avant de bondir par la porte à une vitesse telle que les gens assis au comptoir ne purent percevoir qu'un flou indistinct. Ce qu'ils avaient pu voir, ou pas, était néanmoins le cadet de ses soucis. Tout ce qui lui importait, c'était de mettre la main sur celui qui avait tiré ce carreau. D'après l'angle de pénétration du projectile, le tireur avait dû se trouver en hauteur.

D'un simple bond vertical, Bones atterrit sur le toit du bar. Il s'accroupit et balaya du regard les structures voisines. Rien. Il remonta en courant deux pâtés de maisons par la voie aérienne jusqu'à avoir la certitude de se tenir à l'endroit exact d'où le carreau avait été tiré. Le faible résidu d'énergie qui flottait dans l'air ne fit que confirmer ses soupçons : son agresseur n'était pas humain.

Bones scruta longuement les autres toits, mais ne vit personne. Il, ou elle, était rapide. Il ne s'était pas écoulé plus d'une minute entre le tir et la découverte de l'endroit où le tireur s'était accroupi. Tout sauf un amateur. Et qui que ce soit, il n'avait pas traîné pour avoir vent de la présence de Bones dans le Vieux Carré. Le vampire n'y était que depuis la veille.

Bones n'insista pas et regagna la rue. Il veillerait à se mêler à des groupes de piétons, mais comptait bien honorer son rendez-vous. Il était déjà mort une fois. Cela avait tendance à démystifier la chose.

Bones attendait devant la grille en fer forgé du Premier cimetière Saint-Louis. Adossé à un réverbère, il surveillait les toits, prêt à bondir au moindre mouvement.

Les fantômes peuplaient le cimetière et ses alentours comme autant de toiles d'araignées spectrales. Bones ne tint pas compte de leur présence, bien qu'ils puissent parfois se montrer aussi bruyants en ennuyants que les touristes. La Nouvelle-Orléans était bien le dernier endroit pour reposer en paix, tant pour les vivants que pour les morts.

Moins de cinq minutes s'écoulèrent avant qu'un homme gigantesque s'approche de Bones. Son aura l'identifiait comme une goule, même si son apparence n'avait aucune des caractéristiques que prête habituellement Hollywood à ses semblables. En réalité, il avait le teint mat, était chauve et baraqué ; le portrait même de quelqu'un en pleine santé. À part peut-être sa démarche claudicante qui jurait avec l'allure gracieuse des autres morts-vivants.

— Bones, salua-t-il.

Bien que plusieurs dizaines d'années se soient écoulées depuis leur dernière rencontre, Bones n'avait pas oublié son nom.

— Jelani, répondit-il avec un léger hochement de tête. Je suis ici pour voir Majestic, elle m'a demandé de venir.

Jelani indiqua la voie d'une main.

— Suis-moi.

La lune se refléta sur les gants noirs de la goule. Leur forme était trop parfaite et leurs mouvements trop rigides. Des prothèses. Tout comme ses jambes, jusqu'aux genoux. Bones ne savait pas comment Jelani avait perdu ses membres, mais cela datait d'avant sa transformation en goule. En effet, la seule chose qui ne repoussait pas, tant chez les goules que chez les vampires, c'était la tête.

Bones se demanda pourquoi il s'éloignait du cimetière plutôt que d'en franchir les grilles.

— Tu ne serais pas perdu des fois, mon ami ? s'enquit-il d'un ton cordial.

Il avait déjà rencontré Marie à plusieurs reprises, mais chacune de ces entrevues s'était déroulée sous le cimetière, à l'emplacement exact de sa tombe vide. Marie Laveau maniait l'ironie avec un talent exquis.

Jelani tourna la tête mais ne ralentit pas.

— Si tu as peur de me suivre, tu ferais mieux de repartir tout de suite, répondit-il, toujours aussi guindé.

Bones ne put retenir un petit rire en s'immobilisant.

— Tu crois pouvoir me pousser à la faute en usant de la honte ? Tu n'as aucune chance. Il y a moins d'une demi-heure, j'ai essuyé une tentative d'assassinat tout ce qu'il y a de plus crédible, et voilà que tu comptes me faire rencontrer Majestic loin de son endroit de prédilection. Si tu ne me dis pas pourquoi, je vais effectivement repartir. À toi ensuite de lui expliquer pourquoi tu n'as pas jugé bon de me donner plus de détails.

Toujours de profil, Jelani s'immobilisa.

—Majestic est absente. Elle m'a demandé de te parler à sa place.

Bones dressa les sourcils. Marie était connue pour se charger elle-même de ses requêtes, menaces ou punitions. Pourquoi aurait-elle confié cette entrevue à son laquais ? Cela suffit à piquer la curiosité de Bones.

—Très bien. Dans ce cas, je te suis.

Jelani l'entraîna au *Laffite's Blacksmith House*, le plus vieux bar du quartier. Bones commanda un whiskey sec. La goule rien. Le regard de cette dernière ne cessait de voleter en tous sens. Soit parce qu'elle attendait quelque chose, soit sous le coup de la nervosité. Bones posa nonchalamment une main près de sa poche. Plusieurs dagues en argent étaient dissimulées sous son pantalon et dans ses manches, en prévision d'un éventuel problème avec un vampire. En revanche, seule une décapitation viendrait à bout d'une goule.

—Marie, l'encouragea Bones.

—Majestic, le corrigea aussitôt Jelani.

Bones résista à l'envie de lever les yeux au ciel. *Assez avec les formalités, retire donc le balai que tu as dans le cul.* Il demanda :

—Qu'est-ce qu'elle attend de moi ?

Jelani glissa une main dans sa veste. Ses prothèses en plastique, rigides, ralentissaient tant ses gestes que ceux-ci n'éveillèrent pas l'habituelle méfiance de Bones. Jelani lui tendit une enveloppe en kraft. Bones s'en saisit, extirpa discrètement les photos qu'elle contenait, juste le temps d'y jeter un coup d'œil rapide, ainsi qu'aux autres documents.

Il referma ensuite l'enveloppe et adressa un regard dur, impassible, à l'homme qui lui faisait face.

— Qu'est-ce qui te fait penser qu'ils sont encore en vie ? Ça fait un demi-siècle qu'on n'a plus entendu parler d'eux.

Les yeux de Jelani, d'un brun foncé proche de celui de son vis-à-vis, semblaient froids, déterminés.

— Ils sont vivants. Et en ville.

— Tu dis ça uniquement à cause de traces de sang et de quelques membres retrouvés dans un appartement ? demanda Bones, dédaigneux. Il pourrait très bien s'agir d'un humain.

— C'est eux, insista Jelani d'un ton catégorique. Ils reproduisent ce qu'ils ont fait il y a quarante ans. Majestic était alors absente, et ils sont arrivés juste avant mardi gras. Le mercredi des Cendres, on comptait déjà quinze disparitions. De nouveau, la reine s'est absentée et ils sont de retour.

Bones le dévisagea. Soit Jelani était un excellent menteur, soit il croyait fermement à ce qu'il disait. Ce qui n'en faisait pas la vérité pour autant.

— Il va me falloir plus de preuves que quelques touristes disparus en l'absence de Marie. Comment se fait-il que je n'aie absolument pas entendu parler de leur précédent retour à La Nouvelle-Orléans ? Ce n'est pas comme si ce genre de nouvelle passait inaperçu, tu en conviendras.

Jelani s'appliquait lui aussi à ne pas prononcer leurs noms.

— Je les ai sentis les deux fois, indiqua-t-il sans prendre la peine de corriger Bones qui avait de nouveau appelé la reine Marie. Majestic souhaite que tu t'en charges en toute discrétion. Une fois que ce sera fait, elle s'attribuera le mérite de leur châtiment pour éviter que l'on dise qu'elle a laissé des meurtriers chasser dans sa ville en son absence puis s'enfuir libres à deux reprises.

Bones pianota sur son menton. L'affaire ne s'annonçait pas simple. Les époux LaLaurie étaient tristement célèbres tant chez les humains que chez les morts-vivants. La rumeur voulait que Louis, une goule puissante, approche les quatre cents ans. Delphine, plus jeune que lui de près de deux siècles, compensait en cruauté ce qui lui manquait en âge.

— Cent mille livres, déclara Bones.

La somme était assez élevée pour que Marie ne se sente pas redevable, mais pas trop pour qu'elle sache qu'il s'agissait d'un prix d'ami. En réalité, il aurait pu agir gratuitement. Les LaLaurie formaient un couple aussi néfaste que bien des types que Bones avait dézingués à l'œil.

Jelani ne broncha pas.

— Si tu remplis ta part du contrat avant le mercredi des Cendres, l'argent est à toi.

Cela lui laissait tout juste une semaine. Bones termina son whiskey. Fini de traînasser.

— Je veux une liberté totale dans la ville, dit-il en reposant son verre. Et tu resteras hors de mes pattes, sauf avis contraire. D'accord ?

— C'est d'accord, accepta Jelani avec un petit sourire.

Chapitre 2

Il régnait dans la maison une odeur de mort, de sang, d'urine et d'officiers de police, dans cet ordre. Bones grogna en s'agenouillant à côté d'une des taches brunâtres qui maculaient le plancher.

— Avec la puanteur de flic qui embaume cet endroit, je me demande comment tu as pu déceler l'odeur des LaLaurie.

Jelani restait au sommet de l'escalier, visiblement peu désireux de descendre au rez-de-chaussée.

— Ils ne sont pas restés en bas tout le temps. Ils ont également dormi dans le lit, là-bas, indiqua-t-il en désignant une pièce au fond du couloir. Et se sont assis sur ce canapé, compléta-t-il, un doigt rigide pointé vers ce que Bones supposait être le salon.

Bones prit une profonde inspiration, cataloguant mentalement chacun des parfums. Il rejoignit ensuite le sommet de l'escalier d'un bond et remarqua le tressaillement quasi imperceptible de Jelani qui ne le quittait pas des yeux.

C'est noté. Inutile de lui rappeler ce dont il n'était plus capable.

— Le lit et le canapé, hein ? répéta-t-il en adoptant la démarche lente qu'il utilisait en présence d'humains.

Le canapé faisait face à la télévision, et au balcon un peu plus à gauche. Bones s'en approcha. Il inhala de nouveau et releva les différences, et les similitudes, avec les odeurs qu'il avait perçues en bas.

— La propriétaire de l'appartement – la fille – est-ce qu'on a retrouvé son corps ailleurs ?

Jelani esquissa un petit sourire.

— Qu'est-ce qui te fait penser que l'endroit n'appartenait pas au garçon ?

Bones lui retourna un regard contrarié.

— Une odeur féminine flotte dans toutes les pièces. Ce n'est pas ici que vivait le jeune homme, même si c'est principalement son sang qu'on a retrouvé en bas.

— Il y a une photo de la fille dans sa chambre, expliqua Jelani d'une voix neutre, comme s'il parlait de la météo. Elle est assez jolie. Je suppose qu'elle est toujours en vie. Du moins pour le moment.

Bones dévisagea Jelani. Tous ses instincts lui indiquaient que la goule cachait quelque chose. Il se demanda si elle connaissait la fille. Jelani faisait comme si rien de tout cela ne l'affectait, mais il dégageait une puissante odeur de peur… et de haine. Ce qui serait parfaitement explicable s'il avait eu un lien avec la propriétaire des lieux.

Ou peut-être craignait-il simplement que Bones ne parvienne pas à régler leur compte aux LaLaurie avant le retour de Marie. Puisqu'il était aux commandes en son absence, cet échec serait aussi le sien.

— Tu ne m'as pas dit quand tu avais croisé l'odeur de Delphine et de Louis pour la première fois, constata Bones.

Le visage de Jelani se voila brièvement avant que la goule reprenne une expression de marbre.

— Je me suis marié dans les années 1860, expliqua-t-il. Elle était esclave dans une plantation de St. Francisville.

Et il se trouve que c'est là que les LaLaurie se sont réfugiés après avoir fui le Vieux Carré. Tandis que je combattais avec l'Armée de l'Union, Delphine et Louis ont torturé ma femme avant de la dévorer. Je suis arrivé trop tard pour la sauver, mais je n'oublierai jamais leur odeur.

— Et tes membres ? insista Bones sans ciller.

— Amputés après la bataille de New Market Heights. On m'a dit que c'était un miracle que j'aie survécu. Majestic m'a transformé après ça, à ma demande. Je voulais vivre assez longtemps pour voir les LaLaurie mourir.

Il affichait à présent une expression de pur défi, comme s'il s'attendait à ce que Bones lui reproche de s'être transformé en goule dans le seul but d'assouvir sa vengeance.

— On a fait de moi un vampire contre ma volonté, répliqua Bones d'un ton égal. Ça m'a mis hors de moi pendant un long moment, puis j'ai fini par m'y faire. On ne peut plus rien changer à notre état, alors à quoi bon ressasser ? Si tu t'attends à être jugé, tu t'es trompé d'adresse.

— Je ne savais pas, murmura Jelani, visiblement surpris.

— Pas étonnant, répliqua Bones avec un petit rire. Ce n'est pas le genre d'histoire que l'on aime crier sur tous les toits, hein ?

— Tu n'éprouves pas de haine pour le Maître qui t'a fait ça ?

Ce fut le cas.

Pendant des années, Bones avait détesté Ian pour son geste. Mais ce dernier n'avait pas agi par méchanceté, il avait été poussé par une espèce de gratitude alambiquée. Si Bones n'avait pas partagé ses maigres portions, Ian n'aurait pas survécu au long trajet qui l'avait conduit de Londres au bagne de la Nouvelle-Galles du Sud, endroit où ils s'étaient rencontrés pour la première fois.

Mais Bones refusait de relater cet épisode à Jelani. Inutile de confier tant de détails à une goule qu'il connaissait à peine.

— Plus maintenant, se contenta-t-il de répondre.

— Tu as une maison en ville, se souvint Jelani. C'est là que tu vas résider ?

— Pas après cette nuit, répondit Bones avec un haussement d'épaules. Tu peux me joindre sur mon portable en cas de besoin. Je t'informerai lorsque j'en aurai terminé.

Jelani lui retourna un sourire, froid.

— Ne les sous-estime pas. Delphine a attiré le garçon pendant une visite guidée du Vieux Carré. On l'a vu en compagnie d'une petite brune tout près de leur ancienne demeure.

Tu parles d'un sens de l'humour dérangé, pensa Bones. C'était bien le dernier endroit où il s'attendait à les trouver chasser. Mais cela en disait long sur eux. Plus ils étaient présomptueux, mieux ce serait. Leur arrogance, couplée à leur sentiment d'invincibilité, jouerait largement en sa faveur au moment de les tuer.

— Combien de goules et de vampires vivent en ville ? s'enquit Bones.

Jelani réfléchit de longues secondes.

— En temps normal, quelques centaines. Mais pour mardi gras, tu peux multiplier ce chiffre par deux, facilement. Les humains ne sont pas les seuls qui apprécient les festivités de la ville.

Et merde. Voilà qui rendrait la période particulièrement propice à la chasse pour les LaLaurie. L'abondance de badauds, plus ou moins vivants, leur permettrait de se fondre dans la foule.

D'un autre côté, Bones pourrait lui aussi se glisser dans la masse. Il n'avait aucun doute quant à sa capacité à leur mettre la main dessus. Ce qu'il ne connaissait pas en revanche, c'était le nombre de victimes qu'ils feraient avant qu'il les coince.

— Je t'appelle dès que j'ai fini, répéta Bones avant de quitter la maison maculée de sang.

Chapitre 3

En cette fin d'après-midi, les rayons du soleil se reflétaient sur les innombrables perles que les gens portaient autour du cou. Les rues commençaient seulement à se remplir. Une foule plus dense les envahirait à la nuit tombée. L'idée qu'un vampire puisse rôder à cette heure de la journée tandis que certains humains, retenus au lit par leurs excès de la veille, attendraient le crépuscule pour sortir fit sourire Bones.

La lumière du jour ne le dérangeait pas trop, pour peu qu'il s'enduise de crème solaire et porte des lunettes noires. Il ne risquait pas de s'embraser subitement en cas de contact d'un rayon sur sa peau nue, comme le prétendaient les films de façon grotesque. Néanmoins, une heure au soleil équivalait pour un vampire à une journée de plage pour un albinos. Il en guérirait certes aussitôt, mais il serait insensé de se fatiguer pour lutter contre de vulgaires coups de soleil.

Il avait déjà parcouru le Vieux Carré en tous sens, à la recherche d'éventuels changements depuis sa dernière venue. Trois ans plus tôt ? Non, quatre ; il se souvenait d'y avoir fêté le nouveau millénaire. Nom de Dieu, que les années défilaient. Voilà plus d'une décennie qu'il n'avait pas remis les pieds à Londres. *Après avoir tué les LaLaurie, et dès que j'aurai fini de traquer Hennessey et ses complices, je rentre chez moi*, décida Bones. *Cela fait trop longtemps. Je commence même à parler avec l'accent amerloque.*

Il se trouvait à moins de deux cents mètres de l'ancienne demeure des LaLaurie. Même en plein jour, des ombres voletaient tout autour. Des fantômes. Tous ceux qui, doués d'un peu de conscience, étaient morts entre ces murs préféraient éviter l'endroit. Bones ne les en blâmait pas. La nuit, la maison débordait d'une énergie sinistre, vestige de son effroyable passé. Il n'était pas étonnant que nombre de propriétaires se soient succédé au cours des cent soixante-dix dernières années. Aujourd'hui, elle était de nouveau vide, et en attente d'un acquéreur. Les humains ne voyaient certes pas les manifestations persistantes qui y grouillaient, mais ils les percevaient malgré tout au fond d'eux-mêmes.

Delphine LaLaurie semblait elle aussi avoir été attirée par ce lieu. Sinon, pourquoi aurait-elle soustrait sa victime à sa visite guidée juste devant cette maison ? N'était-elle dirigée que par son sens de l'ironie ? Ou, après tout ce temps, sa demeure lui manquait-elle ? Serait-ce la raison qui poussait les LaLaurie à revenir sans cesse dans le Vieux Carré, au risque de subir le courroux de Marie ?

Bones s'approcha de la maison. Une forte odeur de produits chimiques venue de sa droite lui assaillit les narines. *Salon de coiffure*, diagnostiqua-t-il avant de contempler son reflet sur la devanture. Il arborait une chevelure brune depuis de longues années. Mais, puisque, visiblement, quelqu'un le traquait, cela ne lui ferait pas de mal de changer d'apparence.

Il entra dans l'échoppe et constata que quelques clients attendaient. Tous les artisans du quartier connaissaient un surplus d'activité pendant les festivités, à l'exception peut-être de ceux du culte. Il inscrivit son nom sur la liste, s'assit et patienta. Quarante minutes plus tard, une coiffeuse l'appela.

— Bonjour, qu'est-ce que ce sera ? lui demanda-t-elle d'un ton affable.

— Un shampoing, une coupe et une couleur, je vous prie, répondit Bones.

— Vous, les Anglais, vous avez le plus charmant des accents, commenta-t-elle avec un petit rire. Il rend distingué tout ce que vous dites.

Elle lui lava les cheveux puis le guida vers son siège. Bones lut le nom de la jeune femme sur son badge. Il ne put retenir un rire amusé.

— Rebecca DeWinter. La référence est-elle volontaire ?

Surprise, elle le dévisagea.

— Oui. Mes parents adoraient le livre. Mais vous êtes le premier à faire le rapprochement. Peu de gens lisent encore les vieux classiques de nos jours.

Bones retint un nouvel éclat de rire, car s'il lui disait qu'il considérait *Rebecca* comme un roman récent, il serait obligé de se lancer dans une explication interminable.

— De toute façon, les gens m'appellent Becca, ajouta-t-elle en donnant un dernier coup de serviette aux cheveux de Bones. Alors, qu'est-ce qu'on fait comme couleur ?

Quelle teinte n'avait-il pas portée depuis longtemps ?

— Blond.

— Vraiment ? s'étonna-t-elle.

— Oui, platine, autant faire les choses à fond.

Elle jouait encore d'une main absente avec les mèches de Bones lorsqu'il la regarda dans le miroir. Elle se détourna aussitôt en lançant « je vais préparer le mélange » par-dessus son épaule.

Un sourire se dessina sur ses lèvres. Inutile de jouer les faux modestes quant à son physique. Cela avait même été son fonds de commerce au cours du XVIIIe siècle lorsque, encore humain, il avait survécu en vendant son corps. Et depuis cette période, les femmes s'arrangeaient généralement pour qu'il passe le moins de nuits possible seul. Non plus pour l'argent cette fois, mais par choix. Il lui arrivait également d'user de ses charmes pour attirer une dangereuse proie féminine dans ses filets. Bien qu'il dispose là d'une arme utile, il préférait de loin aiguiser son esprit et entretenir sa force.

Becca revint pour enduire ses cheveux avec le mélange chimique. Ils discutèrent tout du long et Bones apprit qu'elle officiait dans ce salon depuis à peine deux ans, qu'elle résidait tout près du Vieux Carré et que – détail intéressant – elle était de fermeture le soir où Eric Greenville avait été assassiné.

— … terrible, poursuivit Becca. Vous n'imaginez pas le nombre de fois que j'ai aperçu ces groupes par la fenêtre tandis que le guide leur parlait de cette demeure. Ils ne peuvent pas rester sur le trottoir d'en face, c'est une propriété privée. Alors ils traînent devant le salon. Quel destin horrible d'être enlevé puis assassiné par quelqu'un que l'on a rencontré pendant une de ces visites.

— C'est ce qu'ont raconté les journaux ? demanda Bones bien que connaissant déjà la réponse.

— Oui, répondit-elle en haussant les épaules. Il se passe toujours des trucs bizarres à mardi gras.

C'était sans doute vrai, mais ce qui intéressait Bones c'était de savoir si Becca avait aperçu Delphine LaLaurie, qu'elle s'en soit rendu compte ou pas. Il avait prévu de retrouver le guide qui officiait ce soir-là, pour les mêmes raisons, mais Delphine risquait de le reconnaître. Becca en revanche était inconnue. Elle pourrait lui rendre un grand service et, à en juger par l'odeur qu'elle dégageait et les regards en coin qu'elle lui lançait, elle n'aurait certainement rien contre l'idée de passer un peu plus de temps en sa compagnie.

— Je suis ici pour affaires, déclara Bones d'un ton détaché. Je repars juste après les festivités, mais je me demandais si vous accepteriez de dîner avec moi.

Il lui avait fait sa proposition en la regardant dans le miroir. Elle écarquilla les yeux, puis afficha un large sourire.

— Euh, oui, bien sûr. Pourquoi pas.

Elle était très mignonne. De longs cheveux bruns, parsemés de reflets plus clairs, cascadaient sur ses épaules, sa bouche – comme ses fesses – était généreuse, et elle semblait approcher la trentaine, gage d'une certaine expérience en ce qui concernait ce genre d'invitation.

Elle est à croquer, pensa Bones en la jaugeant du regard.

— Êtes-vous libre ce soir ?

Elle détourna les yeux. Amusant de voir combien de femmes, pourtant sûres d'elles, se laissaient intimider par un regard direct.

— Oui. Je finis dans une heure. Mais j'aimerais retourner chez moi pour me changer…

— Formidable, je passe vous prendre vers 20 heures, l'interrompit-il, armé de son sourire ravageur.

Celui-ci sembla faire effet car la jeune femme ne discuta pas.

Lorsqu'il quitta le salon, il avait les cheveux couleur champagne, le numéro de Becca dans une main, et un plan bien différent de celui qu'il avait initialement prévu pour la soirée. *Avec un peu de chance, tu vas me servir à retrouver Delphine*, pensa-t-il en déposant un baiser sur la joue de Becca à qui il promit de la retrouver plus tard. *Et, au pire, nous aurons tous les deux quelque chose à nous mettre sous la dent ce soir.*

Chapitre 4

Becca commanda une salade en entrée. Bones, habitué à cette incompréhensible tendance qu'ont les femmes, le premier soir, à faire comme si elles ne mangeaient rien, garda le silence. Il opta pour la grosse entrecôte et ses trois accompagnements, et persuada Becca de piocher copieusement dans son assiette. Non seulement elle était plus mince qu'à son goût, mais le fer puisé dans la viande rouge ne lui ferait pas de mal. Bones envisageait en effet de la délester d'un peu de sang avant la fin de la soirée.

Après le dîner, ils se promenèrent dans les rues du Vieux Carré. Bones offrit son manteau à Becca, que sa légère robe ne protégeait pas du froid. Autour d'eux, la foule gagnait en animation à mesure que l'alcool se mélangeait à l'obscurité croissante, et que la vibration profonde de la ville faisait vaciller les inhibitions habituelles.

Le bourdonnement d'énergie et d'excitation qui émanait de ce banquet ambulant attirait également de nombreux morts-vivants. Bones, prétextant une envie de participer à la fête, acheta deux masques. Le sien couvrait entièrement son visage, tandis que celui de Becca, un loup ridicule orné de petites plumes, ne cachait que ses yeux.

Avec son aura sous contrôle, sa nouvelle couleur de cheveux, et son comportement de vampire lambda en vadrouille avec son repas, Bones n'aurait pu mieux se déguiser. Quelque part, dans cette masse grouillante, les LaLaurie étaient peut-être en chasse, à la recherche de leur prochaine victime. Il était temps de recourir à Becca.

Bones l'entraîna dans la première ruelle qu'ils croisèrent. Malgré le brouhaha ambiant, il entendit le cœur de la jeune femme s'emballer tandis qu'il se penchait vers elle.

Cependant, au lieu de l'embrasser, Bones plaça son visage à quelques centimètres de celui de la jeune femme, et laissa le vert émeraude envahir ses yeux tandis qu'il lui parlait d'une voix basse et profonde.

— Tu te souviens de la fille, Becca ? La petite brune que tu as vue en compagnie du jeune homme assassiné l'autre soir. Te rappelles-tu son visage ?

Bones savait que c'était le cas. À peine avait-il rejoint Becca chez elle qu'il s'était assuré qu'elle avait bien aperçu Delphine aux côtés d'Eric. À l'aide de quelques regards appuyés – un petit coup de pouce pour remonter dans ses souvenirs – Bones s'était assuré que Becca avait bien vu la goule cette nuit-là. Il n'avait plus qu'à faire en sorte que la jeune femme se focalise sur l'image de Delphine, de sorte qu'elle la reconnaisse sur-le-champ dès qu'elle la croiserait de nouveau.

Becca, subjuguée par le regard de Bones, acquiesça. Il lui caressa la joue.

— Si tu la vois, tu me préviens aussitôt. Et si je ne suis pas avec toi, appelle-moi. Mais tu ne dois surtout pas la suivre, jamais.

— Jamais, répéta Becca.

— Tu vas tout oublier de cette conversation. Tu agiras simplement selon mes instructions si tu la revois. Et, quelles que soient les circonstances, mes yeux t'apparaîtront toujours noisette, et mes dents parfaitement normales, c'est compris ?

— Compris, dit-elle avec un hochement de tête.

— Parfait, sourit Bones.

L'éclat émeraude disparut de son regard. Libérée de son emprise, Becca cilla quelques fois, de nouveau elle-même. Elle posa les yeux sur la bouche de Bones et s'humecta les lèvres.

Il combla l'espace qui les séparait et l'embrassa avec calme mais fermeté. Sous le goût du vin et de la viande, il perçut celui de la jeune femme. Aussi doux qu'un lit de fleurs écrasées.

Un grattement venu d'en haut poussa Bones à bondir de côté en jurant. Il y avait quelqu'un sur les toits.

L'instant suivant, une douleur intense lui transperça le dos, quelques centimètres à peine sous le cœur. Bones se retourna aussitôt et aperçut un vampire roux perché sur un toit, à l'autre bout de la ruelle.

— Ralmiel, murmura-t-il en identifiant son agresseur.

Il plongea aussitôt. Une fraction de seconde plus tard, un carreau siffla dans les airs pour s'écraser contre un mur.

— Bonsoir, *mon ami**, lança le vampire d'une voix aimable. Arrête un peu de bouger que je puisse te tuer.

— Oh mon Dieu, s'exclama Becca.

— Glisse-toi dans la foule, lui ordonna Bones en la poussant dans la rue principale.

Un nouveau projectile l'atteignit au bras qu'il avait tendu pour inciter la jeune femme à se mettre en sécurité. Bones s'en débarrassa, esquiva le suivant et se propulsa dans les airs.

---

* Tous les mots en italique suivis d'un astérisque sont en français dans le texte original. (*NdT*)

Peu de gens regardaient ce qui se passait dans la ruelle, et les éventuels spectateurs seraient de toute façon trop soûls pour se souvenir clairement de ce qu'ils auraient vu.

Ralmiel émit un petit gloussement furieux avant de s'enfuir à toute vitesse dans une course effrénée contre la gravité. Bones s'élança à sa poursuite, non sans avoir tiré plusieurs dagues en argent de sa manche. Il les projeta vers le dos de son agresseur, mais une seule atteignit sa cible, loin du cœur. Le type était rapide.

— Tu ne me rattraperas jamais, *mon ami** ! jubila Ralmiel en traversant un toit jusqu'au clocher de la cathédrale Saint-Louis.

— C'est ce qu'on va voir, gronda Bones qui combla la distance d'un immense bond aérien.

Il glissa une main dans sa manche, saisit deux nouvelles dagues, et les lança de toutes ses forces.

Les lames s'enfoncèrent dans la poitrine de Ralmiel qu'un mouvement de dernière seconde sauva de la mort. En effet, plutôt que de lui transpercer le cœur, l'argent s'enfonça dans son sternum.

— *Sacrebleu**, jura Ralmiel en se débarrassant des dagues qu'il balança dans la rue en contrebas. Ce n'est pas passé loin, hein ?

Bones fouilla de nouveau sa manche, mais celle-ci était vide. Il avait en effet prêté son manteau – là où étaient dissimulées ses autres lames – à Becca.

Ralmiel mit son arbalète en joue, mais poussa un grognement en constatant que, lui aussi, était à court de projectiles en argent.

— En temps normal, quatre carreaux suffisent, *mon ami**. Je ne m'attendais pas à ce que tu sois aussi rapide. Nous allons devoir remettre ça à une autre fois.

Bones sauta sur le toit de l'église.

— Pas besoin d'arme pour régler ça. Approche un peu. À moins qu'un combat à mort à mains nues te fasse peur ?

Ralmiel afficha un rictus étrange.

— Je crois que je vais te laisser ta soirée. Je te tuerai demain. Ou après-demain. De toute façon, je toucherai la même prime.

Bones partit d'un petit rire.

— Tu as décidé de courir après l'une des nombreuses récompenses qui pèsent sur ma tête, c'est ça ? Une fois que je t'aurai descendu, je serai curieux de voir ce que vaut ton cadavre.

Ralmiel mima une révérence exagérée, le poing serré sur un objet.

— Ça m'étonnerait, dit-il avant de disparaître sous les yeux médusés de son interlocuteur.

Bones s'approcha de l'endroit où s'était trouvé Ralmiel. *Par quel prodige a-t-il pu se volatiliser ?*

La Nouvelle-Orléans étant le haut lieu de la magie et du vaudou, il s'agissait peut-être d'une espèce de sort. Lors de leurs quelques précédentes rencontres, Ralmiel n'avait pas eu le pouvoir de se dématérialiser à l'envi. Et Bones ne l'imaginait pas dissimulant une telle capacité.

Sa présence soulevait néanmoins une question de taille. Pourquoi Marie autorisait-elle Ralmiel, un chasseur de primes réputé, à s'en prendre, dans sa ville, au tueur à gages qu'elle avait elle-même convoqué ? Bones mort, il ne pourrait plus la débarrasser de l'épineux problème

LaLaurie. Il allait devoir en toucher deux mots à Jelani. Peut-être Marie ne savait-elle pas que Ralmiel chassait sur ses terres.

Mais chaque chose en son temps. Pour le moment, il lui fallait retrouver Becca et gommer de sa mémoire les événements auxquels elle venait d'assister.

Chapitre 5

Le lendemain, Bones s'éloigna du Vieux Carré pour se rendre dans une boutique appelée *Le Rat des marais.* Il remarqua avec amusement les éclats de briques en terre qui en parsemaient le seuil. Il s'agissait d'une barrière vaudou, censée protéger le propriétaire des lieux de quiconque lui voudrait du mal. Dommage qu'elle ne fonctionne pas sur ceux qui ne croyaient pas à la magie vaudou. Ni sur les vampires.

Une fois à l'intérieur, Bones retourna la pancarte « OUVERT » et ferma la porte à clé. Un petit vieillard rabougri leva les yeux de derrière son comptoir, cilla… et tenta de s'enfuir à toutes jambes.

Bones traversa la pièce pour bondir par-dessus le comptoir en moins de temps qu'il n'en fallut au vieil homme pour se lever de sa chaise. Il ricana lorsque son vis-à-vis déblatéra toute une litanie d'insultes en créole qui le visait lui, ses parents, et plusieurs de ses ancêtres.

— Je te rappelle que je comprends le créole, Jean-Pierre. Donc, tout ce que tu diras sera retenu contre toi.

— Débile, siffla Jean-Pierre. J'espérais bien ne plus jamais te revoir.

— Allons, mon pote, tu vas me froisser. Je ne vois pas pourquoi tu me détestes tant. Nous nous entendions à merveille avec ton grand-père, et je suis ravi de te trouver encore ici.

Jean-Pierre parcourut la pièce du regard pour constater que personne d'autre que son interlocuteur ne s'y trouvait. Pas étonnant. Ses présentoirs étaient couverts de tee-shirts moches et de piètre qualité, de gadgets en tout genre plus ou moins en bon état, tous bien plus chers que chez la concurrence.

Mais le véritable fonds de commerce de Jean-Pierre, c'était la magie vaudou. Les boutiques qui jalonnaient le Vieux Carré étaient destinées aux touristes et aux néophytes. Jean-Pierre, lui, fournissait des ingrédients de qualité aux acheteurs avisés et expérimentés. Une spécialité qui se transmettait au sein de sa famille depuis les tout premiers jours de la ville. Il était l'un des rares à connaître ses secrets les plus sombres. Il avait par ailleurs hérité de ses aïeux une immunité au contrôle mental des vampires, ce qui empêchait Bones de lui soutirer des informations à l'aide de son regard hypnotisant, et c'était bien dommage.

— Voyons voir, à propos de quoi est-ce que je voulais te poser des questions ? Ah, oui, un type roux répondant au nom de Ralmiel. C'est un vampire, environ de la même taille que moi, et qui a la surprenante capacité de se volatiliser en un clin d'œil. Qu'est-ce que tu peux me dire sur lui ?

À en juger par son expression, Jean-Pierre détenait visiblement des informations au sujet de Ralmiel qu'il n'avait pas envie de partager.

— Tu veux que je te tabasse un peu pour te délier la langue ? proposa Bones sans se départir de son sourire. Aucun problème. Indique-moi simplement par quel os tu préfères que je commence, et je m'y mets sur-le-champ.

— Débiles, siffla de nouveau Jean-Pierre. Vous n'êtes que des résidus de tombe. Sauf que même la terre ne veut pas de vous.

— Oui, tu as raison, nous ne sommes que des pauvres hères que Dieu et Mère Nature ont tous deux abandonnés, ironisa Bones avec un geste vague de la main. Mais viens-en aux faits.

Il n'avait aucune envie de rouer le vieil homme de coups ; cela lui prendrait bien trop longtemps.

— Le débile roux, il se pointe de temps à autre, cracha Jean-Pierre. Il se fait faire des fétiches imprégnés de magie.

— La magie est interdite aux vampires. C'est l'une des rares lois que Caïn a léguées à mes semblables. Je suis surpris que Ralmiel en use aussi ouvertement.

Jean-Pierre fit la moue.

— Caïn. Dieu aurait dû le tuer pour le meurtre d'Abel, pas le punir en faisant de lui un vampire. Pour Ralmiel, ceux qui le voient user de la magie ne doivent pas vivre assez longtemps pour s'en plaindre, à mon avis.

Voilà qui éviterait en effet que la rumeur se répande. Mais Jean-Pierre n'était certainement pas le seul au courant.

— Qui lui fabrique ses fétiches ?

— Sais pas.

Bones posa sur son interlocuteur un regard circonspect.

— Ça risque de ne pas me plaire plus qu'à toi, mais tu as le choix entre attendre que je te torture, où que je t'emporte avec moi pour me nourrir de ton sang, dont le goût doit certainement être infect, jusqu'à ce que tu en aies marre de me servir de garde-manger et que tu finisses par parler.

— J'espère bien qu'elle fera cailler ton sang, puis le réduira en poussière, cracha Jean-Pierre.

Mais il lui confia un nom. Et une adresse.

— Appelle-moi si tu le vois de nouveau, ordonna Bones.

Il inscrivit son numéro de téléphone au dos d'un des dessous de verre humoristiques en vente sur le comptoir. Celui qu'il avait pris indiquait, assez justement : « Ne s'imbibe pas tout seul ! »

— Et ne m'oblige pas à mettre fin à une longue amitié avec ta famille en te conduisant comme un crétin, ajouta Bones en appuyant ses propos d'un regard à l'éclat émeraude tandis qu'il tendait le dessous de verre à Jean-Pierre.

— Je ne contrarie jamais les débiles, répondit le vieillard. Ça attire le mauvais œil.

Bones se contenta d'acquiescer avant de quitter les lieux. Il avait raison.

Bones entamait son quatrième jour en ville lorsqu'un deuxième meurtre fut découvert. Comme pour le précédent, il se rendit sur place à la recherche d'éventuels indices qui pourraient le mettre sur la piste des LaLaurie.

Jelani s'entretenait avec l'inspecteur responsable de l'enquête. Malgré le ton assourdi de leur conversation, Bones comprit que le policier prenait Jelani pour l'associé d'un des plus généreux mécènes de la ville, accompagné d'un investisseur privé.

Bones demanda à Jelani de faire évacuer les lieux avant d'entrer, sans se soucier de l'inspecteur qui craignait qu'ils souillent la scène de crime. Ils la pollueraient infiniment moins que la police.

Une fois seul, il parcourut l'endroit dont il huma chaque recoin. *C'est la même odeur – un homme et une femme – que dans le précédent appartement. Ils y sont toutefois restés moins longtemps, mais dans leur hâte, ils ont laissé les lieux dans un sale état. Ces éclaboussures de sang proviennent d'une artère. Sa courbe est telle que la jeune femme devait courir lorsqu'ils lui ont ouvert la gorge. Mais ce n'est pas elle qu'ils ont achevée dans la cuisine. Celle-là était la propriétaire de l'autre appartement. Privée de ses jambes, elle n'a pas pu s'enfuir.*

Le garçon a observé la scène. Son sang est plus frais que celui des deux autres victimes, et la puanteur de sa peur flotte encore dans les deux pièces. D'après la superficialité de ses plaies, il était certainement encore en vie lorsqu'ils lui ont dévoré les bras…

Bones perçut un infime changement dans l'air une fraction de seconde avant que Ralmiel se matérialise derrière lui. Il fit aussitôt volte-face, une dague à la main, mais l'autre vampire, désarmé, contemplait le carnage d'un œil presque triste.

— *Mon Dieu**, souffla-t-il avant de poser un regard désapprobateur sur la lame de Bones. Range ça. Il y a eu assez de morts dans cette pièce, tu ne crois pas ?

En temps normal, Bones se serait attelé à poignarder à mort son vis-à-vis. Mais la puanteur, la vue et l'effroyable aura de désespoir que dégageait l'endroit le dissuadèrent de contribuer à l'horreur ambiante. Il baissa la pointe de sa lame, qu'il ne rengaina pas pour autant. Il était certes affecté, mais pas au point de perdre toute lucidité.

— Qu'est-ce que tu fais là, si ce n'est pour me tuer ?

Ralmiel déambula dans la pièce, dont il huma chaque recoin comme Bones l'avait fait peu avant. Il tenait à la main un nouveau petit pochon noir. Ah, d'accord, il s'agissait sans doute de son téléporteur à la sauce vaudou.

— Ce ne sont pas des humains qui ont fait ça. C'est une chose de tuer des types comme toi ou moi, déclara Ralmiel en les englobant d'un geste qui indiquait le peu de valeur qu'il leur accordait. Mais là, ce sont des innocents. Ce n'est pas réglo.

Bones se retint de lever les yeux au ciel. Un chasseur de primes avec des états d'âme. Si Ralmiel n'était pas venu l'abattre, il pourrait lui payer un verre et parler boutique.

— Tu n'es pas au courant pour les autres meurtres ? Tu devrais être un peu plus attentif, mon pote.

— J'ai entendu parler du précédent, mais je ne savais pas que c'était l'œuvre de morts-vivants. La Nouvelle-Orléans est ma ville. Elle a certes ses zones d'ombre, mais pas comme ça. Tu sais qui est derrière tout ça ?

Bones croisa le regard émeraude de son interlocuteur.

— Oui.

Ralmiel patienta mais Bones ne dit rien de plus.

— Mais tu es ici pour les tuer, non ? finit par demander Ralmiel, un œil scrutateur posé sur Bones. Tu n'as quand même pas la bêtise de croire que Marie va te féliciter de lui voler sa vengeance ?

— Ce n'est pas ça qui va m'arrêter, répondit Bones avec un haussement d'épaules. La semaine est plutôt calme sur le plan des affaires.

Ralmiel éclata d'un rire acerbe.

— Si tu me dis de qui il s'agit avant que je te tue, tu pourras partir avec la certitude que ça ne se reproduira plus. Tu as ma parole.

— Trop aimable de ta part, mais je préfère tenter ma chance, répliqua Bones dont le regard avait viré au vert.

Ralmiel ne le savait pas, mais le nombre de pochons magiques dont il disposait lui était compté. Hier, Bones avait rendu une petite visite à Georgette, la responsable des sorties fantaisistes de Ralmiel, et l'avait persuadée de changer d'ingrédients pour son prochain mélange. Il n'avait presque pas eu besoin de la menacer. Georgette savait que l'usage de la magie par un vampire était illégal et que, en lui fournissant ses produits, elle se rendait coupable de complicité. Une fois que Ralmiel serait à court de fétiches, Bones l'attirerait à l'endroit voulu, le forcerait à combattre, et le tuerait.

Ralmiel le salua.

— Comme tu voudras, conclut-il.

Il comprima son pochon et disparut aussitôt.

Bones observa l'endroit où Ralmiel s'était trouvé avec un petit sourire. *Deux de moins, mon pote. Ton petit numéro de génie va bientôt toucher à sa fin.*

Chapitre 6

Becca se mordit la lèvre inférieure.

— Tu es bien silencieux, ce soir.

— Désolé, chérie, je suis juste un peu préoccupé, expliqua Bones en levant les yeux.

Elle repoussa son assiette. Au moins, après trois rendez-vous, avait-elle cessé de prétendre se contenter d'un bol de salade verte.

— Des problèmes avec ton client ?

Becca croyait que Bones, en sa qualité de consultant, était venu prodiguer ses conseils à une société cherchant à réduire ses coûts par des coupes dans les postes. Ce qui n'était pas complètement faux, d'une certaine manière.

— En quelque sorte.

Le véritable problème, c'était que Bones n'avait pas progressé d'un pouce dans sa traque des LaLaurie. Ils ne semblaient pas avoir de logement mais se déplacer d'appartement en appartement au gré de leurs rencontres avec leurs futures victimes.

Au cours des trois dernières soirées, il avait eu beau arpenter en tous sens chaque rue du Vieux Carré en compagnie de Becca, Delphine LaLaurie restait introuvable. Bones avait croisé plusieurs goules au cours de ces balades, mais toutes s'adonnaient à des plaisirs inoffensifs. Aucune ne cherchait à massacrer le premier passant assez stupide pour la suivre dans un bâtiment.

Becca lui prit la main.

— Tu sais où tu seras envoyé, après cette affaire ? Et si tu vas partir sitôt celle-ci terminée ?

Il comprit le sens caché de ses questions.

— Oui. Je partirai dès que j'en aurai fini ici. Mon boulot m'envoie par monts et par vaux. Il ne me laisse que très peu de temps pour le reste.

Je ne suis pas ce qu'il te faut, Becca.

La douleur se lut brièvement sur les traits de la jeune femme avant de disparaître derrière un sourire de façade.

— Ça a l'air intéressant.

Vraiment ? Pour être franc, on se sent plutôt seul.

— Tu sais, reprit Becca tandis que le silence se prolongeait, je comprendrais que tu me déposes juste chez moi après manger...

— Non, l'interrompit aussitôt Bones d'un ton catégorique qui la fit ciller.

Puis, d'une voix plus douce, il ajouta :

— Excuse-moi, je n'ai pas été de très joyeuse compagnie, mais j'aimerais beaucoup passer plus de temps avec toi ce soir. Si tu en as envie.

Il se surprit presque à espérer qu'elle refuse. En d'autres circonstances, il l'aurait reconduite chez elle, puis forcée à ne plus mettre un pied dehors tant que cette affaire ne serait pas close.

Mais il ne supporterait pas de découvrir un nouveau cadavre fraîchement dévoré en sachant qu'il n'avait rien fait pour empêcher que cela se produise. Il lui était impossible de retrouver leur trace olfactive, pas avec la marée humaine qui déferlait dans les rues, mais il pouvait charger Becca de jeter un coup d'œil à toutes les goules qu'ils croisaient. L'une d'elles finirait forcément par être Delphine.

— J'aimerais beaucoup passer plus de temps avec toi tant que je suis ici, répéta Bones avec un sourire lourd de promesses.

Elle sourit à son tour. L'odeur de malaise qu'elle dégageait s'évanouit.

— Moi aussi.

Tu n'es qu'un salopard, pensa Bones, sans rien laisser paraître de sa réflexion sur son visage. Il fit signe au serveur de lui apporter l'addition.

Un flux de puissance lui donna la chair de poule. Il se retourna et retint un juron en découvrant un visage familier qui s'approchait d'eux.

— Excuse-moi, dit-il, les dents serrées, à Becca qui se levait.

— Salut, lança Ralmiel en s'asseyant en face de Bones. À qui ai-je l'honneur, *ma belle** ?

— Ce ne sont pas tes affaires, répliqua sèchement Bones.

Becca ouvrit la bouche. Ralmiel sembla offensé.

— Comme si une si jolie fleur avait besoin que tu la protèges de moi. C'est toi qui m'intéresses, *mon ami**. Pas ceux qui t'accompagnent.

Ralmiel n'avait certes pas la réputation de s'en prendre à des innocents, mais Bones n'appréciait guère que Becca soit ainsi exposée. La tournure des événements lui faisait courir bien plus de risques que prévu. Il allait devoir changer ses plans du lendemain soir. Mais chaque chose en son temps.

Il se rassit, les mains toujours à proximité des dagues en argent dissimulées sous son manteau.

— Il y a un problème ? s'enquit Becca, dont le regard passait sans cesse de l'un à l'autre.

— Aucun, répondit Bones sans quitter Ralmiel des yeux. Mon ami a simplement oublié les bonnes manières en interrompant de la sorte notre dîner.

— Je m'apprêtais à t'attendre dehors, expliqua Ralmiel tout en prenant ses aises sur son siège, mais quand j'ai aperçu ta *chère amie**, j'ai décidé de remettre notre petite affaire à demain. Une fois que j'en aurai appris un peu plus sur *la belle**, ici présente.

— Je n'apprécie pas que l'on parle de moi comme si je n'étais pas là, intervint Becca en foudroyant Ralmiel d'un regard noir.

Le serveur apporta l'addition. Bones déposa plusieurs billets sur le petit plateau sans prendre la peine de les compter, ni de détourner son attention de Ralmiel plus longtemps que le strict nécessaire.

— Tu comptes te joindre à nous, à l'extérieur ? demanda Bones, un sourcil dressé.

— Bien entendu, acquiesça Ralmiel.

Becca récupéra son sac à main sans cesser de leur jeter des coups d'œil inquiets.

— Voulez-vous que je vous laisse discuter quelques minutes ?

Non, pensa Bones avec froideur. *En revanche, je n'aurais rien contre une minute seul avec lui pour le tuer*. Il souleva son verre de whiskey – satisfait de constater qu'il était presque plein –, puis se leva.

— Tout va bien, chérie. Je n'en ai pas pour longtemps.

Bones et Ralmiel ne se lâchèrent pas du regard tandis que tous trois sortaient du restaurant. La tension était palpable.

Avec désinvolture, Bones porta le verre à ses lèvres. Ils s'étaient arrêtés près d'un groupe de fumeurs qui attendaient pour entrer dans le restaurant.

— Qu'est-ce que tu comptes faire, mon pote ? demanda Bones. Me filer le train jusqu'à ce qu'une ouverture se présente ?

— Non, *mon ami**, répondit Ralmiel avec un petit sourire suffisant. C'est elle que je vais suivre jusqu'à chez elle et, seulement après, je te filerai le train.

Becca sembla avoir le souffle coupé, mais Bones se contenta de sourire.

— Ça m'étonnerait.

Il lança son whiskey au visage de Ralmiel et se servit du briquet d'un des clients pour l'embraser.

Ralmiel hurla en se débattant pour éteindre les flammes qui l'enveloppaient. Plusieurs passants se mirent également à crier. Bones ne prit pas le temps d'admirer son œuvre. Il saisit Becca et l'entraîna dans la foule, sans se soucier de ses bafouillages horrifiés. À la première ruelle, il bondit dans les airs en protégeant la jeune femme de son manteau. Ainsi dissimulés par le vêtement noir, il y avait peu de risques qu'on les repère dans le ciel nocturne.

Ralmiel, vu son état, ne pourchasserait personne.

Bones interrompit les cris de Becca, apeurée par le vide qui défilait sous ses pieds, en plaquant une main sur sa bouche. Il ne prit pas la peine de redescendre sur les toits pour traverser le Vieux Carré, mais préféra le survoler. Il regarda derrière à plusieurs reprises, mais n'aperçut aucune silhouette lancée à leur poursuite. Il était peu vraisemblable que Ralmiel, incapable d'éteindre les flammes, soit mort mais, au moins, il ne saurait pas où vivait Becca.

Elle ne cessa de se débattre et de se tortiller en émettant de petits grognements terrifiés pendant tout le trajet. Une fois à proximité de chez elle, Bones scruta les rues à la recherche d'un éventuel flâneur, puis n'en voyant aucun, il se posa devant le pas de sa porte.

— Là, du calme, Becca, l'apaisa-t-il en appuyant ses propos d'un regard hypnotique. Je t'ai reconduite chez toi après le dîner, une soirée tout ce qu'il y a de plus ordinaire.

Elle lui sourit. Le masque de peur qui déformait ses traits s'estompa.

— Merci. J'ai passé un moment délicieux, dit-elle.

Bones soupira, rongé par les remords. Il regrettait de devoir se servir ainsi de la jeune femme. *Lorsque tout ceci sera derrière nous*, lui promit-il en silence, *tu recevras un virement conséquent sur ton compte en banque. C'est bien le moins que je puisse faire.*

— C'est moi qui te remercie, répondit-il avant de poser ses lèvres sur celles de Becca.

Il avait eu l'intention de lui donner un bref baiser, mais elle ouvrit la bouche et lia sa langue à celle de Bones. Un parfum de désir flottait tout autour d'elle.

Il l'embrassa avec plus de passion et laissa sa main glisser sur la taille de la jeune femme. Elle haleta puis gémit lorsque leurs hanches se touchèrent.

Je pourrais lui donner plus que de l'argent, réfléchit-il. Becca n'avait aucune envie qu'il l'abandonne sur le pas de sa porte. Les battements de son cœur et la fragrance qu'elle dégageait auraient suffi à l'en convaincre.

Elle s'écarta le temps de susurrer :

— Viens, entre.

C'était bien le moins qu'il pouvait faire.

Chapitre 7

Lorsque le char apparut à l'angle de la rue, il fut accueilli par une clameur enjouée. Il représentait une scène d'opéra surplombée d'un balcon et au-devant de laquelle trônait un piano. Becca, méconnaissable sous sa perruque bouclée, son maquillage, et sa longue robe victorienne, gratifiait la foule d'un sourire rayonnant. Assis au piano, Bones faisait courir ses doigts sur le clavier, tandis que les haut-parleurs du char jouaient à plein volume le célèbre thème du *Fantôme de l'Opéra*.

Les encouragements redoublèrent lorsque Bones se leva pour saluer. Il portait un smoking noir, une perruque sombre et le fameux masque qui dissimulait la moitié de son visage. Les autres acteurs présents sur le char mimaient une répétition tandis que Bones s'approchait de Becca à pas de loup. Il dégageait le charme à la fois extravagant et menaçant propre au Fantôme.

Ils n'avaient eu aucun mal à se substituer au couple initialement prévu pour jouer ces rôles. Un simple regard avait suffi à convaincre Christine et le Fantôme que rien n'égalerait le plaisir de savourer un bon verre de rhum en terrasse. Les autres acteurs du char n'avaient pas manifesté plus de réticence. Il y avait des jours où il faisait bon être un vampire.

Perchée sur le balcon, Becca jouissait d'une vue imprenable sur les passants. La parade allait sillonner chaque rue du Vieux Carré et, grâce à leurs costumes, même Ralmiel aurait le plus grand mal à les reconnaître. Becca, n'ayant pas conscience qu'elle scrutait la foule à la recherche de Delphine, agissait de façon parfaitement anodine.

Après avoir interprété en silence un passage de *The Music of the Night* en compagnie de Becca, Bones sauta dans la rue pour tourner autour du char. Ainsi, Becca cesserait de le regarder pour reporter son attention là où il fallait qu'elle soit : sur les visages des badauds. Tant pis si cela déviait du scénario initial. Il ne restait plus que trois jours avant mardi gras. Les LaLaurie en auraient bientôt fini avec leur traque meurtrière, et ils quitteraient la ville. Les enjeux dépassaient de loin le déroulement normal de la parade.

Il était un peu plus de 23 heures, le char progressait lentement dans la foule compacte de Bourbon Street, lorsque Becca sembla se pétrifier. Elle cessa de saluer les spectateurs et de leur lancer des perles. Son regard devint vitreux tandis que les consignes gravées par Bones dans son subconscient une semaine plus tôt portaient leurs fruits.

— La femme de l'autre nuit. Elle est là.

Becca ne parut même pas se rendre compte qu'elle avait parlé. Bones tourna la tête dans la direction indiquée par les yeux de la jeune femme, puis pesta devant la densité de la foule. Une mer de visages s'étalait sous son regard. La moitié appartenaient à des femmes et un bon tiers étaient brunes. Il bondit à côté de Becca et murmura :

— Montre-moi.

Plus rien n'avait d'importance pour la jeune femme. Une seule tâche l'accaparait : trouver la femme de l'autre nuit.

Elle désigna une zone d'un bras rigide. Bones balaya l'endroit à la recherche de l'infime luminescence que dégageait la chair des morts-vivants.

Une femme, à environ trente mètres d'eux, se retourna. Ses cheveux bruns étaient bouclés, son sourire radieux, et ses traits délicats mis en évidence par une peau pâle et lisse.

Delphine.

Elle remarqua sa présence. Elle posa d'abord sur lui un regard désintéressé, puis sembla se figer. Elle plissa les yeux, se retourna et commença à s'éloigner.

— Reste ici, ordonna Bones à Becca.

Il glissa une main dans son manteau pour en extraire un large couteau recourbé. Un souffle s'éleva de la foule, persuadée que cela faisait partie du numéro. Bones, insensible aux réactions des spectateurs, sauta de nouveau à terre, et se fraya un passage sans ménagement.

La tête brune de Delphine disparut derrière les autres. Bones accéléra, sans hésiter à pousser ceux qui freinaient sa progression. La police ne tarderait pas à remarquer l'agitation qu'il causait, mais il n'en avait cure. Une seule chose lui importait : ne pas laisser Delphine s'enfuir.

Il entraperçut son visage. Elle filait rapidement, tête baissée. Elle jeta un coup d'œil par-dessus son épaule. Leurs regards se croisèrent de nouveau. Elle sourit. À la fois charmante et effrayante. Puis elle frappa un passant qui se trouvait devant elle et se mit à courir.

Bones renonça à sa couverture. Il s'élança à la poursuite de Delphine en usant de sa vitesse surnaturelle. En un clin d'œil, il atteignit le spectateur que Delphine avait frappé. À genoux, il se tenait le ventre à deux mains. Du sang s'écoulait entre ses doigts. Elle lui avait assené un coup d'une violence telle que le jeune homme se vidait de ses tripes. Si Bones ne prenait pas le temps de s'occuper de lui, il mourrait de sa blessure.

En moins d'une seconde, Bones prit sa décision : il poursuivit sa chasse. La vie d'innombrables victimes valait bien le sacrifice d'un innocent. Delphine avait sous-estimé son poursuivant en pensant que son geste suffirait à le ralentir.

Une nouvelle accélération le rapprocha de sa cible. Delphine était certes rapide, mais pas autant que lui. Une excitation sauvage le parcourut. Il avait la main crispée sur son arme. *J'y suis presque...*

Alors qu'il s'apprêtait à bondir sur sa proie, un carreau lui transperça la poitrine, accompagné d'une explosion de douleur. Il rugit et se débarrassa du projectile sans cesser de fendre la foule, courbé, afin de rendre son cœur plus difficile à atteindre. *Ralmiel.* Cet abruti se pointait décidément toujours au pire moment. Il mourrait pour ça.

Une nouvelle brûlure lui transperça le dos. Elle manqua certes le cœur de Bones, mais témoignait de la ténacité de Ralmiel. L'argent avait beau le faire souffrir, Bones ne prit pas le temps d'ôter le carreau. Il ne pouvait pas se permettre de perdre Delphine, malgré la douleur.

Chaque fois qu'il percutait un passant, il avait l'impression que la pointe en argent s'enfonçait un peu plus. Il serra les dents et poursuivit sa course. Il maudit la foule qui lui barrait le passage, la musique assourdissante, les perles que tous arboraient, la myriade de parfums qui rendaient indiscernable l'odeur de Delphine, et le tueur à gages cajun bien déterminé à faire de lui le clou de son tableau de chasse.

Bones fut embroché par un nouveau carreau qui le frappa au cou. Enragé, il tourna la tête. Merde après tout, Ralmiel finirait bien par avoir de la chance, et Bones ne pourrait plus tuer Delphine s'il était lui-même mort.

Il trancha la pointe du carreau avec son couteau, puis retira la tige de son cou. Une douleur insoutenable l'accabla jusqu'à ce que la blessure se referme. Bones poursuivit son slalom. Arrivé au pied d'une façade, il bondit dans les airs. Une fois sur le toit, il arracha son masque et scruta les environs de son intense regard émeraude.

Ralmiel lui faisait face de l'autre côté de la rue, sur le toit de la *Maison Bourbon*, juste au-dessus de l'enseigne. Cette fois, le Cajun s'abstint de tout sourire ou plaisanterie. Il arma son arbalète et tira.

Bones sauta sur sa droite. Le projectile siffla dans le vide. Dans la même seconde, il virevolta de nouveau pour éviter un deuxième carreau. Puis un troisième.

Raté ! pensa Bones. Il replia un bras sur sa poitrine pour la protéger avant de bondir sur Ralmiel, son couteau toujours à la main. Le Cajun tira deux nouveaux carreaux, mais ceux-ci, destinés au cœur de Bones, se fichèrent dans son bras. Il recula ensuite, mais pas assez vite. D'un geste ample, Bones fendit l'arbalète par le centre. Le coup suivant atteignit Ralmiel en pleine poitrine. La lame, initialement prévue pour décapiter une goule, était en acier, pas en argent.

Néanmoins, la blessure était profonde. Ralmiel se tortillait, se débattait, mais Bones, qui tenait ferme, brandit de nouveau son arme. *Je vais te trancher la tête*, pensa-t-il, résolu, en abattant la lame. *Voilà qui réglera tout, n'est-ce pas ?*

Mais le couteau siffla dans le vide. Bones laissa échapper un grognement de frustration. Ses genoux heurtèrent le sol quand le Cajun disparut. Il se retourna aussitôt, au cas où l'enfoiré se serait rematérialisé derrière lui, dague au clair. En vain.

Une colère froide envahit Bones. Il trancha la pointe du carreau qui lui transperçait toujours la poitrine, puis tira d'un coup sec sans se soucier de l'explosion de douleur qui suivit. Soit Ralmiel serait bientôt à court de pochons magiques, soit Georgette avait finalement refusé d'en changer la recette. Mais chaque chose en son temps. Il fallait avant tout qu'il remette la main sur Delphine. Que Dieu ait pitié de Ralmiel si cet enfoiré interférait de nouveau.

Bones arpenta les toits du Vieux Carré pendant plus d'une heure. Il profita du point de vue élevé pour scruter les visages de la foule en contrebas. Aucun signe de Delphine. Il s'en voulait de ne pas avoir simplement survolé les passants pour fondre sur sa proie, mais la préservation du secret qu'il partageait avec les siens était si profondément ancrée en lui que son instinct lui avait dicté de la poursuivre à pied. Ce qui aurait suffi sans l'intervention de Ralmiel. Ce sale enfoiré.

Mais, au moins, Bones savait à présent à quoi elle ressemblait. Becca pourrait enfin rester à l'écart. Il parcourrait de nouveau le quartier le lendemain et prierait pour que la peur n'ait pas poussé Delphine à quitter les lieux.

Il sortit du Vieux Carré et regagna son hôtel à l'entrée de la ville. En chemin, il ne cessa de revenir sur ses pas pour s'assurer qu'il n'était pas suivi. Tous ces détours l'amenèrent à sa chambre peu avant le lever du soleil. Il se déshabilla et s'assit sur le lit. Il lança un coup d'œil en direction de son ordinateur. Autant vérifier tout de suite qu'aucun message important ne l'attendait. Il aurait toujours le temps de dormir après.

Il ouvrit sa messagerie et consulta ses e-mails.

— Nom de Dieu, jura-t-il en découvrant le dernier.

À quoi donc joue la goule ?

Chapitre 8

Cet après-midi, Bones ouvrit la porte de sa maison de ville à Jelani. Il traversa l'entrée, suivi par le cliquetis métallique des prothèses de son invité, puis s'immobilisa dans la jolie cour intérieure. Celle-ci, ornée d'une imposante fontaine en son centre, était agrémentée de plantes qui fleurissaient même en hiver.

— C'est ravissant, le complimenta Jelani en découvrant les lieux.

Bones garda le silence. Jelani attendit quelques instants, mais son impatience eut raison de lui.

— Tu as dit avoir des nouvelles, le relança-t-il.

— En effet, répondit Bones avec un sourire sans joie. Et elles te concernent. (Il s'approcha alors de son interlocuteur qu'il souleva du sol.) Je vais t'offrir une dernière chance de me dire la vérité. Mens-moi encore une fois et je te tue sur-le-champ. Depuis que j'ai débarqué, Ralmiel me file le train sans craindre les représailles de Marie. Étrange, tu ne trouves pas ? Ensuite, ton histoire ne tient pas debout. Tu n'as quand même pas pensé que j'allais te croire sur parole, sans mener ma petite enquête ? Il n'y a jamais eu aucune trace de la présence des LaLaurie dans la plantation de St. Francisville. Ils n'ont donc pas pu y massacrer ta femme. Alors tu vas me dire à quel petit jeu tu joues !

Jelani ne tenta même pas de se débattre. Ses prothèses le rendaient aussi impuissant que l'aurait été un humain face à Bones.

— J'étais esclave des LaLaurie, cracha-t-il. Ils nous ont achetés, ma femme et moi, peu après leur installation dans le Vieux Carré. Ce que l'on raconte à propos de leurs esclaves est bien en dessous de la réalité. Nous avons essayé de nous enfuir, mais ils nous ont rattrapés, et m'ont torturé. Ils m'ont coupé les bras et les jambes avant de les manger sous mes yeux, mais ce n'est pas le pire.

Jelani détourna le regard. Un relent de chagrin pur émanait de lui, mais Bones ne relâcha pas sa prise.

— Poursuis.

— Delphine m'a transformé en goule, reprit Jelani d'une voix rendue tremblante par l'évocation de ces souvenirs. Puis elle m'a enchaîné dans leur effroyable grenier où je suis resté pendant des jours, jusqu'à ce que la faim me rende fou. Ensuite, elle a amené ma femme et l'a enchaînée, elle aussi, afin qu'elle ne puisse pas s'enfuir. Ce soir-là, j'ai tué ma femme. J'ai tué ma femme, puis je l'ai dévorée.

Bones le libéra. Jelani chancela quelques instants sur ses prothèses avant de retrouver l'équilibre. Il repoussa ensuite Bones d'un geste brutal.

— Je suis désolé, mon vieux, déclara Bones d'une voix calme. Mais tu sais que ce n'est pas ta faute. Ce crime est le leur, pas le tien.

Jelani laissa échapper un rire amer.

— Oh, je sais bien qu'ils sont responsables de sa mort. Mais chaque fois que je sombre dans le sommeil, ses cris hantent mes rêves. Plus de cent ans après, je les entends encore résonner. (Il regarda son interlocuteur droit dans les yeux.) Je veux que cela cesse. Purement et simplement.

Bones poussa un petit soupir.

— Marie n'est même pas au courant de la présence des LaLaurie, n'est-ce pas ? Et ça explique pourquoi Ralmiel me chasse aussi ouvertement. Il n'a pas à craindre de représailles de sa part.

— Lorsque Delphine et Louis ont frappé, il y a plusieurs dizaines d'années, Majestic m'a interdit d'agir en son absence. Elle ne voulait pas que la nouvelle se répande, de peur que cela affaiblisse son pouvoir. Mais ils se sont enfuis avant son retour. Cette fois-ci, je ne pouvais pas me permettre de courir un tel risque. Alors je t'ai menti quand je t'ai demandé de venir.

Bones, frustré, se passa une main dans les cheveux.

— Marie te tuera pour ça. Mais je suppose que tu le sais déjà.

Les épaules de la goule s'affaissèrent.

— Tu n'as pas idée de ce que c'est que d'évoluer parmi les nôtres en étant mutilé comme je le suis. Majestic m'a rendu la vie supportable mais, dès que les LaLaurie seront morts, je veux leur emboîter le pas. Tout ce que j'espère, c'est que Majestic aura l'indulgence de faire de la mort mon châtiment, plutôt que de me répudier après m'avoir retiré sa protection.

Les yeux de Bones se posèrent une fois de plus sur les membres de Jelani. Avec ses prothèses, il était incapable de manier une arme, que ce soit pour défendre sa peau ou celle de Marie. C'était pourtant là ce qu'on attendrait d'un membre de sa lignée. On pouvait même l'empêcher de se déplacer en fauchant simplement ses jambes artificielles ; chose que ferait son premier opposant, goule ou vampire.

En y regardant de plus près, tout ce que Jelani avait offert à Majestic en échange de sa protection, c'était sa loyauté. Loyauté qu'il venait de réduire en cendres en s'attaquant aux LaLaurie dans le dos de sa Maîtresse. Même si Marie comprenait ses motivations, elle n'aurait d'autre choix que de le tuer pour trahison. Sous peine d'apparaître faible aux yeux de tous.

Et, si Bones poussait sa réflexion jusqu'au bout, à présent qu'il savait que rien de tout cela n'avait reçu l'aval de Marie, il quitterait la ville le soir même. Ainsi, une fois les agissements de Jelani mis au jour, il pourrait clamer qu'il ne savait rien de la trahison de ce dernier en toute sincérité.

Dans le cas contraire, il se soumettrait, pour le moindre de ses faits et gestes, au jugement de la reine de la ville. Il chassait sur les terres de Marie sans sa permission. Il était conscient qu'elle ne ferait preuve d'aucune indulgence. Par ailleurs, en restant dans les parages, il offrait une cible de choix à Ralmiel. Il lui était en effet impossible de mener une chasse efficace tout en restant dissimulé.

Mais le même dilemme se posait aux LaLaurie. Du moins, pour quelques jours encore.

Au fond, il n'avait pas vraiment le choix.

Le visage impassible, il scruta Jelani.

— Je ne crois pas que nous nous reverrons, mon vieux, mais laisse-moi te promettre une chose : tu auras ta vengeance.

Un sourire triste étira les lèvres de la goule.

— Ce ne sera pas seulement la mienne. Mais également celle de ma femme et de tous ceux qu'ils ont tués de leurs mains.

Bones s'éloigna sans prendre la peine de répondre. Il pouvait certes donner la mort, mais il espérait surtout pouvoir encore donner de l'espoir. Même s'il était trop tard pour Jelani et, peut-être, pour lui aussi.

Chapitre 9

Bones remonta la rue qui menait au salon de Becca. Il avait tenté de la joindre sur son portable plus tôt, sans succès. Elle lui en voulait sans doute de sa disparition subite de la veille. Ou peut-être était-elle trop occupée avec des clients pour répondre. Quoi qu'il en soit, il se dit qu'un petit geste s'imposait et acheta une dizaine de roses en chemin.

Et, au cas où Ralmiel le surveillerait depuis un toit, arbalète en joue, Bones avait revêtu un gilet en Kevlar sous sa chemise et son manteau. Bonne chance à Ralmiel pour y percer un trou. La prochaine fois que ce vil salopard jouerait les Houdini en surgissant de nulle part, Bones avait bien l'intention de lui trancher la tête. Si, en plus, il parvenait à tuer Delphine et Louis dans la foulée, ce serait une soirée idéale.

Il n'était plus très loin du salon lorsqu'il perçut une odeur caractéristique. Il huma l'air pour s'en assurer, puis accéléra le pas. Il couvrit les derniers mètres en courant et déboula en trombe dans le salon de coiffure.

La jeune femme derrière le comptoir, surprise, leva les yeux. Bones ne lui prêta aucune attention. Il entreprit d'arpenter les lieux pour ouvrir chaque porte close, à la grande consternation d'un client que l'on gratifiait d'un massage dans une pièce du fond.

— Becca n'est pas là, lança la jeune femme.

Bones se précipita vers elle. Les roses s'écrasèrent au sol tandis qu'il saisissait la jeune femme par le col.

— Elle est partie quand ? Elle était seule ?

— Hé, doucement, protesta-t-elle.

Bones la laissa retomber, puis demanda :

— Où est Becca ?

— Elle est malade. Enfin, elle a envoyé sa nouvelle colocataire nous dire qu'elle ne viendrait pas travailler mais qu'elle vous attendait pour dîner. J'en déduis qu'elle ne doit pas être aussi malade qu'elle le prétend.

Bien qu'il le sache déjà, Bones ne put s'empêcher de poser la question :

— Cette fille, à quoi elle ressemblait ?

— Cheveux bruns bouclés, mince, environ mon âge, répondit la jeune femme avec un haussement d'épaules. Elle avait un accent, on aurait dit du français…

Bones disparut par la porte, tandis que la jeune femme criait dans son dos :

— Dites à Becca qu'elle va avoir de gros problèmes avec le patron. C'est mardi gras, elle ne peut pas se permettre de prendre sa journée comme ça.

Ainsi, Delphine ne s'était pas contentée de s'enfuir, la nuit précédente. Elle avait rebroussé chemin pour retrouver Becca.

Une fois à l'extérieur, Bones inspira de nouveau, à pleins poumons. Malgré les innombrables effluves qui saturaient l'air, le parfum de Delphine était perceptible. Comme si elle s'était intentionnellement frottée contre le mur du salon de coiffure pour s'assurer qu'il la sentirait. Bones traversa la rue et leva les yeux vers l'ancienne demeure des LaLaurie. Il s'approcha de l'entrée et analysa les odeurs.

Elle était passée par ici. Là encore, la piste était si marquée qu'elle ne pouvait être que délibérée. En effet, alors que Bones avait arpenté cette rue à de nombreuses reprises, il n'y avait jamais perçu le parfum de Delphine. Par ailleurs, des battements de cœur résonnaient dans la maison censée être vide.

Becca. « *Elle vous attend pour dîner* », avait dit Delphine avant de faire en sorte qu'il sache où se tiendrait le festin.

Un sourire amer déforma sa bouche. *Non, Delphine. Je ne vais pas te faciliter les choses. Les goules sont plus fortes le jour, et les vampires plus faibles. Je ne répondrai à ton invitation qu'à la nuit tombée. De toute façon, ce n'est pas comme si tu avais l'intention de laisser repartir Becca une fois que je serai arrivé, salope meurtrière que tu es.*

Bones tourna les talons et s'en alla. Il se demandait si Delphine et Louis l'observaient.

Il revint peu après 21 heures. Plusieurs dagues, tant en acier qu'en argent, étaient dissimulées sous son manteau. Ne sachant pas si Delphine et Louis jouiraient d'une aide vampirique, Bones avait préféré pallier toute éventualité. Il portait toujours sa protection en Kevlar sous sa chemise. Bien qu'elle réduise sa liberté de mouvement, ses avantages surpassaient largement ses quelques inconvénients.

Bones contempla la demeure des LaLaurie. En dépit du tumulte des passants qui profitaient des derniers jours de fête, en se concentrant, il parvenait à discerner le faible battement de cœur qui résonnait entre ces murs. Rien n'indiquait qu'il s'agissait bien de Becca, mais peut-être était-elle encore en vie.

Il était temps d'apporter la touche finale à son plan.

Bones se retourna pour s'enfoncer dans la foule enjouée. Il entraîna les premiers fêtards qu'il croisa à l'écart de la cohue, puis les frappa de son regard. L'alcool qu'ils avaient ingurgité, en sapant leur résolution, lui facilita la tâche. Il se fichait qu'on le surprenne ou qu'on se demande pourquoi ses yeux scintillaient d'un éclat émeraude. Autant laisser croire qu'il s'agissait d'un effet spécial lié au masque du *Fantôme de l'Opéra* qu'il portait sur le nez.

Après avoir donné ses instructions au trio de fêtards envoûtés, Bones retourna dans la foule pour prélever trois nouveaux candidats, qu'il hypnotisa à leur tour. Il reproduisit le même processus encore et encore, jusqu'à disposer d'une bonne dizaine de pantins obéissants. Enfin, il redescendit la rue pour se poster à l'angle qui faisait face à la maison.

Les ombres qui l'enveloppaient étaient de plus en plus denses. Elles vibraient d'une colère étouffée depuis des siècles. C'était un peu comme si ces ombres avaient conscience du retour de leurs bourreaux. Bones ôta son masque.

— Maintenant, annonça-t-il aux hommes et femmes qui attendaient derrière lui, puis il bondit dans les airs.

Sous ses pieds, ses troupes approchèrent de la façade qu'elles grêlèrent de projectiles. Bouteilles de bière, chaussures, masques ; tout ce qui leur tombait sous la main faisait l'affaire. Les vitres du rez-de-chaussée et du premier étage volèrent en éclats, mais le fracas passa inaperçu, noyé dans les cris de joie. Les sbires de Bones restèrent malgré tout à plus de trois mètres de leur cible. Ainsi, si quelqu'un voulait les interrompre, il lui faudrait sortir de la maison pour les attraper.

Évidemment, le but de la manœuvre n'était pas d'attirer Louis ou Delphine hors de leurs murs, mais de faire régner un vacarme infernal. Caché sur un toit voisin, derrière une cheminée, Bones attendait le moment idéal. Lorsque deux fenêtres furent touchées simultanément, il s'élança dans les airs, se raidit, et plongea dans une vitre brisée du premier étage.

Il roula au sol, resta accroupi, et balaya la pièce du regard, soucieux de ne pas laisser le vert de ses yeux le trahir. Hors de question qu'il leur facilite la traque, si toutefois ils avaient compris que le bruit sourd de son atterrissage n'était pas celui d'un projectile comme les autres.

À l'exception de quelques meubles, la pièce était vide. Bones renifla, à la recherche d'une trace de Becca, puis jura. L'air était saturé d'une puanteur chimique agressive – celle du liquide d'embaumement – qui masquait presque toutes les autres. *Bien joué, bande de salopards*, pensa-t-il. Aucun problème, il pouvait toujours se servir des battements de cœur pour s'orienter sauf que, à présent qu'il était dans la maison, il percevait deux pulsations distinctes. À l'opposé l'une de l'autre.

Il choisit celle qui résonnait le plus fort. Becca étant leur plus récente victime, il semblait logique que l'autre, la plus faible des deux, appartienne à quelqu'un que les LaLaurie auraient enlevé plus tôt. Même si Bones éprouvait de la pitié pour cet innocent, Becca restait sa préoccupation première.

Il progressa lentement en veillant à ne pas se redresser. Les lumières étaient certes éteintes, mais les goules jouissaient d'une parfaite vision nocturne. Aucun son n'était perceptible à l'exception des deux pulsations, de ses mouvements furtifs, et des projectiles qui atteignaient parfois leur cible.

Néanmoins, la maison était traversée d'un flot d'énergie. Signe que Delphine et Louis étaient présents.

À l'affût. Quel que soit le piège qu'ils avaient prévu, Bones l'avait déclenché dès son entrée. Il n'avait d'autre choix que de voir où cela le mènerait. *On doit tous y passer un jour*, songea-t-il, animé d'une détermination sinistre. *Allez, bande d'enfoirés. Voyons si vous avez de quoi faire sonner ma dernière heure.*

Chapitre 10

À pas de loup, Bones s'engagea dans le couloir en direction de la pulsation, attentif au moindre signe annonciateur d'une attaque imminente. Jusqu'alors, il n'en avait vu aucun, mais toutes ses alarmes intérieures résonnaient. Le piège l'attendrait dans la même pièce que Becca, il le savait, mais il ne pouvait pas l'abandonner pour autant. Après tout, c'était lui le responsable de son enlèvement.

Les battements de cœur provenaient de la pièce du fond. Quatre portes ouvertes et menaçantes jalonnaient le couloir qui l'en séparait. Bones tira deux dagues de son manteau, l'une en acier, l'autre en argent. Une lame dans chaque main et la tête baissée, il avança. *Allez, montrez-vous, où que vous soyez…*

Une tension extrême l'animait tandis qu'il approchait de la première porte. Chacune de ses terminaisons nerveuses vibrait de l'anticipation d'une douleur fulgurante provoquée par un couteau, ou n'importe quelle autre arme. Il bondit dans la pièce, prêt à parer un éventuel assaut. Rien. Juste quelques meubles couverts de poussière et cette violente odeur qui anéantissait toutes ses capacités olfactives.

Une de moins, encore trois.

Bones répéta la même manœuvre jusqu'à la porte suivante. Cette fois, il prit une toile d'araignée en plein visage, mais rien de plus dangereux. La troisième pièce était également vide, tout comme la quatrième. Des traces de sang en maculaient toutefois le sol. Beaucoup de sang.

Il s'agenouilla près de l'une des larges flaques et inspira à pleins poumons. En dépit de la puanteur chimique qui saturait l'atmosphère, il sut que le sang appartenait à Becca. Ce qui impliquait que les débris d'os jetés avec désinvolture dans le coin de la pièce étaient également à elle.

Il se redressa. La rage meurtrière qui se déversait en lui, loin de le rendre fou, l'aida à garder son calme. Il approcha de la pièce d'où provenaient les battements avec autant de lenteur et de précaution que pour les précédentes. Si les LaLaurie avaient pensé que l'étalage des restes de leur effroyable festin le pousserait à se ruer tête baissée pour secourir Becca, ils s'étaient fourré le doigt dans l'œil.

L'endroit était totalement vide, à l'exception d'un cercueil sombre tout en longueur d'où émanait la pulsation. Bones marqua une pause avant d'entrer dans la pièce. Tous ses sens étaient en alerte, à l'affût du moindre son ou mouvement suspect. Rien. Cependant, les goules ne respirent pas, et elles sont tout à fait capables de rester aussi inertes que des statues. Delphine et Louis pouvaient parfaitement se trouver dans la pièce, à l'attendre.

Bones plongea en avant, roula sur lui-même, prêt à parer tout assaut frontal, tenant fermement ses dagues à la recherche de chair dans laquelle les enfoncer. Toujours rien. Pas même un soupir. Rien que le battement régulier. Le placard étant dépourvu de porte, il était impossible que quiconque y soit dissimulé. Aussi, à moins qu'ils aient emprunté à Ralmiel son petit tour de magie, ni Delphine ni Louis ne se trouvaient dans cette pièce.

Il approcha du cercueil et inspira. Mêlée à celle du fluide d'embaumement et à celle du sang de Becca, flottait une troisième odeur. Métallique. Mais trop faible pour qu'il l'identifie dans la puanteur ambiante. Des gémissements étouffés et entrecoupés d'une respiration inégale s'échappaient du cercueil. Une personne vivante y était visiblement enfermée. Et bâillonnée.

Bones fit courir ses doigts sur le couvercle. Tout cela lui semblait trop facile. Delphine était-elle à l'intérieur en compagnie de Becca, prête à lui planter une lame en argent dans le cœur dès qu'il soulèverait le couvercle ?

Si tel était le cas, elle découvrirait bien vite l'inutilité de sa manœuvre.

Il entrouvrit le cercueil, entendit un infime déclic et bondit sur le côté une fraction de seconde avant l'explosion. Des éclats d'argent, projetés par la bombe artisanale, lui constellèrent le dos. De même que les fragments de l'infortunée victime qui s'était trouvée dans le cercueil. Sans son gilet en Kevlar, Bones aurait eu le cœur transpercé par la myriade de tessons d'argent acérés. Abasourdi, il resta étendu au sol quelques instants à estimer l'ampleur des dégâts. Delphine et Louis surgirent alors dans la pièce en faisant tournoyer leurs lames en argent.

Bones se redressa avec peine. La douleur qui irradiait de ses jambes dont la bombe avait emporté des morceaux entiers le fit grimacer. Sa tête le faisait souffrir également. Des éclats s'étaient sans doute fichés dans son crâne. Il se détourna, évitant de peu la lame que Louis destinait à son cœur. Celle-ci s'enfonça dans son épaule. Première erreur. Il aurait dû laisser la dague rebondir sur la protection qui lui couvrait la poitrine plutôt que de lui offrir sa chair.

Bones secoua la tête pour recouvrer ses esprits, tout en s'admonestant en silence. *Cesse d'agir de façon aussi stupide, ou tu n'auras pas à le regretter bien longtemps.*

L'explosion l'avait forcé à lâcher ses armes. Il reçut deux nouveaux coups de couteau avant de se saisir d'une dague et de riposter. Louis LaLaurie était rapide. Il évita l'attaque de Bones et le frappa à la cuisse, où un gros éclat d'argent saillait encore.

Il dut reculer pour éviter l'assaut de Delphine. La lame de la goule, qui manqua de peu son cou, se planta dans son bras. Elle s'y enfonça profondément, à deux doigts de trancher le membre pour de bon. Delphine était forte, et elle n'avait rien d'une débutante. Elle faisait danser sa lame tandis que Louis attaquait par-devant. Les éclats d'argent fichés en lui sapaient sa force à toute vitesse. Son corps luttait pour guérir les plaies qu'ils avaient causées, tout en se chargeant également des blessures que les LaLaurie lui infligeaient sans relâche.

Delphine et Louis l'obligèrent à reculer, et il trébucha sur un débris. La guérison de son bras gauche, qui ne tenait plus que par quelques ligaments, ne nécessita certes que quelques secondes, mais celles-ci se révélèrent coûteuses. Sans son bras, Bones ne pouvait se battre convenablement, tandis que la supériorité de Delphine et Louis s'accentuait. Leurs lames tranchèrent de nouveau dans sa chair, jusqu'à ce qu'il ait l'impression qu'une brûlure généralisée embrasait son corps. L'abondante perte de sang dont il souffrait à présent l'affaiblissait encore davantage.

Sentant la victoire proche, Delphine bondit sur son dos, qu'elle dépeça sauvagement, tant avec ses dents qu'avec ses lames. Bones ne pouvait pas à la fois la déloger et tenir Louis à distance. Il était même incapable de se saisir d'une nouvelle dague puisque, dans sa rage effrénée, Delphine avait réduit son manteau en lambeaux, et que, s'il se baissait pour prendre une de celles accrochées à ses jambes, Louis en profiterait pour lui trancher la tête.

Celui-ci sourit – d'un rictus animal, satisfait – quand une nouvelle entaille perfora les tripes de Bones. Ce dernier se plia en deux de douleur. Delphine, consciente de son impuissance face au Kevlar, reporta ses efforts redoublés sur le cou de sa victime.

Dans un coin de la pièce, un mouvement imperceptible poussa Bones à mettre un genou à terre. Louis éclata d'un rire triomphant, méprenant l'attitude du vampire pour un aveu de défaite. En réalité, Bones avait aperçu quelque chose que Louis, le dos tourné à la scène, n'avait pas vu.

Delphine, elle aussi, l'avait remarqué. Elle commença à crier, mais Bones bondit en arrière pour l'écraser contre le mur, tandis qu'une longue lame recourbée se frayait un chemin dans la gorge de Louis LaLaurie.

Ce dernier se tourna vers la droite, précédé par sa tête qui s'écrasa au sol tandis qu'il s'effondrait. Un trou gluant, sombre, faisait à présent face à Bones. Et derrière, se tenait Ralmiel, une lame luisante de sang à la main.

Delphine laissa échapper un hurlement perçant, chargé de colère et de chagrin. Bones n'hésita pas une seconde. Il glissa les mains dans ses bottes, en retira deux capsules oblongues dont il ôta les couvercles avant de les planter dans la poitrine de son assaillante.

Deux flammes jumelles en jaillirent. Les vêtements de la goule, qui se consumait de l'intérieur, prirent feu. Bones, les mains toujours crispées sur les fusées, les enfonça davantage d'un geste impitoyable. Le corps d'une goule ne contenait pas assez de sang pour les expulser. Les hurlements de Delphine devinrent hystériques, elle se débattait comme une folle pour essayer de s'enfuir. Bones la plaqua au sol, sans prêter attention aux flammes qui en profitèrent pour le lécher. Il s'était nourri abondamment avant de venir, et ne s'embraserait pas aussi facilement. Le feu se répandit dans le corps de Delphine. Il craquelait et noircissait sa peau plus vite qu'elle ne guérissait.

Animé d'une rage cruelle, Bones avait envie de faire durer son agonie. De laisser les flammes dévorer Delphine jusqu'à ce qu'il n'en reste plus qu'un petit tas de cendres. Mais le temps lui faisait défaut. Des sirènes retentissaient déjà au loin. La police ne tarderait plus. L'explosion de la bombe, bien que de taille modeste, n'était pas passée inaperçue.

Bones tira une longue lame de sa botte et la passa devant le visage de Delphine. Puis, il lui trancha la gorge. La vue de la tête qui roula à côté du corps décapité de Louis ne lui procura qu'une bien maigre satisfaction. Après tout le mal qu'ils avaient répandu, cette fin était encore trop clémente et rapide pour les LaLaurie.

Au moins, Jelani, te voilà vengé.

Ralmiel s'approcha de Bones pour lui tendre la main. Bones marqua une hésitation avant de la saisir et de laisser le Cajun l'aider à se redresser.

— Tu n'es pas censé me tuer, toi ?

Ralmiel resta impassible. Il leva les yeux vers le plafond, puis secoua la tête.

— Je suis entré par le grenier. Elle n'a plus beaucoup de temps.

Becca.

Bones quitta la pièce au pas de course, en direction du faible battement de cœur. L'explosion lui avait rendu service. En emportant une partie du couloir, elle avait révélé l'existence d'un escalier métallique dissimulé derrière un mur. De là, les battements de cœur de Becca semblaient plus forts. Bones arracha un pan de plâtre pour se glisser dans la brèche, puis escalada les marches étroites quatre à quatre. Il souleva le loquet et pénétra dans une pièce exiguë, sous le toit de la maison.

À l'intérieur, il découvrit Becca étendue sur un banc. Il grimaça en découvrant l'ampleur des sévices qu'on lui avait infligés. Il s'agenouilla à côté d'elle, puis lui tourna légèrement la tête de sorte qu'elle le voie.

Elle était éveillée ce qui, dans son état, relevait plus de la torture que de la bénédiction. Bones la regarda droit dans les yeux, laissant son regard l'envoûter. Étant donné l'état de santé de la jeune femme, la manœuvre nécessita de longues secondes.

— Tout va bien, chérie. Tu es en sécurité maintenant, murmura-t-il en attendant que l'horreur et la terreur la quittent et qu'elle cesse de vouloir parler ou bouger.

Car, de toute façon, elle n'aurait pu faire aucun des deux. Elle avait les lèvres cousues avec ce qui semblait être du fil de pêche. Et on lui avait coupé tous les membres. Elle n'était encore en vie que parce que Louis – ou Delphine – avait usé de son sang pour faire cicatriser ses plaies béantes. Ses membres n'étaient plus que des moignons hideusement lisses.

Bones ferma les yeux. Il pouvait encore sauver la vie de Becca… en la lui prenant. Elle ne survivrait pas à une transformation en vampire, mais il pouvait toujours faire d'elle une goule. Il suffisait pour cela qu'elle absorbe un peu de son sang avant de mourir, ce qui n'allait plus tarder tant l'instant fatidique semblait proche.

Il pensa à Jelani. À la douleur insoutenable que lui infligeait la vie, lui qui se savait plus impuissant que le plus faible de ses semblables. En outre, Becca ignorait qu'un autre monde côtoyait le sien. Comment pourrait-il la condamner à se réveiller dans ce corps mutilé, transformée en une forme de vie dont elle ignorait jusqu'à l'existence ?

Il laissa échapper un long soupir, puis s'efforça de sourire. Son regard s'embrasa tandis qu'il rassemblait toute son énergie pour convaincre Becca de ce qu'il allait lui dire.

— Tout va bien, répéta-t-il en lui caressant le visage. Tu es en sécurité, Becca, tu ne ressens plus aucune douleur. Tu n'es pas blessée. D'ailleurs, tu n'es même pas ici. Tu es étendue dans une prairie magnifique, entourée de fleurs. Tu les vois, Becca ?

Elle acquiesça. Ses traits se relâchèrent. Leur douceur jurait avec les horribles points de suture qui encadraient sa bouche.

— … il fait doux, tu es allongée par terre les yeux plongés dans le ciel… regarde-le Becca. Tu vois comme il est bleu ?

Le regard de la jeune femme sembla se figer. Bones se pencha sur elle pour plaquer sa bouche contre sa gorge. Son pouls était si faible qu'il le percevait à peine contre ses lèvres.

— Maintenant, dors, Becca, souffla-t-il en enfonçant ses crocs dans le cou de la jeune femme.

Chapitre 11

Ralmiel le rejoignit devant le salon de coiffure où travaillait Becca. De là, ils jouissaient d'une vue imprenable sur la nuée de policiers et de démineurs qui assaillirent la demeure des LaLaurie. Les officiers ne semblaient pas vouloir courir le risque d'une seconde explosion et Bones ne pouvait le leur reprocher.

Après quelques minutes de silence, Bones se tourna vers Ralmiel.

— Pourquoi es-tu venu, ce soir ?

— Jelani m'a promis le double de la prime qui pèse sur ta tête pour te laisser la vie sauve, répondit Ralmiel avec un haussement d'épaules. Alors autant te filer un coup de main pour éradiquer la vermine qui infestait ma ville. Je n'ai eu aucun mal à te localiser, *mon ami**, il m'a suffi de suivre la déflagration qui a ébranlé la maison.

Bones ne put retenir un grognement.

— J'ai une mauvaise nouvelle pour toi, mon pote. Jelani est fauché comme les blés. Et ne compte pas sur Marie pour te rembourser, il a agi sans son accord.

Ralmiel le dévisagea.

— Il n'y a pas d'argent à la clé ?

— J'ai bien peur que non.

— Le sale menteur. Je vais le tuer, s'exclama Ralmiel, outré, avant de tirer un petit étui de sa poche, puis de serrer le poing dessus.

Rien ne se produisit. Surpris, Ralmiel baissa les yeux sur le pochon qu'il comprima de nouveau. Et encore une fois.

Un large sourire se dessina sur les lèvres de Bones.

— Un problème ?

L'expression de Ralmiel, frappé par une révélation, changea subitement.

— Tu as trouvé Georgette, murmura-t-il.

— Ne sous-estime jamais ton adversaire, répondit Bones. Tu sais parfaitement que la magie t'est interdite. Si jamais il arrivait quelque chose à cette pauvre femme pour être rentrée dans le droit chemin en refusant de collaborer davantage à tes crimes, je serais contraint de les rendre publics.

Ralmiel garda le silence de longues secondes. Bones patienta. Il se demandait si, à présent que Ralmiel savait que l'avoir laissé en vie ne lui rapporterait rien, il oserait l'affronter dans un duel équitable, sans ses petites disparitions théâtrales.

Un léger sourire étira finalement les lèvres de Ralmiel.

— Non, *mon ami*[*]. Cela est derrière nous. Il n'y a pas que l'argent qui compte, n'est-ce pas ? Un jour, peut-être, tu me rendras service.

Bones inclina la tête.

— Je suis prêt à te croire, d'autant que je t'aime bien. Mais si jamais je te croise de nouveau derrière une lame en argent, je serai contraint de te réduire en pièces.

Ralmiel haussa les épaules.

— Soit.

Puis, en désignant la marée humaine qui se déversait dans la rue, il ajouta :

— Tu as soif ?

Bones laissa échapper un nouveau grognement. Avait-il vraiment envie de plonger dans cette foule pour se repaître au cou d'innombrables inconnus qui ne garderaient aucun souvenir de son passage ? Non. Il voulait ramener Becca chez lui, la laver, puis l'enterrer dans son jardin de sorte qu'aucune horreur ne lui soit plus infligée.

Mais c'était impossible. C'était à la famille de Becca de l'enterrer, pas à lui. Le mieux qu'il avait à faire, c'était de laisser la jeune femme où elle se trouvait. La police mènerait son enquête, relierait cette affaire aux autres meurtres, et les attribuerait sans doute à un tueur en série, obsédé par la sombre histoire des LaLaurie. Les corps de Delphine et de Louis, ayant retrouvé leur âge véritable avec la mort, passeraient, aux yeux des enquêteurs, pour ceux d'anciennes victimes exhumées de la pièce secrète lors de l'explosion. Jamais les flics ne sauraient qu'ils contemplaient les véritables assassins.

Aussi, il n'avait pas grand-chose d'autre à faire que de se jeter dans la foule qui ignorait tout des horreurs commises à quelques mètres à peine. En outre, Marie pouvait parfaitement décider que ce mardi gras était le dernier qu'il vivait. Il n'avait aucune idée de l'ampleur du châtiment qu'elle lui réservait. *Mangeons et buvons car demain nous mourrons*, pensa Bones avec ironie.

Il invita Ralmiel à passer le premier.

— Après toi, mon pote.

Chapitre 12

Sous le cimetière, l'air, humide et frais, était chargé d'une forte odeur de moisi. Le sol était noyé sous deux centimètres d'eau. Ces tunnels ne séchaient jamais complètement, malgré le travail incessant des pompes. Une bougie unique rompait l'obscurité. Elle illuminait le visage d'une femme assise sur la seule chaise de la pièce.

Jelani mit un genou à terre devant elle. Une tâche difficile, compte tenu de ses jambes artificielles. Son imposante carrure voûtée en signe de soumission et de résignation. Il venait de confesser ses crimes et attendait sa sentence.

Et juste après le sien, viendrait le tour de Bones.

Marie Laveau, dont l'expression impassible ne laissait rien transparaître des pensées qui tourbillonnaient sans doute dans sa tête, le fixait du regard. Après de longues minutes à la tension palpable, elle se leva.

— Tu m'as trahie.

Sa voix était aussi lisse que sa peau, ce qui rendait difficile l'estimation de son âge.

— Oui, Majestic, murmura Jelani.

Une déflagration de puissance emplit la salle tandis qu'elle relâchait son contrôle. Bones ne cilla pas, mais il avait l'impression que l'air s'était constellé de lames de rasoirs invisibles qui lui entaillaient la peau.

— Regrettes-tu tes gestes ?

Malgré la colère électrique qui saturait la salle, Jelani, lorsqu'il leva la tête, souriait.

— Non, ma reine. Aucun.

Nom de Dieu, pensa Bones. *C'est une sortie spectaculaire que tu cherches ?*

L'expression de Marie s'altéra furtivement. Trop fugace pour que Bones sache s'il s'agissait de colère ou de pitié.

— Bien. Si tu dois mourir pour tes actes, autant les assumer.

Son bras balaya l'air en un éclair. Si vite que Jelani n'eut pas le temps de se départir de son sourire avant que sa tête roule sur ses épaules et que son corps s'affaisse vers l'avant.

Marie ne recula pas, malgré le contact du cou suintant de Jelani contre le bas de sa jupe. Elle tenait toujours sa longue lame recourbée à la main lorsque son regard croisa celui de Bones.

— Et toi ? As-tu des regrets ?

Bones prit le temps de réfléchir à la question. Et pas seulement parce que sa vie était en jeu.

— Oui, je regrette de ne pas avoir tué les LaLaurie plus tôt, finit-il par reconnaître sans détourner les yeux. Je regrette qu'une innocente jeune femme ait connu une fin effroyable parce que je l'avais impliquée. Je regrette le sort du type qui gît à vos pieds et qui accordait plus de valeur à sa vengeance qu'à sa propre vie. Mais si votre question est de savoir si je serais prêt à tout recommencer pour arrêter Delphine et Louis… alors, ma réponse est oui. Sans regret.

Marie tapota la lame le long de sa jambe. Bones y jeta un coup d'œil avant de revenir au regard noir de Marie. *Si c'est ma tête que tu veux, ne compte pas sur moi pour m'agenouiller,* pensa-t-il froidement. *Tu n'es pas ma Maîtresse et je ne t'ai pas trahie alors, si tu la veux, tu vas devoir venir la chercher.*

Avec une lueur dans le regard, Marie agita sa lame.

— Tu crois peut-être que j'ai besoin de ça pour te tuer ? Penses-tu vraiment qu'il me faille une arme ?

Elle laissa tomber le couteau par terre et contourna le corps de Jelani. L'atmosphère qui l'entourait changea. Elle se chargea de puissance, de désespoir et de colère. La température chuta de plusieurs degrés. Un léger sifflement aigu emplit la pièce.

— Tu sais ce qui se passe lorsqu'une reine vaudou est transformée en goule ? demanda Marie, dont la voix résonna comme si une multitude de personnes s'exprimaient par ses cordes vocales. Mes liens avec l'autre monde ont été renforcés. Tous ceux qui sont consignés dans leur tombe m'ont confié leur puissance. Écoute-les vrombir.

Marie ouvrit la bouche et un véritable rugissement s'en échappa. Si effrayant et chargé de colère que Bones trembla jusqu'aux os. De sombres tourbillons enveloppèrent Marie, comme si son ombre s'était démultipliée. Les volutes approchèrent de Bones pour tournoyer autour de lui et le caresser de leurs mains glaciales, affamées et malveillantes. Sa force sembla l'abandonner au contact de leurs doigts, à mesure que les images de sa mort, des années plus tôt, lui revenaient en mémoire. Son corps endurait les mêmes sensations qu'alors : le froid, la faiblesse, et l'inévitable chute vers le néant.

Puis, la puissance qui enveloppait Marie reflua soudain. Le sinistre sifflement cessa, les volutes disparurent dans son ombre et, en une fraction de seconde, le corps de Bones recouvra sa vigueur.

Marie le dévisagea, un léger sourire sur les lèvres.

— J'aurais préféré que tu me mentes. Ça m'aurait donné une raison de te tuer.

Bones, remis, haussa les épaules.

— Vous connaissiez déjà la vérité. Mentir n'aurait fait que nous insulter tous les deux.

Elle ne le quitta pas des yeux, toujours aussi impassible.

— Tu es banni de La Nouvelle-Orléans pour les cinq prochaines années, déclara-t-elle enfin. Si tu braves cette interdiction, je te tuerai. Si tu racontes les récents événements à qui que ce soit, je te tuerai. Officiellement, tu es venu ici à ma demande, pour te débarrasser des LaLaurie en mon absence. Et Jelani est tombé en se battant pour la défense de sa ville. En outre, tu m'es redevable d'une vie car je te laisse repartir avec la tienne.

Bones ne discuta pas la capacité de Marie à le tuer. La démonstration de sa puissance avait fini de le convaincre qu'il y avait des choses, à propos de la reine de La Nouvelle-Orléans, que peu de gens savaient, ou auxquelles ils survivaient. Tout bien considéré, son châtiment était plutôt clément. En même temps, Marie avait tout intérêt à le laisser en vie afin qu'il appuie sa version des faits.

Quant à Jelani, Marie lui avait offert une mort honorable. Mourir après avoir assouvi une vengeance trop longtemps refusée n'était pas le pire des sorts. Tôt ou tard, la mort frappait. Il lui fallait simplement un peu plus de temps pour rattraper ceux qu'elle avait déjà visités une fois, comme les goules et les vampires.

— Marché conclu, accepta Bones.

Marie baissa les yeux sur le cadavre qui gisait à ses pieds.

— Dégage.

Sa voix lui parut plus enrouée. Elle s'agenouilla à côté du corps de Jelani que le temps rattrapait, pour lui caresser l'épaule. Elle avait eu beau le tuer, son chagrin était évident. Son intransigeance, combinée à l'étendue de ses pouvoirs, faisait d'elle un être réellement redoutable. Si la mort de Jelani n'avait pas eu d'importance pour elle, Bones ne l'aurait pas trouvée si effrayante. Mais, même si son geste lui avait coûté, elle ne l'avait pas retenu pour autant.

Bon. Mieux valait filer en vitesse.

Bones quitta la pièce sans un regard en arrière. Son vol du retour était déjà réservé. Le soir même, il se dirigerait vers l'Ohio, à la recherche du vampire comptable qu'il poursuivait avant d'être happé par cette affaire.

Ce cas était clos, mais une nouvelle chasse l'attendait.

Achevé d'imprimer en janvier 2013
Par CPI Brodard & Taupin - La Flèche (France)
N° d'impression : 71311
Dépôt légal : février 2013
Imprimé en France
81120900-1